流れる島と海の怪物

集英社

tanaka shinya
田中慎弥

流れる島と海の怪物

I

それがもしセンターフライだったら何事も起らなかったかもしれないと、田所慎一《たどころしんいち》は作家になってからも、朱音《あかね》の妹の朱里《あかり》と別れる、という彼にとっての一大事の真っ最中にさえ、思うことがあった。慎一がまだ五歳の時に、父の照一《しょういち》が捕ろうとしたフライはそれほどまでに、照一と慎一、慎一の母のるり子《こ》の人生を変えてしまった。まるで慎一を産まなかったかのように。これは、半分は本当だったわけだが。

外野フライなら、せいぜい守備側のオーライオーライの大声が響くくらいのもので、打った方と捕る方は距離があるから、耳打ち程度の声は、最初から聞えるわけがない。

その時、一九七七年の秋の初め、働いていた小さな運送会社も休みの日曜日、親会社であるこの地方最大の物流大手チームとの草野球で、照一はファーストの守備についていた。同じ一塁手であっても王貞治《おうさだはる》と違って照一は右打ちだったし、投手側の脚をあんなに高く上げたりもしなかった。だが、慎一に父のプレーを確める手段は残されていない。あたかも、父なんか存在しなかったかのようだ（勿論《もちろん》、これも半分しか当っていない）。職業野球であろうがなかろうが、また野球であろうがそれ以外の人間の生活、例えば結婚式であろうが弔いであろうが、ベッドの中だろうが出産だろうが、二十一世紀のいまとなっては、映像と音声に残っていないものは、この世の現実的な出来事とは呼べそうにない。だから照一がどんなプレーをしていたのかは、るり子の話から想像するしかない。父のユニホーム姿の写真は、自分にとって最悪の思い出となってしまったためにるり子の手で焼かれてしまっていたからだ。照一は生身と写真両方とも、野球が理由で焼かれたわけだ。

草野球の最中に夫が倒れて死んで以降、るり子は生活から野球を遠ざけ、王が現役の晩年を迎えていたにもかかわらずテレビ中継を見ることもなかった。小学校中学校と進んでゆく慎一が何度か、かたくなな母への反抗と、なんといったってアメリカがもたらした奇跡である野球、父の命を奪うという離れ業をやってのけた魔物の遊戯、この健康きわまりない怪物、グリップつきの木の棒を頂く一角獣、人間の手に玩《もてあそ》ばれる真ん丸の天体、誰も住まないのをいいことに猛者たちの泥だらけの足に狙われる白い家《ホーム》、表裏のある狡賢《ずるがしこ》い九までの、時には十以上の数字たち、そういういかがわしいあれやこれやの謎を解きたい欲求から、野球やりたい、と何度か言った時、不思議なことにるり子はまるでネクストバッターズサークルからおもむろに打席に向うバッターそっくりの仕種《しぐさ》をした。ただしトネリコやアオダモから削り出された職人技の逸品などではなく、先がハート形で空気を爽快に唸《うな》らせる籐《とう》で出来た涼やかな蒲団叩《たた》きや、柄が細い竹製のはたきを手に取り、まるで相手投手の配球をこれまでの対戦経験から割り出そうとしているかのように一振り二振りしてみせながら、息子を追い詰めにかかるのだ。慎一はというと、ビーンボールを投げたわけでもないのに、バットを振り回して襲いかかってくる打者から逃げる投手のように退いてゆき、ついには硝子《ガラス》戸に背をくっつけるしかなくなり、鍵をうしろ手に外すと戸を引き開けて外へ出、るり子はカーテンの隙間から一睨《にら》みくれると、決して二度は睨まずに鍵をかけ、まるでるり子自身が外へ出て永久に戻りはしないといった風情で部屋の奥に去る。きっかり一時間、孫と一緒にこの刑罰を外で耐えてくれたるり子の実父の寿六《じゅろく》が死んでからは、屋外の独居房。部屋に入れてくれたあと、るり子の決めの一言。

——男っちゅうのはなんの役にも立ちゃせんのやけ、ほんと。

照一がファウルフライを追いかけている最中に倒れて死んだ、それをきっかけに寿六が、それまで一緒に暮していた長女の福子《ふくこ》にいくらかの財産を譲り、稼ぎ手を一人失った次女るり子母子が生活に苦しまない分だけは携えて、慎一たちと同居するようになっていた。独身の長女より、夫を亡くした次女を思ったわけだ。

寿六の外見のうち、福子には高い背丈と鋭い目、るり子には、姉に一、二歩劣る眼光に加えて背丈の割に長い手足が受け継がれていた。同居するうちに慎一が聞かせられた寿六の人生は、二十世紀の前半に陸軍の一兵卒といういけなげな肩書を頂いて大陸へ行き、日本で見るのとおそらくは同一の月や星と、ここへ来なければ見られなかったかもしれない名の知れない花とをともに不思議なものとして、それまで山口県内や九州で、港の荷揚げをしたり魚網を引いたり石炭を掘ったりしていた指で差し、またどう見ても体に止らせない方がよさそうな虫を追い払ったり、あいまあいまでは、一応そのためにやってきたのでとびきり硬くて小さなやつをパンパンぶっ放してみたり、行軍中の支えとして、大陸特有のいかつい幽霊の腕を樹木と間違えて摑《つか》んだり、手紙を書くために万年筆を握ったものの、故国の地名や親族の名前の字を不意に忘れてしまい、当の漢字の故郷である土地の空中に、指先で書き出してみたりもした。

もっとも、兄姉や妻はいたが、福子もるり子もまだ生れてはいなかった。子を持たない男というものはどこか間抜けなものなのか、あるいは大柄な体が恰好《かっこう》の標的となっただけなのか、やはり間延びした、全く見当違いな方角へ向っての敵の射撃が右腕に、どういうわけでか見事当り、戦争はまだまだ元気に続いていたが、もはや戦闘能力を失った元兵士として古里の山口は下関《しものせき》へと、腕はやられたが脚は無事だったので、一足先に帰ってくることになった。計らずも逃げ足が速かったということかもしれなかった。妻にも、

――俺の他には当ったやつは誰もおらんかった、あの一発だけ気まぐれやった、早《はよ》う戻ってこられたんやけ感謝せんといけん、とのんびり言い訳した。

敵の射撃を部隊の中で一人だけよけられなかった不名誉な兵士、同時に、全くの不運に見

舞われた気の毒な男、の娘として、戦争が終る三年前と二年前に、福子とるり子は生れた。

守るべき養うべき存在が増えたにもかかわらず、寿六ののんびりは戦争から戻っても変らなかった。腕くらいですんで運がよかった、元気でおるより元気でおらん方がようけ生きられる、などと呟《つぶや》くのを妻は何度も聞いた。言葉の通りに解釈するなら、寿六が脱けたあとの部隊はずいぶんひどい目に遭ったのかもしれないが、何がどう好運だったかの肝心で具体的な話は、妻にも娘たちにもしなかった。

腕は、形は元のままだったが、戦場に負けないほど一般的でない形で生涯を終えるまで、結局伸び切らなかった。この可動範囲の縮小は、再び港での荷揚げ仕事に就くにあたり、不便を補って余りある功徳を与えた。その名の通り上に五人いた兄姉のうち、早く病没した長兄、また、弟の分まで、という恰好で、戦地に残る兄二人を除く姉たちは、元々一番下のかわいい弟であった寿六にこれまで以上に何くれとなく、福子るり子を続けて産みいくらでも人手がほしい筈《はず》の妻が、ありがた過ぎてわずらわしいと感じるほどに世話を焼いた。

腕の曲《まが》り具合のために日々の生活行動所作全般に時間のかかる寿六は、早くに起きて早くに家を出、持ち前の性格をこの歳《とし》になってやっと生かせるといわんばかりにのんびりと港へ向った。あんまりゆっくりだったので、朝行って夕方帰る一日の道のりが、何日も何か月も、下手をすると、決して時が下手をやらかしたのではなく港への行き帰りのうちに確かに何年もが経ってしまったかのようだった。朝早くの道では、戦時中とはいえ日常がまだなんとか保たれ、食料品が、あるところにはあり余り、戦況も表面上は大崩れなく運行し、福子は摑まり立ち、るり子はまだお包《くる》みでもそもそ、姉たちの今日のおせっかいはその娘たちの世話かどこかで巧みに手に入れた卵だろうか、と考えるうちに港へ着き、ところが昼を挟んだ仕事の最中から、空襲警報は鳴るわ仲間は二人三人と赤紙で戦地へ駆り出されるわ、散々な騒ぎが起り、それが続行され、大陸や南方の陣地がどんどん陥落してゆき、警報を踏み破る焼夷弾《しょうい》の落下音を掻《か》い潜《くぐ》り、曲った腕で体のバランスを取りながらさすがにのんびりではなく猛然と帰宅すると、火の海の中で兄たちの訃報を聞き、病で若死した父をやっと追う形で母と妻が焼死、その傍《そば》では今朝はよちよちともそもそだった娘たちが手をつなぎ合ってわめきながら、敗戦の影がはっきりと貼りついている焦土の上にその脚で、袋叩きに遭ったこの国土に立つ意味が果してあるのかどうかも分らずに、それでも立つだけは立っていた。立てるようになったことが肉体の不幸の始まりであるかのように泣きながら。

こうして戦争は、始まったその日のうちに終った。つまりまだ続いていた。

何が偶然だったのか？　誰が悪かったのか？　何がいけなかったのか？　オーストリア生れの一人の男がユダヤ人を皆殺しにしようとしたことか？　彼を恐れたユダヤ系の科学者たちの怒りと義俠心《ぎきょう》が強過ぎたのか？　二か所目の攻撃目標である小倉《こくら》近辺の空が曇っていたのがいけなかったのか？

いけなくはない。小倉に落ちる筈のものは落ちなかった、落されなかったのだから。小倉は長崎をどう思っているか、逆に、雲ごときに守られた小倉の代りに、神に守られた聖なる土地にあのような魔物が落されたことを、長崎の人々は本当のところどう考えているのか、などとしたり顔で疑問を突きつけるのは卑劣、であれば他の疑問はどうか。

オーストリア生れの男はなぜ鼻の下に髭《ひげ》を生やしていたのか？　鼻の下でなく頬や顎だったら、あの時代の世界はもう少し平穏だったのではないか？　と大真面目に提示される疑問には、あの男が鼻の下の髭を剃《そ》り落して頬髯《ほおひげ》に切り替えた事実が確認されていないために、誰にも答えようがない。髭を生やす場所がどうでもいいのではない、実際にあの男が髭を鼻の下に生やしたまま悪業の限りを尽し、その男を抹殺するために作られた魔物が、魔物並の国家に化けおおせた、それが故に広島だけでは満足出来なかったアメリカの手で、小倉をパスして長崎にけたたましく、まるであの七つの頭と十の角を持つ赤い龍《りゅう》が長大なしっぽで天の星の三分の一を掃き寄せて地上に投げ落したように落された事実を、歴史の針山から引き抜くことは、龍を退治してみせた英雄にだって誰にだって、また成長して小説を仕事とするようになった慎一にだって、出来はしない。

だが偶然を偶然だと指摘してみせることはいつだって、誰にだって出来る。偶然が怖いのは偶然そのものの責任ではない。あれは偶然じゃないか、と指摘出来、それへの反論を許さないから怖いのだ。いいやあれは必然だったのだ、と言い返せないから恐怖が残るのだ。

小倉の空に雲がかかっていたのが、彼が鼻の下に髭を生やしていたことが、果して必然だろうか？　小倉では、広島に新型爆弾投下との情報を受けて苦肉の策により煙幕が張られた。前日の空襲の煙が残ってもいた。だから、それは必然か？　であれば長崎への原爆投下もホロコーストも、あり得べき必然か？

だから、原爆投下直前の田所家の引っ越しだって偶然と言わなければならないのだ。などと主張するとすかさず人道的な反論があろうことは作家になったあとの慎一が、偶然を許さない、必然と主体性の権化である朱里との会話の中でしばしば実感させられた。

「それって偶然じゃなくて、全部人間の意思だよね？」

作家になった慎一と東京でつき合って別れた頃の朱里は勿論慎一だって、もう方言はめったに喋《しゃべ》らなかった。

「誰が私に関する評価をしろって言った？　まだ直接はこの小説の中に登場してない人物に勝手に判定下すなんて、それも作家の特権？　それとも男の？」

「どちらでも。」

「どちらでも？　ある？　ない？」

「ないと言わなきゃならないんだろうけど、あるのかもしれない。いや、ここではこれ以上喋らせない。まだ登場させてないんだからな。」

「作家はいつもそう。男がそうであるみたいに、そう。登場するんじゃなくて、させられるのね、女は。」

人間の意思だよね。

本当にそうだったのか。一見すると、そしていつどこから見てもそうだったのだとしか言いようがない。炭坑にいた頃の上役で、兵隊に取られるほどの若さはない男が小倉の工廠《こうしょう》の関連の下請のそのまた下請ほどの工場で職にありついていたのも、寿六に、荷揚げよりよほど割がいいぞ、腕が不自由だろうがなんだろうが誰にも何も言わせずお前が一家を養うのに十分なだけの仕事を用意してやれると言ってくれたのも、寿六自身がごく軽い決心で誘いに乗り妻と娘を連れて関門海峡を渡り小倉に家を構えたのも、街とか歴史とか人生とか、季節とか愛情、それから鍋釜に至るまでこの世の目に見えるもの見えないものをまとめて破壊し焼き払う戦争のやつがいまだ堂々と、くたくたになった人類を引きずり回しながら続いていたのだって、実のところ引きずられる側の、人間の意思によるのではなかったか？　あの大きな魔物が小倉に落される筈だったのも、そうならなかったのも。その場合、いったい誰の意思か。アインシュタインかオッペンハイマーか。トルーマン、チャーチル、ルーズベルト？　いやそれは、寿六や照一やるり子や、誰より、戦後二十七年経って生れた慎一の意思では断じてなかったと、いまこの小説を書く慎一自身に、言い切れるだろうか？

そうやって田所家は一九四五年の春、まるで計ったように、誰かに計られたように小倉に引っ越した。そして、八月九日の朝、計り事が計り直されたかのように小倉の上空は曇っていた。同じ年の同じ月、田所家は敗戦直後、再び海峡を渡り、またもやまるで計り事であるかのように、下関に戻ってくる。確かに、人間の意思ではあっただろう。慎一が寿六から聞かせられたのは、戦争が終って工場を始め周りの環境が一変したから、でもあるが何よりも、ただそうしようと思ったから。寿六自身が、本州へ戻ろうと思ったから。

要はるり子の意思ではない。父が一旦下関を離れて小倉へ移ったのも、落される筈の壮大な魔物が降ってこなかったのも、るり子の意思とは一応関係はない。るり子が現実的に意思を発揮するのは、照一が田所家に婿として入る結婚の時まで待たねばならない。

というわけで、まるで小倉に原爆が落されなかった確認のためのようにその時期だけそこに住まっていた寿六たちを乗せた船は、港に沈められた大小の船舶の、海面に墓標然と突き出た檣《ほばしら》をよけながら下関に戻ってきた。

兄姉たちから薄《うつす》らと聞かせられているだけだった、田所家が市内にいくつか持っている土地は、兄が死に姉たちは嫁いでいたから、戦後を生きてゆくのに十分な元手として、寿六の前に現れることになった。人間の意思と意思以外によって日本が負けた結果がこれだった。

というような話を慎一が聞かせられたのは、つまり聞かせられたぞと思うようになったのは完全に物心ついてからだから、ファウルフライを捕りに行った時に急に心臓に異常を来して、照一が死んだあとだった。

聞いたばかりではない。実際に見たのだ。父の葬儀の日、その後慎一に小説を書かせまでする物心が起動した。普段、大柄でのんびりで、なのにこの時ばかりは肩に首をめり込ませるまでに縮こまった寿六と、結局生涯独身を通すことになる福子、二本の血縁の柱に挟まれた慎一は、母を見ていた。父が死んでしまった以上、母ばかり見るしかなかった。

――お父さん、天国に行くんよ。

喪主として一通りの働きの途中、慎一の傍に戻ってきたるり子は、泣く母を気遣って一丁前に手を握り慌ただしく揺さぶる息子に、なんて優しい子だろうかと感謝、ではなくほとんど感心しながらそう言った。この時はまだ息子の存在の、そして夫の死の真相を知らなかったからだ。

だが慎一の方は違った。寿六や福子や他の親族、また父と母の勤め先のよく見知った社員たち、その中に黒い服で紛れ込んでいた母がやっと戻ってきてくれたので、ぶら下がり気味に手を摑んだだけだった。いつもより軽い手だと感じられた。

その時、まるで揺さぶった母の腕が天までつながっていたかのように、あれが空から降ってきた。丸くて棘《とげ》のある、見るからに恐ろしげな、ただし爆弾よりはずっと安全なものが、しかしそれが落下の最中には確かに丸かったのだが、庇《ひさし》を奇跡的にぎりぎりでかすめてベランダに落ちた時にはぺしゃんこになっていて、慎一は見たものを正直に、

――魚！　魚、落ちてきた！

その時はもう、地上に放り出された魚の向うを張って狭苦しい棺《ひつぎ》の闇の中へ放《ほ》っぽり出された父が、魂を追うためにこの世の外へ放っぽり出されようとして火葬場への出棺が迫り、一度は慎一のところに戻ってきていたるり子は参列者たちへの改めての礼を言うためにまた離れてゆく。母に縋《すが》ろうとした甥《おい》をかろうじて捕《つか》まえた福子に、

――伯母ちゃん、魚、落ちた。

――ほーかね、ほーかね。魚が落ちたかね。

伯母には、魚の落下が見えたのではなかったかと、慎一は思うことがある。小さな子どものわけの分らない言い種に、その場凌《しの》ぎでとりあえず調子を合せる時には、子どもの言葉にいやいやながら出来るだけ分け入って、この時であれば魚を見ようとする、そして本当に魚を目にする、それ以外にその場凌ぎの方法はない。

2

会葬者たちが棺を運び出そうとしている戸口に向って手を引く伯母の福子に、小さな体で踏ん張って抵抗した、その時の、ひどく硬直した体の感覚を、慎一は大人になってからもずっと覚えていた。結局は伯母が脇の下に手を突っ込んで抱え上げた、無駄な抵抗。息子がなぜあんなに出棺の列に加わるのをいやがったのかについて母のるり子は、やはりずっとあとになってから、お父さんが死んでしもうたんがいややったんやろうね、なんでお父さんを見送らんといけんのか納得出来んかったんやろうね、と独り言の口調だった。寂しい声だった。ぽつねんと空っぽな母だった。慎一以外に誰も産まなかった。いや、本当は、誰を産んだのだったか……

母があまりに母だったためか、降ってきた魚のことはいつまで経っても言えなかった。下関にはいまでも時々、空から魚が降ってくる。あの社宅はもう取り壊されたのに、そのなくなったベランダを探すように、むなしく魚が打ちつけられることがある。

小倉に落される筈だったファットマン（太っちょ）は長崎を選んだ。日曜日のファウルゾーンに打ち上げられたボールは丸々としたまま落ちてきて、照一はそれを捕り損なって死んだ。その日の仮通夜、次の日の通夜は、眠ってしまって覚えがない。だがその次の葬儀の日は、はっきり覚えている。空から丸い魚が降ってきたからだ。慎一は父の出棺に抵抗してまでその魚を福子に知ってほしかった。きっと本当は、るり子にも。

「でもるり子さんに言えなかったのはどうして？」

「言ったのかもしれない。それを忘れてるのかもしれない。」

「忘れてる？」

「じゃなかったら意図的に忘れたふりをしてる。思い出したくない。」

「どうして？」

「その後の展開が、たぶん関係してる。父が死んでから、というより火葬場で土下座してたあの男に本当のことを聞かされてからあんな風に変ってしまった母に、葬式の時はまだ変ってなかったわけだけど、あんなになってしまった母に大事な魚のことなんか話した筈がないって、時間経過も何も度外視して思い込んでそうだな。」

慎一が魚のことをるり子に話したか話さなかったかの、その火葬の間中、よりももっと昔からずっと、寄せては返すの茫洋《ぼうよう》を手離し、左へ右へのくり返しを選んだ関門海峡では、その海流に乗ったあの小島が、全ての源でしかない怪物を探し求めるように行ったり来たりしている。

そんなことあるわけがない、海が自らのあり方を選ぶなどということが、島が動いて流れるということが、ある筈がないと、まともな読者なら思うところだろうか。

だが海が自分で自分の方向性を決めたら、その海にならって島も落ち着きなく動き回ったりする、ばかりではない。

火葬場とはまた別の時に、本当は慎一にとって一続きの大きな時の中なのに別の時の顔をしている、その時に、寿六か、蒲団叩きに手を伸ばす前の母がしてくれた話。いや、それは伯母の福子だったか、あるいはまた慎一の、本当の両親からだったのか。

「ことさら、本当の、なんて書く必要ないでしょう。両親がどこの誰かだなんて、この世に立派に生れてきた一つの人格にとっては、絶対に、なんの意味もないんだから。本当の両親なんて、空から降ってくる怪物と同じくらい歴史的でやっかいな代物。」

八百年前にこの海峡で、見るべきほどのことは見ました、と言って船の碇《いかり》を背負い海に飛び込んだ人がいる、と母かも伯母かも祖父かもしれない誰かが言った。その力持ちは、平家じゃないと人間じゃありませんよ、の一族の一人。人間の中の人間である一族は、この国の中では一番人間から遠いと思える、最も神様に近い存在として、というよりほとんど神様の一族として脈々とつながってきた果の、血脈とＤＮＡの塊であり乗物でもある当時七歳の一番偉い人、人間の中の人間なんか及びもしない言仁《ときひと》さんを担いで列島を西へ西へ。ついにはこの海峡で、海の中にも都がある、と決定的で無責任な慰めを言う祖母に抱かれたその幼帝とともに、いかにも人間らしく滅亡。

――いかりィ？

――そうよ、ほうら。

そう言って八百年経った海峡の船を誰かが指差した。

――あの船が大きなのつけとろうが、あれェ背負うてから飛び込んだんよ。

そう言ったのは寿六か。次に言ったことからすれば、やはり母のるり子だったか。

――男ちゅうんはほんと、なんの役にも立ちゃせん。やりたいことやってあとは死ぬんやけえ。ええ？　あんたもかね、ああ……ほやけどあんたは、役に、立ってくれんでもええけどよ、ええけど、ほんとは誰の……

蒲団叩きか竹製のはたきかを手にそう言ったのだから、そう言ったのを慎一は覚えているのだから、物心ついたあと、ファウルフライを捕ろうとした瞬間に照一が、あとで自分が火葬されている最中に妻のるり子に土下座することになるバッターランナーの口からあの事実を聞いて心臓を止めてしまったあとであって、しかし、ほんとは誰の、のあとを呑《の》み込んでしまったからといって、子を産むことがなかった福子でないとは言い切れない。結婚しなかった、誰も産まなかったからこそ男を役立たず呼ばわり出来た。

一方立派な役立たず男の一人である知盛《とももり》が、数百年後に長大な吊橋《つりばし》がかけられる予定の海峡に身投げ直前に見た、見るべきほどのこと、とは――

「かけられる予定って、きざったらしくて作家っぽくって嫌い。」と別れる前、この小説を慎一が書いていた頃に、つまり小説が進行しているいまこの時に、朱里が言っていた。

「歴史とか時間とかを、あとに生れたのを利用して好き勝手解釈して、こいつはやがてこうなるとかここには橋がかかるとか、安っぽいしたり顔のナレーション、ほんっといや。そういうのが、小説の表現？　表現の自由ってのは、時間を玩具代りにいじくり回すことなわけ？　子どもの頃とか若い頃にちゃんと遊び足りてない男がいい歳になってから、これは仕事だから、表現の自由だからって歴史いじって自己満。男ってのは、役に立たない上に、部屋の模様替えみたいに歴史を動かして回ってる。歴史上の戦争屋たちと同レベルで、慎一は頭、おかしい。軍人と作家さえいなければ、世界はもっと落ち着いた歴史を持てた筈。」

碇と化した知盛は、太っちょを乗せたボックスカーがやってくるにはまだ間があり過ぎるというのに、いったい何を見たのか。

「ほらまた。碇と化した？　だいたい平知盛《たいらのとももり》が碇背負って入水したって、ほんと？　浄瑠璃だか歌舞伎だかの話でしょう。現実とごっちゃにしてる。」

知盛入水当時の一一八五年、オッペンハイマーはまだロスアラモスの研究所長に就任していないし、ベルギー領のコンゴに埋まっているウランをヒトラーに横取りされないよう留意されたし、とのアインシュタインの信書も、まだルーズベルトに渡されてはいない。つまり知盛がそれらを見ることが出来ないのはロスアラモスへの行き方が分らないからでもウランのなんたるかを知らないからでも英語が読めないからでもない。時間が出来事に、出来事が時間に追いついていないからだ。

しかし、一方向にしか流れない時間と違ってこの海峡の流れは西かと思うと東、またすぐに取って返し、一日に四度の切替え、そのレバーを握っている巨大な誰か、陸を陸と名づけ海を海と名づけた誰かの姿はさすがに見えないことになっているからそのままにしておくとして、見えるものを知盛が見たのであれば、それこそ歴史の模様替えなんかせずに、確かに見たのだと、

「認めるべきなんじゃないか?」

「見えるものって何。作家の想像力じゃなく、認識を使って、事実を答えて。」

「想像でしか答えられないよ。知盛が見たのは、俺の小説の中にしかいない怪物なんだから。」

「どうして想像上の怪物を事実とごっちゃにするわけ?」

「俺たちが体験したあのことを、隠し通すために。」

朱里は体をそのまま、首だけ強く横を向いた。

慎一たちはあの出来事をきちんと見据えなければならない。見据えるだけでいい。慎一の小説の中にしかいない怪物みたいな、怪物まがいの出来事から解放されるためにだ。見るべきほどのことを、過去を、じっと見つめればいいだけだ。まるで他人事みたいにだ。大丈夫、どこまで行っても当の怪物は決して他人事になんかなりはしない。見るべきほどのこととして見られるのを待っている。八百年前の武将が見たものを、現代の自分たちが認識出来ないわけがない。怪物を怪物だと、悪を悪だと認識出来ないわけがない。自分たちは、どんなに

勇ましくて壮大な歴史的な出来事であれ、それが戦と名のつくものなら果しなく悪いものであると知っている。直接それを喰《く》らったのでなくても核兵器がいつの時代でも怪物並にやっかいであり続けると知っている。

「だから？」

だから八百年前であろうが歴史絵巻だろうが、人が人を殺す物語である以上、それを、悪いことだ、あれは怪物だ、と言い切ってしまわなくてはならないのだ。

知盛は確かに、慎一の小説、この小説の中にしか登場したことのない怪物を、見るべきほどのことと見たのに違いない。八百年後のあの時、慎一や朱音が見ることになったあいつ、水の中で暴れ回っていたあいつ、現実の世界では別の姿をしていたあいつを。時には空から襲ってき、だからといって勿論ファットマンそのものではなく、センターまで飛んでも誰も困りはしないたかが草野球の打球をわざわざファーストファウルフライにまで縮め、時には魚を空から降らせる自由自在の怪物。

「その書き方だといまこの小説を読んでる人は何がなんだか分んない。怪物なんて本当はどこにもいない。私たちがやったあのことを、怪物退治の物語と並行して描こうとしてる、でしょ。」

「まだそこまで書いてないのによく分るね。」

「当り前でしょうが。私はあなたがいま書いてるこの小説の登場人物なんだから。そのくらいの先回りと謎解きくらい出来なくてどうすんの。空想の怪物に負けてられない。」

「想像の、と言ってほしい。」

「でもあの男は空想でも想像でもなく本当にいた。それをあなたはいまから書く。事実と空想、あの男と怪物、そうやって都合よく書き分ける。」

出棺。泣く、るり子。しかし巨大な伯母の福子が泣いていた記憶はない。であれば、きっと泣いていたのだ。まるで全然泣かなかったかのように。幼い甥には見えないところで。ここぞとばかりに泣く妹や父、血縁者、妹夫婦が働く運送会社の社員たち、といった喪服が作る弔いの時間から一人はぐれて、どこの誰のためでもなく誰に見せるためでもなく、福子のやつは義理の弟が死んでも泣かなかった、ああいう女だから結婚出来ないのだ、とあとでうかつな近所の男たちが喋っているのを慎一は聞いたが、まるでそう言わせるのが目的のように、一人で泣いた。そうやって自分を嘲って溜飲《りゅういん》が下がった男たちを、そっと泣いたと同じくそっと盗み見、結婚している女たち以上に、自分が女であると確認――

「小説だとしてもちょっと美化し過ぎ。」

「書いてる途中に割り込むの、やめない？」

「やめない。福子さんは不思議な人だったと思うけど、自分の女性性をいつどう感じたか、死んだあとで男のあなたに分析されていいわけない。相手が主体的に反論出来なくなった死者だってこと、分って書いてる？」

「福子伯母さんが独身を通したのも、子どもを産まなかったのも――」

「言わないで。通したんじゃない、結婚しなかったのでもない、福子さんは福子さんとして生きて死んでいっただけ。結婚して子ども産むのが女性の幸せだって男性が想像したり決めつけたりする世界で、しかも昭和のあの時代によくぞ自分の意思を通して独身を貫いた、先駆的な女性だった、なんてあなたが思ってるとしたら、こんなに男性が勝手に女性を美化した、ばかにした話はない。男性が、あの人は素晴しい女性だって言う時は、必ず侮蔑が含まれてる。伯母、甥なら言ってもいいわけ？　血縁があれば言っても許される？　血のつながりの特権？　それとも小説の？」

「そのへんをいまこうやって書いてるからついてきてほしいんだけど、その前に言いたいのは、伯母さんが結婚しなかったのも子どもを産まなかったのも、朱里は伯母さんの主体性だと言いたいんだろうけど、いや俺が喋ってる途中だからここでそっちには喋らせないよ、作家の主体性と特権において。で、朱里はそう言いたいんだろうけど、でもね、伯母さんの生涯を甥の俺が俺として主体的に捉えるとすれば、それは俺に、こうして小説を書かせるためだったんじゃないかと思えるんだよ。朱里も伯母さん自身も違うって言うだろうけど、俺が何かを考えたり言ったり書いたりするのは、俺の外側にある世界と人間たちが、俺にそうさせてるってことだ。世界は俺が小説を書くためだけに俺の前に存在してる。そう思わないと、あの出来事だって受け止められない。えっと、どこまで書いた？」

秋の午後、火葬場への車に揺られながらも背筋を伸ばしたまま、それを確かに見たのだと言い張る甥と一勝負してくれる福子。

——魚、降らしたんはどねえな飛行機やったんかね。

だが慎一が伯母の問いに次のように答えたのは、ボックスカーやファットマンの名前を知らなかったためばかりではない。

——飛行機やないよ伯母ちゃん、鳥やったよ。鳥のお化け。

——どねえな。

——えー、伯母ちゃん、分らんかったあ？

——分らんかったねえ、見えんかったねえ。伯母ちゃんに教えてくれんかね。

あとあと思い返してみれば、当時の伯母が嘘を言っていたことくらい分る。あんな大きなものが空を飛んでいたのだから気づかないわけがない。父が死んで、みんな無事に葬式を終らせることしか頭になかったのだ。何が起ろうが黒い服を着ている時にはじっと俯いて、何も起っていないのと同じ姿勢で耐えるのが大人の腕の見せどころだ。こんな時に空を見上げるなんて、知盛が見たのと同じ怪物を見出《みいだ》すなんて、希望を探しているみたいに空を見上げるなんて、照一の命を吸い上げた偉大な誰かの仕業を疑う、天に歯向う悪業も同然ではないか。

だから、大人たちがみんなしてあんなに下ばかり向いていたのは逆に空の怪物に気づいていた証拠だ。間違って上を向いてしまったとしても、眼球は涙で覆ってあるから、はっきり見ずにすむのではあってても。

でも父の死に泣かない慎一は確かに見ていたのだ。羽毛というより、硬そうな、鱗《うろこ》みたいな無数の輝く小片に包まれた、空を飛ぶにはかなり重たく見える体が悠然と羽ばたいていた。翼の動く度に、雲の塊が強い風に吹き払われたと思うとすぐに別の雲が太陽を隠してしまう仕方で、地上は照ったり陰ったりをくり返した。そうして空中に静止したまま全身をびりっと震わせると、魚を吐き出したのだ。

「そこは現実ね。一度飲み込んだ魚に棘とか毒針とかがあれば、鳥は飛んでる最中だって吐き出すことはある。道路にハリセンボンの死骸があったりするのもそのせい。でもそれは鳥の話。」

怪物はきっと、本当は空を飛ぶんじゃなく海こそが自らの居場所なのだと主張したくて、でも海にいるばかりだと誰にも気づいてもらえないから、わざわざ飛んできて海の魚を吐き出したりしたのだ。

——なんで鳥の化けもんがわざわざそねえなことするんかね。

——一人で寂しかったんやない？

——それえ大きな化けもんが寂しいいうことがあるかね。寂しいんはあんたのお母さんよ。あんたも寂しかろうがね、お父さんがおらんことなったんやけえ。

「いや、これは小説のための作り話じゃない。福子伯母さんは確かにそう言ってくれた。」

海峡の見下ろせる火葬場。飛ぶものといっては海風に吹かれる枯葉。だが、まだ九月だというのにその日は枯葉が多過ぎた。骨と肉と棺が焼けて出た煙の中を、枯葉どうしがぶつかって鳴って流れた。

そうやって好きな方向へ舞い流れているものたちを縦に突き刺して母の叫びが立ち上がったのを、慎一は見た。人間の声を見たのは初めてだった。聞いたという感じではなかった。見た。声を、煙や枯葉がよけた。声とぶつかって飛び散ったやつもあった。

声の次にはっきり見えたもの。芝生に土下座する喪服の男とその前で自分自身の叫び声を浴びて直立の母、るり子。男が謝っているようには見えなかった。ただ何かが起っていた。よりにもよって父の葬式の日に、今度は母が生きたまま大変な目に遭っている。

慎一は子《ね》年生れらしく、祖父と伯母の牛ほどの巨体を出し抜いて母に駆け寄ると、腕にぶら下がろうとした。しかし、空から魚が降ってきた時のように、お父さん、天国に行くんよ、とは言わず、代りに母は強い視線を息子に降らせた。どこかで優しい声をほしがっていた慎一が見たのは、もう泣いていない母の、いままでにない顔だった。人の顔であることは分ったが母であるのかどうかは自信がなかった。この感覚が結果的に当っているなんてその時は思わなかった（いや、当っていたと言えるだろうか）。こちらを見ている筈の母の視線は、頭の上で弾《はじ》けたり体の表面を滑り落ちてしまうばかりで、いっこうに息子である慎一の体に入ってこないのだった。

自分を拒んで飛び散ってゆく母の視線のしずく。空から降ってきた魚。降らせた怪物。と合せてもう一つ、葬式の日の記憶があって——

「現実の？　小説の中の？」

「これから書く話を辿《たど》ってゆけば分る。」

「事実が？　小説の結末が？」

「どっちにしても朱里の手助けなしじゃ書けそうにないな。」

「でしょうね。いとしの朱音お姉ちゃんは死んじゃってるわけだし。え？　これは小説じゃなくて、ほんとのことだよね。それとも……」


土下座男は、その時はもうユニホーム姿ではなくバットもヘルメットも、影も形もなかったから、誰なのか、母に対して何をしているのか、まだ慎一には分らなかった。

だが、もう一つの記憶。普段からそこにあると誰でもが知っていて――

「それこそ小説の中だけみたいなものなのに、こればっかりはほんとにあるんだから、あなたの法螺《ほら》話も負けるんじゃない？」

知っていて、なのになぜ、どんな原理でもってあんな風に行ったり来たりしているのかは、物理学とか海洋学、また歴史学といった各分野の専門家にも解明出来ていない。

関門海峡には、大昔から島が浮んでいる。といっても十七世紀の初めの頃に侍同士が決闘して有名になった動きもしない島のことではない。巖流島《がんりゅうじま》は正確には浮んでおらず、しっかり海底とつながっていて、だからこそ少しも動かない、礼儀正しい、なんの面白味もない島でしかない。

この海峡にはもう一つ、本当に浮んで、動く島がある。動いているのが基本だから、地球に固定されたものしか描かれていないそこらの地図なんかには一度も載ったことはない。名前もない。だからといってそれが島でないわけはない。現に地元の人間たちは一方の島を、ガンリュウジマ、とけたたましい響きで呼ぶが、野球場一つ分より遥かに小さいこの動く島は単に、シマ、と頼りなく発音する。野球場と比較したが、どういう作用によるものか季節によって大きさにかなりの伸び縮みがある。おおむね夏場には膨らみ、気温水温が下がるに従って小さくなる。研究者の調査、分析によると、島を形作っているのは蛭木《ひるぎ》といっていわゆるマングローブに見られる種類の樹木であるらしい。そこに泥土がまとわり、また本土に生える他の植物も根を張り、鳥が巣をかけてもいる。それらがどういう均衡で共生しているのかは、この島がいつ頃から存在しているか、という疑問同様、いまだにはっきりとは分っていない。江戸中期の文献にはすでに登場している。季節による伸縮は、統計上、夏は大、冬は小なのであるが、真冬に夏場並の膨張を見せる年もあり、やはり仕組みは解明されていない。樹根にこびりつく泥土が水に溶けることなく常在なのは、海底の泥を吸い上げて取り込んでいるとの見方があるかと思えば、骨の中で血液が作られるように島を構成する特殊な樹木の内部で泥が産み出され、島の土台をなしていると主張する者もあり、あるいは外海から海流によって運ばれてきた世界各地の様々な土や砂、また諸々の海洋生物の死骸や脱け殻が集まって島が出来たとの説もある。水底とつながっていない浮島というのは通常、流れのあまりない淡水に存在するものであり、かつて内陸部の湖沼に浮いていたものが何かのきっかけで海に流れ出たとも考えられる。また、近代以降は船舶が大型になり大量の排気、排水がなされること、また海外からの寄港が急激に増加したため、バラストによりそれまで日本になかった物質や生き物が海峡に放出されている、といった事実も島の造りに少なからぬ影響を与えているとされるが、それらの所産が果して島の寿命を延ばしているものか、逆にこの小さな生態系を破壊へ導いているのかについても、意見は分れている。

というような様々な研究、予測を嘲り、海峡の流れに合せて行ったり来たりしている島には鳥だけでなく蟹や貝、水中の根の間をすみかとする魚、そして人間も暮している。知盛の言う見るべきほどのこと、とは第一にはあの怪物であっただろうが、同時にこの島とそこに住む人間たちのことではなかったか。つまり島と怪物とはどうやら深く関わり合っている。また本土の人間たちは島に住む人間たちを、島のやつら、島の者、と呼んで低く見てきた……

土下座男が数珠と額を地面にこすりつけ、母が息子を見る時にすべきでない目つきでこっちを見下ろしていたあの日の午後、そうやって人間同士が立ったり跪《ひざまず》いたり丸焼けになったりしていた火葬場の丘の斜め下、海峡に注ぐ小さな川の河口脇、船溜《ふなだま》りのあたりに向って、普段は沖を左右に流れているだけの島が、潮流を直角に横切って近づいてきた。島の周りには、知盛が島を見るのと同時に見た筈の、さっきは社宅のベランダに魚を落していったあいつ、慎一が福子に見た見たと言い張ったあの怪物が、鱗に覆われた体を今度は海上に躍らせている。島と遊んでいる。けんかしてもいる。

今度は伯母にも言わない。大昔には寿六が朝仕事に行って夕方帰ってくるまでの間に戦局が急激に進んでいたものだったが、ここでは、社宅のベランダに魚を見たのも、岸に近づく島と怪物を火葬場から見たのも同じ日なのに、慎一はその同じ五歳児のままで、父が焼けるのを忙しそうに、またはぼんやりと、何もせずに待っている人たちは、どうせ相手をしてはくれない、黙っておいた方がよさそうだと判断するくらいまで、成長していたものらしい。

照一が、自分の弔いをきっかけとする息子の成長を実感出来ないのは、肉体がなくなっているためばかりではない。ファウルフライを打ち上げ、一塁に向ってゆっくりと走ってきたあの男、もう少しで捕球するところだった自分の耳に、打ち取られた腹いせにしては重過ぎる言葉を囁《ささや》いた男が、今度は妻のるり子に土下座して同じ内容を打ち明け、照一の命を縮めてしまったと詫《わ》びているからだ。照一の心臓は確かに、男の言葉にびっくりして主人である照一に断りもなく動きを止めてしまったが、同じ内容を同じ男の口から聞かせられた妻の心臓は止らなかった。るり子が長い金属製の箸で骨を骨壺に納める。自分の体がこの世で立てる最後の音。

るりさん、君の心臓は丈夫だね、さすがに僕が見込んで婿に入っただけのことはある。あれ、魂だけになったら標準語なんだね。それにしても、君を気に入ったのが僕だけじゃなかったとはね……

「死んだ父親にまで喋らせるって、作家はほんと勝手ね。」

「立ってる者は、死んでる者は、親でも使え。生きて立ってるのと死んで灰なのと、そう違わないだろ。」

「言葉を持たない死者に喋らせるなんて、生きてる側の横暴。」

「言葉を持ってる者同士なら何を喋っても、喋らせても、横暴じゃないのか。」

「自分の言葉で主体的に、常識的に喋る限りにおいては。あなただっていま、あなたの主体性で、あなたの言葉で書いてはいるんだけど、それは認めるけど、横暴には違いない。」

「小説を書いてる時点で、主体的ではないんじゃないか？　自分で自分に指図して、書かせてる。自分に書かされてる。」

「じゃあ、ほんとのあなたはどこにいるの？」

「それをこうやって書いてるんじゃないか。」


土下座男が戻ってくるのを、接岸した島は待っていた。男は島の人間だった。結局その日の夜までに帰ってこなかったので、島は仕方なさそうに岸を離れ、いつも通り潮流に乗った。男は丸一日以上遅れたものの、島に戻ってきた。ただし死体だった。故郷である島の動きに倣って漂っているところを、島の住人によって引き上げられた。酔って海に落ちるなどと島生れの不名誉となる最期を迎える筈はなく、事実死体の頭と首にははっきりした切り傷、絞め跡が、そういう色と形の虫のように残っていたが、島の人間が不審死した場合、本土の警察はまともに取り合おうとしないことが多い。また弔いといっても市内の寺、葬儀屋などに頼めば本土住人の何倍も吹っかけられる。なので、島ではいつものように水葬とした。これは警察も咎《とが》めない。男の死体は暫《しばら》く海峡を往復しながら、鳥と魚に自分を食わせ、やがて骨は沈み、死装束も波に紛れた。男の幽霊が天に昇らず、また鳥にも魚にも蛸《たこ》や蟹にもならず、生れ故郷の真似《まね》をしていつまでも未練がましく漂っているので、島の人間たちには、男がどうやらまともでない死に方をしたことが分った。


「さっきの照一さんの台詞《せりふ》の件だけど、標準語なら私たちもそうでしょう。何も死んだ人間特有ってわけじゃない。」

「過去の生きてる人たちに方言で喋ってもらってるから、書き分ける都合上ね。」

「てことは私たちはなんなの、生きてないの？　一種の死人？」

「小説に出てくる人間なんて、生きてても死体でも幽霊でも、大きな違いはないかもしれない。ていうより、登場人物なんて最初からみんな死んでるみたいなもんだ。文章は差詰め、お経、戒名、過去帳、死亡記事、歴史、思い出、か。それから、遺書。まだ死んでない俺たちは、いつ死んでもいいように予行演習しとかなきゃならない。」

「私はいま、遺書制作を手伝わされてる？」

「俺たち自身が遺書なんだって。で、次はどうしようか。」

「ねえ、ほんとに、私、いなきゃいけない？」

「いけない。」

「一人で勝手に困ってれば。」

「ばらすよ。」

「やっぱり横暴ね。」

「ほんとにばらす。」

「どっち？　全部明るみに出す意味のばらすか、殺すの意味か。」

「まだ決めてない。決める時が来ないのが一番だけど。」

「どっちも無理なくせに。で、と、次は、照一さんとるり子さんが働いてた会社のこと。あいつらのこと。」


照一が文字通り死ぬまで勤務していた、というより結果的には死ぬために勤めていた、というよりただ休日に野球をやらせてもらえる理由で働き続けていたのは、県内を中心に営業するごく小規模な運送会社で、引っ越しも請け負っていた、と慎一がはっきり認識したのは父の死後。母のるり子は、死の直前に夫が聞いたのと同じ言葉を土下座男から聞いた驚きのためにそこをやめ、一番長く働いたのは、当時駅前に出来たばかりの大阪に本店を置く百貨店の地下食品売場だったが、その時々で洋服の販売、化粧品の営業、喫茶店の店員、といった仕事を、かけ持ちで続けた。体格は福子に譲っても、様々な職種で食扶持を稼ぐだけの体力は寿六から受け継いでいたが、それを知っても慎一は母の苦労を特段ありがたがりはしない。恩着せがましいとも思わない。

「どうして？　やっぱり――」

慎一が成長してゆくからだ。

「男は大きくなるに連れて親不孝になる？」

ではなくて自分が住む土地の様子が分ってくる。この海で平家が滅んだとか、それから七百年近く経って、いつの時代にもいる何をすればいいか分らない若造どもが丁度いい暇潰しとばかりに江戸幕府をぶっ壊したとか、あるいはるり子たちがボックスカーの目を逃れたとかの歴史と同じく、今度はいまのこの街について知る機会が、求めなくても増えてゆく。土地の大きな役割の一つは、住人たちに自らの来歴を叩き込むことだ。

夫婦が勤めていた運送会社も傘下に置く古坂山《こさかやま》家は、中国地方から九州北部にかけての物流で出発し、娯楽施設、スーパーマーケット等、いまやこの地域そのもの。あまりに広く行き渡っているために住民たちには見分けのつかないことも多い。日頃使っている路線バス、ボウリング場、パチンコ店、駅の北部一帯に散らばるラブホテル、性風俗店、さらには電柱一本、駄菓子屋の飴玉《あめだま》一個、蹴飛ばす石ころ一つ、人ひとり、どれが古坂山であるのかないのか、きっと誰も説明出来ないし、しようとすればするほど古坂山の力はどんな丁寧な言葉も分析も、虫のように小さくしつこい批判も、全て腹の足しに変えてしまう。風や地面、たんぽぽ一輪が、どうして、どういう理由で古坂山とつながっているのか無縁なのか、誰も説明しない。したがらない。

慎一もこの土地に生れた子として、海峡を見ながら、錆《さ》びついた碇の色をしている塩辛い風に目を打たれて泣きながら、やがては、風に隠れようとする言葉を端から捕まえては聞き分け自分でも喋りながら、またこれは慎一に与えられた特権と試練だが、蒲団叩きで追い詰められる、ばかりでなくいくつものるり子の手数を潜り抜け、朱音、朱里と一緒に生き身よりもずっと鮮明な幽霊のように駆け回りながら、古坂山について知らないうちに知ることになってゆく。

「あいつらが下関をいいように仕切ってたって、いまは分ってる。あの頃気づかなかったのがどうしようもなく悔しいけど、せめていまの私は違うって、そう言い聞かせないと、悔しさだってなくなる。」

息子がいる。いつでも、いつと名づけようのない時代にさえ、この一族に息子は途絶えない。一日のあとにまた次の一日があるようなもの。一分のあとにまた一分が、秒針に切り刻まれてやってくる限り、息子はずっといる。もし跡継ぎの役目を果せそうにないならばさっさと入れ替える。例えば、やっと生れた子どもが、女であるといった場合には。常に何人かの息子、息子になりそうな誰かを準備しておく。人間の網の目を作っておく。本家である物流会社へまず優先的に割り振っておいてから、関連会社、地方と中央の官庁、政界、外郭団体、もし人が余っていれば、小さな運送会社……

「あいつらがこの地域を抑え込んでるって、誰もが信じてた。それが世の中の仕組みなんだって思ってた。」

「私は違う。いまの私は。」

「俺はいまもどこか、その信じたくないことを信じてて、だからきっと、いま、これを書いてるんだな。」

「どこかとか、きっととか、そんな曖昧な表現、使っちゃいけない。分る？　いま生きてる私たちが自分のことを言うのに、そういう言葉を使っちゃ駄目なの。いくら作家でも。」

「朱里にしてみたら、朱音がああなって――」

「私じゃなくてお姉ちゃんじゃなくて、あなた自身のために、駄目なの。それに間違えないで、お姉ちゃんは、ああなったんじゃない、ああされた。あなたもそう。あの血筋の被害者。だから、信じたくないことは信じなくていいの。」


ファウルフライが上がった頃すでに七十を過ぎていた古坂山の当主が家業を引き継いだのは、やがて照一が捕球し損ねて倒れ伏すことになる多目的グラウンドがまだ鼠や蜥蜴《とかげ》の天国たる雑木林だった時代。先代から託された一番の武器は、早死の実母のあとの義母が産んだ妹一人。これをどう使うかとまず市内、県内を見回し、次に少し遠くへ目をやると、二つ隣の県に、同じ物流業界出身の国会議員に独身の息子があったのでファウルフライとは似ても似つかないライナー性の早業で嫁がせておき、自分はといえば、家業の隆盛に身を捧げるべく、妹に負けじと有力筋いくつかに狙いをつけ、その中の、物流には欠かせない道路建設業者の娘とそろそろ婚約かと両親ら一族が踏んで、両家の結合によるその後の事業展開を算段し始めた矢先に、行きつけだった呑み屋に出ていた、小説やクラシック音楽に詳しい女の、商売と政治行政の隘路《あいろ》を通り抜ける快楽しか知らない自分とは全く異なる質《たち》が面白くなり、だったら道路建設業者の方と一応予定通り一緒になっておいて、ナニの方は店でも持たせて抱え込んでおけばいいじゃないか、そのくらいは結婚相手だって我慢しないものでなし、また我慢させられないで当主が務まるか、と丁寧に教え諭す周囲を振り切り、正式に妻として迎えてしまった。そこに息子が一人生れる。

「都合よく、一人息子だよな。その方が話、作りやすいし。」

「だってそれは本当に。」

「そう、本当に一人息子だった。跡取り候補はそうたくさんいなかった。だったら実の息子かどうかはどうでもいい、古坂山の苗字さえあればどこの息子だろうが構わない。優秀でさえあればいい。いや学業なんかより、一番大事なのは、誰と比べても飛び抜けた好運の持主であること。古坂山の直系に生れる以上の、好運に恵まれていること。だから……」

「もうそこを書くわけ？」

「勿論順番は守るけど、でも、ずっとそこだけ書いてるようなもんじゃないか。」

当主の許《もと》に息子の源伊知《げんいち》が、丁度福子やるり子と同じく、不謹慎にも日本最大の戦、その真っ最中に古坂山の正統な後継者として生れてくる。戦争にひれ伏すように。戦争がなければ生れてくることが出来なかったかのように。この神聖な大戦争が本州の西端で生れた何人かの赤児の隠れ蓑《みの》でありそれこそが何よりの産衣《うぶぎ》であるかのように。戦争という大音響を聞いておかなければ音が止んだあとの不安な空の下で成長する力も与えられないと早合点したかのように。生れてくる以外になんの取得もないみたいに。

寿六が仕事に出かけて帰るまでの間に戦況の悪化と娘たちの成長があったように、そここの赤児たちは戦後復興を出し抜いて文字通り一足先に立ち上がり、何をしたか。つまり照一が、あるいは慎一が、また海と島が左右に流れ漂うこの土地に生れたたいていの子どもたちが、何をして成長したか。全く別々の時代の別々の子どもでありながら何百年もの間たった一人の赤児しか生れていないみたいに、たった一つのこと。時には生きるためであり、時には楽しむためであり、時間を潰すためであり、身に降りかかるあれやこれやを忘れるためであり、何よりも殺すための行為。

「私は魚釣りなんてやらなかった。海辺で生れたみんながやってたわけじゃない。」

「そうだよな、朱里は、釣りに興味がなかった。」

「皮肉?」

「え?　……違う。」

「だったら皮肉にしといて。私は、魚なんかよりもっとちゃんと殺さなきゃならないものを自分の手で殺す代りに、お姉ちゃんに殺してもらった。」

殺されなければならない相手が実際に退治される前から、その殺害を怪物退治の話としてこうして慎一が小説に書く前から、海辺の人間たちは網で漁っている。針と糸で釣っている。

それは確かにそうでなければならなかっただろう。生身の人間の体から魂を抉《えぐ》り取ったり、紙と鉛筆文字の世界（慎一はいまも古色蒼然《こしょくそうぜん》上等とばかり手書き作家を決め込んでおり、従って読者がいま追っているこの筋道も、もとは慎一自身でさえ判読しづらい文字の連続なのだ）で怪物退治するよりは、なんの罪もない魚や貝を地上へ引きずり上げて生きたまま切り刻む方がどれほどこの世界に適《かな》って平和だろうか。針と糸の時代の子どもである慎一は網なんか知らない。単に知らないだけのことでしかない。竿《さお》とリールでしかけを投げ入れる横に、絶妙に腰を捻《ひね》って投網を打つ人影がないからといって、自分がその人影の遠い子孫だからといって、作家の想像力の前では大した問題は起らない。例えば――

十八世紀のある日、本州西端の海で、膝まで潮に浸った男が網を打とうとしている。時折銀色に反射する魚体。打つか。ひょっとして一番の好機は過ぎたか。海峡だから時間はよその土地より早く過ぎる。まだ打たない。時間の首に結んだ紐《ひも》の先を握っている誰かは国の中央にしか興味がないらしく、浜辺の男には目もくれずに、歴史を急速で進める。男が一投目を終え、わずかな漁獲に息を殺して考え込んでいる頃にはもう、世紀が一つ先へ進み、江戸時代は老境に差しかかっている。島はあい変らず右へ左へ。

同じ場所で同じ日に、この国の近代化の一端としてすぐ近所の春帆楼《しゅんぱんろう》に伊藤博文《いとうひろぶみ》と李鴻章《りこうしょう》が顔を合せていると知ってか知らずか、男は二投目を狙ったわけだが、今度男の網を迷わせたのは魚がいるいないの目先ではなかった。いや現に、ボラであるかスズキであるかの鱗の輝きが見えてはいたのだが、行き来する魚影のおそらくは一尺余り下と思われる海中に、見た。初めは生きているとは思えなかった。太陽に急な雲がかかって出来た日陰、そのくらい大きかった。八十年以上を隔てた慎一が、父の葬式の日に見たのと同じとは気づかずにそれを目にした時、なんで岸から釣りをする自分に見えるほど近くに潜水艦がいるのだろうと不思議がったものだが、あいにく投網の男は潜水艦を知らなかった。鋼鉄の兵器が日陰に化けた。

だがそうやって様々に化けていたものが、身をくねらせた。時を隔てる投網男と慎一は、ここで同じ発想に辿り着く。

鯨。しかしこの狭苦しい海峡にいるとは信じられない。海峡を漂う島は遠くにはっきり見えているが、すぐ目の下にいる黒く大きなものの実体がはっきりとは摑めない。違う時代の二人の男にどうにか納得出来たのは、どうやら生き物らしいということだけだった。

黒い影はやがて抜け抜けと浮び上がってくる。

あっ。

二人の男は同時に声を上げた。鯨ではないが見たこともないほど大きな魚。違う。日に輝いていた鱗が滑らかな羽へと変化してゆく。あるいは最初から羽であったものが海中で鱗に見えていただけかもしれないが、最初からそうであるのと、鱗が羽に変化したのと、さほどの違いがあるとは思えない。何世紀にも跨《また》がる筈の、海中から水上、鱗から羽への生物の進化を瞬時にやってのけると、生れて初めて触れた空気に巨体を震わせたと見る間に、胸鰭《むなびれ》だとしか考えられなかった、体の両側に扇か傘のように広がった出っ張りが海水を滴らせて持ち上がり、海面を空中へ引きずり上げそうにはためくと、全身が完全に宙へ浮き上がった。

「実際にはいない、よね。」

「まだ確認しなきゃいけないかね。」

「読んでる人のこと考えたらところどころで説明しとかないと。」

鰭の翼をひらめかせ、長い尾をくねらせて水中を泳ぎ、空を飛ぶ怪物は、各々の時代によって様々に描写されてきた。絵巻と呼べるほどの古い文書には、その体、天を覆い地は影となり、昼も夜の如《ごと》し、その羽、颶《ぐ》風《ふう》を招く、などと書かれた横に、蜻蛉《とんぼ》にしては羽が広過ぎる、蝶にしては胴が長過ぎる怪物が、おどろおどろしい墨跡で紙幅を占拠している。隅に追いやられる恰好で描かれたやや貧弱な印象の武者たちにはそれぞれ、肩書、姓名がつけられているが、この地にふさわしく壇《だん》ノ浦《うら》の合戦の武将もあれば、「三国志」や「八犬伝」の人物名も見えてとりとめがない。知盛は確かにこの怪物を見たのだろうが、このような武者絵はまず、かなり下った時代のものだろう。

かといってこれが単なる神話、昔話上の幻獣とばかりも言い切れないことは、近代化以降にも残る記録を見ればはっきりしている。十九世紀最終盤から二十世紀にかけて出された、日本各地の霊異、妖魔に関わる奇《き》譚《たん》を集めたいくつかの書物でも、その時代特有の描き方や印刷技術によって、紙の上に舞い、泳ぎ、大風を起して森をなぎ倒し、口から吹いた火が一街区まるごと焼き尽してもいる。ここでもまた人間の姿が描かれていて、当時の実在の人物、中でも不景気や窮乏、また戦争を招いたと目される為政者、軍人などの名が付されていて、明らかに諷刺《ふうし》画の性格を持っている。時代や描き手によって特色があるが、共通しているのは鱗のような羽のようなものが体の表面を覆い、口吻《こうふん》が突き出、眼球が大きく、鰭でもあるも巨大な扇が広がり、尾が長い点だ。これに手足が生えていたり、角が加えられたり、中には騎手よろしく背中に人が乗ったものまである。耳もあったりなかったり。空から下ってきたばかりという姿勢の場合もあれば、海岸の断崖を這《は》い上がってきたり、斜面を崩して山の中から現れたりもしている。西日本に圧倒的に多く残されているので、都を追われた平家一門の怨霊と見る向きもあれば、逆に平家の専横を現代にまで伝えるものだと主張する研究者もいる。もう一つ、どの絵にも共通しているのは、民俗伝承の史料として興味深くはあっても名のある画家の筆ではないため、美術的に見てさほど価値がない点だった。

「怪物なんかどこにもいない。だからそんな絵だって残ってない。あなたが実際に描いたんなら話は別だけど。」

「絵は描けない。」

「だったらますます幻想ね。怪物も、絵も、怪物殺しも。」

「こうやって小説は、書ける。人を、人をね、殺さなくたって、人殺しの小説は書ける……」

「じゃあ、その逆、か。」

「……そうだな、実際の体験を、小説に出来るかどうか、だな。」

少なくともるり子が慎一と縁を切ったわけではないし、逆に、まだ幼い慎一が家出したわけでもない。母子の間にそんなことが起っていたなら、照一の死が二人に不和をもたらしたのだ、男の稼ぎ手不在による苦況が悲惨な結果を招いてしまったのだ、と立派な語り種になっただろうが、照一が去って寿六が加わった一家三人にはいまのところ、立派な要素は微塵《みじん》もない。

3

運送会社を辞め、百貨店の食品売場や洋服の販売といった仕事を得、福子のいる実家へ戻ってみんなで暮してはどうか、との寿六のもっともな提案をなぜか振り切り、小さなアパートの一階に父とともに息子を抱えて移り住んだるり子が、本来の用途以外で使うといえば、家具と壁の隙間に入り込んだボールペンを掻き出すくらいしかなかった蒲団叩きを他の目的で手にするようになったのは、照一の四十九日も過ぎた頃。この点では、夫の死が息子への圧力の苗床とも言えるし、照一自身が、自らが死んでいるのをいいことに、息子の窮地を模様眺めしていたことにもなる。死んでしまったというだけの理由で、急に何も出来なくなったのだ。同じ男とはいってもそこが、後々の寿六とは違っていた。

碇を担ぐという離れ業でもってこの世を諦めた知盛でもなく、あの怪物でもない籐製の蒲団叩きは、照一を失ったこの家族を見限る熱意も持たず、狭い裏庭に通じる居間の硝子戸の脇にいつもひっそりと立てかけられていた。

きっかけは、茶碗。いつも通り、食器を出すよう、るり子が命じる。慎一は、まだ五歳なのに、その歳を何度もくり返してきた熟練の五歳のように、これなら母が喜ぶこと間違いなしと思える素晴しい提案をする。

——お父さんので、お父さんので。

るり子は、この時はまだ穏やかに、

——ええ？　慎にはまだ無理やわ。もっと大きゅうなったらね。

薄くて浅い慎一のものに比べ、いまや持主のいなくなった茶碗はぶ厚くて、重そうで、濃い藍色。鈍く光っている。駄目だと言われると慎一の目には、よけい素晴しいものに映る。

——いや。お父さんの、お父さんの。

——だーめ。

そう言って、息子が食器棚から出そうとする夫の茶碗を取り上げた時も、るり子はまだかろうじて笑っていた筈だ。

寿六は、ええやないか、と言った切りだった。それまでにも、何かを強く言ったことはなかった。照一がいなくなったあとで、娘か孫のどちらかにつくこともなかった。

そういう三人のやりとり、というより丁寧な躾《しつけ》のような会話の翌日、ではなくその日の夕食だったかもしれない。るり子が台所で鍋と俎板《まないた》の前を行ったり来たりし、寿六は居間でうたた寝、といった頃合だったか、慎一は大人二人の隙を突くつもりで得意になりながら、母のいつもの言葉を待つ。

——食器出しとってくれるぅ？

待ってました。慎一は食器棚を開け、まずは箸立、母と祖父の茶碗を食卓に運び、母がこちらに背中を向けている間に、藍色の大きな茶碗を素早く取り出し、自分の席の前に置く。こんな名案はない。

息子の配膳を確認しようと振り向いたるり子は、夫の死後、引っ越しついでに処分しようとして、出来ず、そこへ入れたままにしてあるものの一度も出したことのなかった茶碗と、その前で得意気に母を見上げる目に出くわし、

——ひいっ。

慎一はまた母の声を見た。あの時と同じ目も。

——なんかね、これは。あんた、なんのつもりかね。

気持悪そうに怖々呼びかける声。それでも慎一はまだ、母が喜んでくれると決めつけていたらしく、

——お父さんので食べるんよ、すごいやろ。

——何を、何を言いよるんかねあんたは。

母の目に、やっと不安を覚える。母がかわいそうになる。母は泣きそうになっている。ぶ厚い茶碗を両手に持ち、

――ほらあ、お父さんの茶碗よお。お父さんがおるみたいやろう。僕、お父さんみたいやない？

素早く取り上げた夫の茶碗を慎重な手つきで棚に戻したるり子は、今度は息子に目もくれず、父親のいる居間を横切り、蒲団叩きを持ってくると、母が泣くのではないかとまだ思っている慎一の喉許に、籐が曲げられて丁度ハートの形を描いている先端を突きつけ、小刻みに動かしながら硝子戸の方まで追い詰め、

――あんたにそねえなことは言わさんよ、もう二度とそねえなこと言いなさんなよ、言うたら、言うたら、ひどいことんなるよ、ひどいちゅうもんやないよ。

るり子が振り上げるのと、とりあえずなりゆきを見守る姿勢だった寿六が、おい、と生涯に何度かしか出さなかった大声を上げたのが同時。るり子は何も叩かず、もとの場所に蒲団叩きを立てかけると台所へ戻り、鼻歌。

――おーたまじゃくしはかえるのこー、なまずのまごではないわいなー、そーれがなによりしょうこにはー、やがーてでるあしがでるー。

寿六が大きな温かい手で頰を抱き寄せてくれ、母が怖いのと祖父に安心したのとでその場で漏らした。祖父がタオルを持ってきて、着替えを手伝ってくれた。るり子は歌い続けていた。

おたまじゃくしが誰の子なのか、誰がナマズの孫ではないのか、そもそも蛙が誰でナマズが誰なのか、果して自分はどちらなのか、慎一は勿論、土下座男の言葉を聞いたるり子にも、

まだ本当には分っていなかった筈だ。

るり子は、食器を並べる役目をやめさせはしなかったが、慎一が隙を見て父の茶碗を出そうとすると素早く目を向けた。息子にではなく、立てかけた蒲団叩きに。すると慎一の方は、あの目つきで見られたよりも背筋が固まってしまい、茶碗を静かに戻し、小便がしたくなった。母、茶碗、蒲団叩き、便所。しかしこの反応のくり返しはまだ小競り合いだったのだ。

秋が終りだった。

風が来て細かい雨になった。それでも、空には星が見えていたようにも思える。雲が動いていたのか。慎一があとで勝手に加えた幻でないなら、あの怪物の仕業だったか。恐ろしく寒くなった。

寿六が熱心に覗《のぞ》き込むテレビのニュースも言っている。皆さん、秋ではありません、勘違いしないで下さい、秋は収奪されてしまいました、行方不明です、どこかで見かけた方は御一報を、冬は手のほどこしようもなく蔓延《まんえん》の気配であります、風は狼藉《ろうぜき》三昧、打ち上げられた野球のボールも目下のところ多くが攫《さら》われたまま解放されていません……

夕食の片づけをする鼻歌だけが別の季節だった。鳴っている硝子戸に飛んできた何かが張りつき、剝がれていった。カーテン越しだが、大きな鱗だった気がした。

遠くで何かが爆《は》ぜて、停電。三人とも、あっと黙る。手探りでカーテンをはぐった寿六が、

——よそも消えちょるようななあ。

るり子は、

――慎、電気つくまで動きんなよ。

本当に真っ暗。

だが慎一は、世界から光を奪った犯人をすぐに見つける。

食器棚の中、父の藍色の茶碗だけがぼんやりと光を宿している。茶碗じたいが発光しているのではなく、中に何か、光の源が納まっているらしい。

ところが母は、はよ元に戻らんかいね、と呟くばかりで茶碗には見向きもしない。居間の祖父からも見えていそうなのに、何も言わない。

棚の前まで手探りに歩いてゆく気配を察して、

――慎、じっとしときて言うたろうがね。

やはり見えてはいないようだ。棚の引き戸に手をかける。

――あんた、なんしよるんかね。

大丈夫、自分にしか見えていない。前は父が飯を食べ、いまは光のすみかになった茶碗を取り出す。

光るものがいた。魚か、蜥蜴か。体の両側から生え出た羽のようなものが茶碗の内側をぺたぺたやっている。

あれだ。あの時のあれだ、かなり小さいけど。飛び出た目玉でこちらを見上げ、鰐《わに》みたいな長い口を、開けた。

喉の奥に炎が見える。

また何か爆ぜて、灯《あか》りが戻る。父の葬式の日に魚を降らせ、今度は茶碗の中で小さくなっていたあの怪物が、消えている。なのに母は怪物よりも怖いものを見たように、

――あんた、なんかね、それは。なんしよるんかね、はあ？

それが母の顔だということは分る。火葬場の時と同じ、見ているのに、見ていない目。固まった息子の手から夫の茶碗を取り上げると、前歯で窮屈に下唇を嚙《か》んだまま、

――あんたちゅう子は、そねえなつもりなんかね、ああ？　暗《くろ》うなって、人の目ェ届かんけいうてから、泥棒するんかね。お父さんのもんも自分のもんも見境なしかね……あんたは、やっぱり、そうなんやねえ、なんもかんも見分けがつかんのよ、お父さんが誰かあも、お母さんが誰かあも、自分がどっから来たもんかも、知るまあがね。ええ気なもんよ、ええ気なもん……

言いながら息子を硝子戸へ追い詰める間には、なんしよるそか、また、と寿六が割って入ろうとしたが、るり子は二人の男に隙を与えず硝子戸を慎一に背負わせると、立てかけてあった蒲団叩きは、確かにひとりでに宙に浮き、掌に吸いついた。

――やめれて言いよるやろうが。

寿六が止めるまでのわずかな間に、るり子の蒲団叩きが慎一の尻と脚を何度も打った。下唇をいっそう強く嚙み、まばたきせずに見下ろし、打った。いきいきと打った。

間に入った寿六の体をかわしたるり子は硝子戸を開け、慎一を裏庭へ押し出し、戸を閉めて鍵。こちらを指差しながら開けようとする寿六と、止めるるり子。二人の声が低くなって、

るり子の泣き声。また小さく話す声。ああ？　とひどく驚く寿六。

——そねえなこと、あるわけなかろうが。

どのくらい経ってから、部屋に戻っただろうか。鍵を開けてくれたのは、母だったと覚えている。

外へ出されている間、不思議とあの流れる島が思い出されて仕方がなかった。昼間であってもここから海峡は見えない。その海に浮んだ島が、目の前で動いていた。あの時のように、潮の流れを直角に横切って島が岸壁に近づいてくる。いや、どこかの河口を遡ろうとしているのか。そんな幅の広い川がこの街にあっただろうか。

潮流を横切る島の周りには、やはりあの怪物が泳いでいる。島の動力でもあり、島に這い上がろうとしているようでもあり、島に拒まれているようにも見える。

なぜそんな時に島を想像したか、島が目に浮んできたかを、慎一なりに、何年も経ってから納得することになった。

父の茶碗は母がどこかに隠してしまった。サンダル、ライター、ネクタイ、それからファーストミット、といった父の持物がいつの間にか消えて仏壇が残った。毎朝、茶を上げて、花も枯れる様子の全くないうちに替える母は、息子にも手を合せるようにとは、一度も言わなかった。

慎一の方は、父の茶碗を光らせていた小さな怪物を、やはり母には教えなかった。いまだに言えないでいる。

「当り前じゃない。そんなもの、最初からいないんだから。」

自分にしか見えないものを言葉で伝えたとして、それは本当に、伝えたうちに入るだろうか。伯母の福子は、魚が降ってきたと主張する甥を、ただかわいいとかいじらしいと思いはしても、信じてはいなかっただろう。誰にも見えない怪物の姿を熱心に話すのは、逆にそんなものはどこにもいないと言い張るのと同じだ。見たことがないのと同じだ。見たこともない怪物の記憶。これほど強固な記憶はない。

茶碗は消えたが、慎一が言うことを聞かないとなると、蒲団叩き、はたき、それらが間に合わなければ平手。打数が増えた。慎一は止めに入ってくれる祖父に安心して、テレビの音量を急に大きくしたり、壁や襖《ふすま》の、まださささやかだった落書きを伸び伸びと成長させたり、畳の目を執念深くほじくったりした。近所の植木鉢を引っくり返した。友だちの腕に嚙みついてけがさせた。るり子や相手の親が問いただすと、ほんなら僕のも嚙んでええよ、ほら、嚙みたいんやったら嚙んだらええやん、と腕を突き出した。

母に向ってとも、祖父に向ってとも、自分でも分らないまま、ばーか、ばーかと言い続けた。飛んでいる鳩《はと》に、落ちて死ねと宣告した。月を指差して、太陽が夜に出とる夜に出とると得意気だった。夜空を利用したそんな噓くらいで、るり子は激しく打った。慎一はどこか、母の打撃を読んでいて、読み通りにいたずらし、読み通りに打たれた。わるさと蒲団叩きの競争だった。

寿六は、寿六なりのやり方でこの特殊な闘いに参加した。るり子の打撃の、素早い一発目は防げなくても、なるべく連打は出させないように身を挺《てい》する一方、最終手段である裏庭への締出しは、雨風と停電の日に慎一を部屋に入れてやるやらないでるり子と言い合ったのが最初で最後、それからはるり子に反論せず、代りに孫と一緒に外へ出、娘の怒りが静まるまで、自分にも二人の娘にも似ていない、同級生と比べても細く小さな慎一を懐に抱きかかえて待つのだった。るり子の許しが出るまでは、決して中へ入ろうとしなかった。慎一にとっては母の打撃がそのまま祖父の大きな体温だった。

「俺の乱暴と、母の蒲団叩きと、祖父の懐。父親がいなくなった家の中が、怪物の顎で嚙み砕かれてしまわないための、各々の役割だったんだな。祖父が留守の時に手を上げる母は、いきいきなんかしてなかった。止めてくれる人がいないけど役割だけはちゃんと果さないといけないっていう感じだった。」

祖父の温かい体に抱かれて泣いた。祖父は泣かずに、孫が泣く分だけ話した。

――そうそう、ええぞ、いまのうちィ泣くだけ泣いちょったらええ。大きゅうなってから泣かあにゃいけんようなことがあっても、いま泣いちょったらどうにかなるけえ。お前はいずれそねえなことにぶつからんにゃいけんことなる。聞きとうなかったことを聞かあにゃいけん時が来る。そういうことが、何度もあるやろ。ほやけどよ、そのたんびに泣きよったらどうもなるまあが。いまのうち、祖父《じい》ちゃんとこでよう泣いちょったらええ。泣いてもええ時によう泣いとかんと、強い人間になれんけえなあ……お母さんのこと、許せとは言えんけど、すまんなあ……

いつまでも泣く慎一に負けずに、寿六はこれでもかといろんな話をくり出した。源平合戦を、知盛を、送り込まれた中国の戦場ですぐ傍を歩いていて撃たれた兵士がどんな顔をして倒れ込んだかを、小倉に落されなかった原爆が長崎を焼き尽してしまったことを、福子とるり子がどれほどかわいいかを、二人がどれほど逞《たくま》しく成長したかを、また、ハゼの時とチヌの時とでは針の大きさと形が違うこと、用心して針全体を餌で覆ってしまいたくなっても必ず針先を出しておかなければ針がかりしないこと、一回目立った中《あた》りがあっても絶対に慌てず、しかし針にかけるための合せの時は素早く、思い切って竿をあおること、狙ったところに投げ入れたせっかくのしかけが海峡の潮の勢いに流されてしまってもがっかりしないこと、一番大事なのは粘ることだから、いくら潮が悪くて釣れない日でも最後まで決して諦めないこと、めったに岸に近づいてはこないがあの島に糸を引っかけたりしないように一応は注意しておくこと、を語った。裏庭で武将の名を覚え、日本とアメリカの戦争を知り、いつか海峡で釣る筈の大物を夢見た。

――スズキはなあ、ええか、針ィかかったら口ィゆすぐけえ気ィつけえよ。海ん上ェ飛び跳ねてから、嗽《うがい》するみたいに口ィ揺すぶって、針、外そうとするけえなあ。それと、鰓《えら》が剃刀《かみそり》みたいになっとるけえ、指ィ切らんようにせんと。背中の鰭も針みたいになっとるけえなあ。

――スズキ、大きいん？

寿六はにんまりすると、さも重大な秘密を教えるように無言で、肩を抱いてくれていた両腕を目いっぱい広げてみせた。

――祖父ちゃん、嘘つきよるやろー。

スズキを縮めてまた孫を包むと、

――嘘やないっちゃ。いまの慎くらいやったら向うの方が力が強いけえ、海ィ引きずり込まれるか分らん。大きゅうなってから勝負すりゃあええ。そん時のために、力、つけとかんといけん。ええか、なんがあっても、諦めちゃいけんけのう。

るり子の最も強い一撃。

小学生になった慎一は学校の休み時間に、上級生たちがグラウンドで野球をしているのを見る。テレビの中でもやっている。どの一塁手も、聞かせられている父のようにファウルフライを捕り損なったとしても、そのまま倒れ込んだりはしない。なんなく捌《さば》いたところで、捕って当り前だから特別大きな声援を貰いもしない。どちらにしろ、ファウルフライに人の命を奪うほどの力はない。算数はいや、平仮名を書けば、あ、と、お、を間違える、歌も絵も下手くそ、ランドセルはいつまで経っても重たくてどうしようもない、スズキに引きずり込まれないくらいまで大きくはなっていない、時々釣りにゆく祖父も、海はまだ危ないからと連れていってはくれない。

だったらあとは、出来るかどうかは全然分らないが、野球くらいしか思いつかない。だが母は背中を見せて台所に立ったまま、

——駄目よ、二度と言いなさんなよ。運動なんかせんでもええから、勉強しなさい勉強。

——僕は勉強出来んでも、野球やったら出来るけえ。ボール、捕れるけえ。お父さんみたいに死にゃあせんけえ。

まるで最初からこっちを睨んでいたような強い目。

両頬に、平手一発ずつ。頭に、中指の関節を突き立てた拳骨。だがまだ序盤だった。硝子戸へ追い詰めてからの蒲団叩きは、慎一がうずくまってからも、寿六が止めに入る隙もないほど激しく続いた。自らも打たれながら間に立とうとする父親を、

——父ちゃん、ええから、すぐ終るけえ、こういうことは早う終らせんといけん。いまのうちに叩き込んどかんとつけ上がるばっかりやけえ。

父を息子の前から押しのけ、打った。寿六がまた間に入る。また押しのける。それが三度くり返され、あとは打たれるだけだった。波を被《かぶ》るようだった。打撃の水を浴びて丸まっているしかなかった。隙間なく打たれた。痛い水だった。染み込んだ。いっそう丸く固まって自分で自分の中にめり込んだ。

その夜。祖父が裏庭で言った中で覚えているのは、

——ごめんなあ。祖父ちゃんでも止めきらんかった。止めにゃあいけんのじゃけど、止めたら、もっと、いけんことが起りそうに思うた。わけが、わけが、あるけえなあ。

そのあとは、星座が空を移動してゆく音がずっと聞えていた。

部屋に戻った記憶はなかったが、朝、慎一は畳の上に敷かれた蒲団でいつも通り目覚めた。寿六は、座敷にいたかと思うと裏庭で煙草《たばこ》を吹かしたり、道具箱の針や錘《おもり》を確めたりしている。釣りに行くつもりかと思っているとテレビで相撲の中継を見ている。朝から相撲をやっているのは変だ。

だが慎一が気づいたいつもと一番違う点は、テレビを見ている寿六が、伸び切らない筈の右腕を畳に真っすぐに突いて体を支えていることだった。

おかしなことはその日ずっと続いた。休めと言われたので慎一は小学校に行かなかった。るり子は隣家に息子を預けて出かけた。泣いている母と隣人との会話の中に、けいさつ、という音を慎一は聞いた。夕方近くになって迎えにきた母と戻ってみると、寿六はまだ綺麗に右手を伸ばしてテレビの前に座っていた。あの時のように黒い服の人たちが出入りしていてもお構いなしだった。

——祖父ちゃん、手ェ、伸びるようになったんやねえ。

——ああ？　と寿六は慎一が指摘した右腕を、釣りのしかけを確める目で見つめ、伸ばしたり畳んだりし、ハリスの結び目に間違いを発見したみたいに、

——あー、しもうたわ、てっきりまだ生きちょる生きちょる思いよったけど。

祖父は怪物でもないのに、通夜と葬儀に参列する人たちの目にはどうやら見えていないらしかった。

――慎、お母さんやら福子やらに知らせちゃいけんぞ。死んだ本人が自分の弔いに出ちょるちゅうんは、ちいと具合が悪いけえなあ。

――どうせ見えんのやけ、おんなじなんやない？

――屁理屈言わんでええ。

まさかまだ父親がそこにいるとは知らないるり子が、

――あんた、なんを一人でぶつぶつ言いよるそかね。

こうして無事、寿六が自らの葬儀に参列している最中、慎一の見る限りではもう魚は降ってこなかったし、父の茶碗の中にいた怪物の姿も見えなかった。

右手が伸びるようになった自分をほっぽらかして棺の中に入った祖父は、安らかに眠んさいよ、と周りから言われているものの、禿《は》げ上がった額を傷が一つ斜めに横切っていて、とてもこれからぐっすり眠りそうには見えなかった。寿六が死んでから、ひとりごと、というより見えない誰かに向って喋るのだとるり子の目には見えたらしく、慎一は遠くの精神科へ連れてゆかれたり、神社でお祓《はらい》をしてもらったり、病院で出されたのではなさそうで神社とも別口らしい、墨で呪文みたいな字が書いてある和紙に包まれた粉を飲まされたりした。砂糖みたいに変に甘く、これは砂糖だと思った。

――慎、ええか、他の人がおるところで祖父ちゃんには話しかけん方がええ。喋るんなら二人だけの時にせえ。おう、祖父ちゃんはお前の目にだけ見えるように出てきちゃるけえ。お前のお父さんみたいに、綺麗に心臓が止ったたんと違うけえ、どうせまだ当分は成仏出来んのじゃから。お前が一人前に釣りィするようになる頃には、もうお前んとこへ出てこんでもええように、なっちょろうかなあ……

「ちょっとやり過ぎ、かな。何か不満があったり脱線したなと思ったら、指摘してくれていいよ。」

「予防線張るくらいなら、初めからちゃんと考えて、ちゃんと書いて。」

「俺が俺の書きたいように、書いていいのか？　朱音や朱里の主体性を、無視しても？」

「こうやって小説に書かれてる時点で主体性も何もない。女性である私が男性であるあなたに役割を与えられて、登場、させられてる。ここにいるように強制されてる。」

「出てっても構わないよ。」

「そうするとしても、私じゃなくてあなたの意思で、出て、ゆかされることにしかならない。それに私がここからいなくなったら、私っていう人間がほんとにいなかったことになってしまう。大丈夫、先々絶対に、登場人物の私がこの小説じたいを内側から食い破ってやるから。あなたの小説は、あなたの書く人物の力で駄目になってゆく。」

「俺はそれを、書かされるわけか。」

警察沙汰を警察そのものが、おそらくはろくに捜査もしなかった。まるで島の人間、あの土下座男が死んでしまったのと同じく寿六がおかしな死に方をして、葬られ、やはりあの男

と同じくそこらを漂うはめになり、

――見えちゃいけんもんが見えるんやけえ、そりゃあお前にはすまんと思うけどよ、しようがあるまあが、あねえな死に方、してしもうたんじゃけえ。

――どねえな？

――それを本人に訊《き》いてどねえするそか。そこを突き止めるんが孫じゃろうが。男じゃろうが。

――男っちゅうてもさあ……

寿六がいなくなり、るり子の蒲団叩きは自由に慎一を打った。叩く時、母の目は誰かにそういう化粧をされたみたいに吊り上がっていた。力いっぱいだった。息が切れると、ちょっと休んでまた打った。なぜそんな目で、そんなに叩くのかはよく分からなかった。

時間もよく分らない流れ方をして、慎一がやっと平仮名の、あ、と、お、を書き分けられるようになった頃、

――大事なことがある、とるり子は言った。

慎一が連れてゆかれたのは、前にお祓を受けた神社並の、屋敷と庭。そこに、二人の女の子が母親と暮していた。

「並ってさ、私たちと神様をごっちゃにしないで。ばかにしないで。神様じゃなくて、お姉ちゃんと私をばかにしないで。神様並に扱わずに人間として見て。確かに家だけは立派だった。お腹がすいたこともなかった。なのにお母さんと私たちは……悪いけどここから少しの

間は、あなたじゃなくて私の視点で。」

「書くのは俺だから、朱里たちに都合のいいようには書かないよ。」

「当然。都合よくなんて、それこそばかにしてる。」


母親の睦子《むつこ》は美人だったが笑わなかった。

——笑わんね、と姉が言うと、

——でも綺麗なんやけえ、ええやん。

また別の日には妹が、笑わんねと言い、姉が、でもええんやない？　と答えたりした。母がもともと美人でもともと笑わないから、姉妹でそんなことを言い合いも出来るのに、自分たちが母に内緒でそんな話をするからこそ、本人の美人と無表情の度合が強まってしまったのかもしれないと、かなりの時間が経ち、当時の母の年齢を越えてしまってから、朱里は思った。

母の表情の原因は、時々通ってくる父親の古坂山源伊知にあったのには違いない。

——睦子は、そりゃ美人よ。ほやけどなあ、正式な奥さんにはしちゃれんかったわ。島のもんやけえなあ。まあでも美人じゃけえな、血ィ引いとるお前らも美人になるいうことよ。それでえかろうが、ああ？　島のもんが本土の人間と同じ暮しがしたいいうんが運のツキっちゃ。それでも睦子は運のツキで、運がよかったわなあ。夜中によ、街ィつっ立って買《こ》うてくれる男、探しよるところをわしに拾われたんじゃけえなあ。まあ、正式かどうかは関係なかろうが。島のもんは本土の言うこと聞いちょきゃ、それが一番幸せいうことよ。

母はやっぱり笑わないまま父の話を聞いていた。笑わないのと同じくらい、喋らなかった。姉妹が母の表情を代りばんこに言い合ったり、父が母の顔立を誉《ほ》め上げたりと、外から見られてあれこれ言われてこそ、初めて母が母としてそこに存在するかのようだった。母は確かにそこにいた。外から見て美しく、本土から見て結婚してはならない人間として。

「人間としてっていう書き方してくれるのはありがたい、と思わなきゃいけないんだろうけど、そうやって気を遣われるのがいや。あなたが書きたいように、結婚してはならない女として、で構わない。母は人間としてより、女として生きてしまった人だった。そういう生活を強いられた。強いられてるって気づくことも出来なかった。お姉ちゃんと私は、人間と人間の間じゃなくて、男と女の間に生れてきてしまった。勿論、あなたもね。」

源伊知に正式な妻と家庭があり、母以外にも相手がいるのは、姉妹にとっては意識するまでもなく当り前だったが、世の中ではどうやら当り前ではないらしく、なのに誰からも当り前じゃないぞと咎められないのは父が古坂山源伊知だからで、だからこそ当り前ではない大きな一軒家に女三人で住んでいられる、と姉妹はずいぶん幼い頃から、やはり意識するまでもなく知っていた。

「というより、小さな頃からそういうことを意識せずに生きてた自分に我慢出来なくて、そんな幼い頃からちゃんと主体的にものごとを把握して生きてたんだっていう風に、あとから、自分の記憶を自分でいじってるだけ。でも、あなたと初めて会ったあの頃には本当に、そのへんのことを、そろそろ意識していたとは思う。」

睦子は慎一を見た途端、不思議なことに、あの日火葬場でるり子が見せた、およそ母親が我が子を見るにはふさわしくないあの目つきになったのだった。慎一の母親ではないのだから当然でもあり、あとで考えれば別の理由で当然であったわけだが、なんでおんなじ目で見られるのだろうとこの時は思った。口に出して言いはしなかった。茶碗の中の怪物を誰にも言わなかった、祖父がすぐ傍にいることを誰にも言わなかったように。

——よかったねえ、慎、お友だちが出来たねえ。あっちで遊んどいで。

母が言ったくらいだから姉妹の姿は慎一にだけ見えているのではない。この二人は怪物ではない。警察が出てくるような最期だったらしい寿六とも違う。

「ごめん、朱里の視点で、だったよね。」

——ほら、二人とも、慎一君と遊んであげり。あとで紅茶とお菓子、ね。

寒い日なので庭へは出ず、室内で、どうやら新しい友だちであるらしい男の子と、遊べと言われたのだから遊んだ方がよさそうだ。母から前もって聞かせられてはいた。女の人が、息子と一緒に来る。母親同士、話がある。

で、どうやって遊べばいいか。朱里は分らないまま姉に、

——紅茶、紅茶か。苦いけえ、いややな。

今日みたいなお客はこれまでにもあって、そういう日はジュースではなく、決って紅茶だった。

——苦いんやなくて、渋いって言うんよ。

男の子はまだ近づいてこず、母親二人が残った応接間の方を向いているので顔は見えない。代りに耳が目についた。

朱里はそれが気になって、でも男の子の耳はまだ少し遠いところにあったから、指で自分の耳を触った。耳たぶを軽く引っ張った。何度かやった。男の子は振り向かない。なのに、

——しん、いち君は、一年生なん？

姉に話しかけられると素早く顔をこちらに向け、同時に頷《うなず》いた。朱里は手を引っ込めた。

——うちらは、三年生と二年生。

姉の言葉に男の子はまた頷き、姉妹を順番に見た。朱里は目を逸《そ》らした。相手の耳を見て自分の耳を引っ張ったこと、ばれてないといいけど。

姉が話しかけ、男の子が答える。校区が違うので同じ小学校ではない、母親は物を車で運ぶ会社に勤めていたのに運転は出来ないので、今日はバスに乗ってここまで来た、父親は男の子が五歳の時に野球場で倒れて死んでしまった、お祖父ちゃんも死んでしまった、まだ魚釣りはしたことがない、半ズボンから伸びる寒そうな脚の傷跡は、学校の階段で転んで出来た、転んで出来た、転んで出来た、とそこだけ何度も言った。

朱里は大好きな一番奥の部屋へ案内したかった。姉が大好きな部屋だから、自分も大好きなのだ。でも男の子は二階に興味があるらしい。きっと二階のない家の子だ。なのに、踊り場で立ち止っているので朱里は、慎一というこの子も、時々家に来る学校の友だちと同じよ

うに大きな家に驚いているらしいと、なんだかうんざりした。

扉と窓は大きくて、外枠はがっしりと埋め込まれている。広い壁と高い天井は、白くて模様がない。食卓のうしろの食器棚を、ある友だちは、家ん中にもういっこ別の家があるみたい、と言った。つけたことのない暖炉。花束のようなシャンデリア。いくつもの箱に分けて仕舞われている雛《ひな》人形。顔が白くて、段々の毛氈《もうせん》は赤くて、少し怖い。あちこちにかけられた額の中に描かれている、荒れ狂う海で斜めになった船、外国の古い城、神様の軍隊と悪魔の軍隊の戦争。庭は芝生と、何もいない池。源伊知の父が、奥さん以外の人のために、建てた家。二代続けて同じ使われ方。そういう種類の家も、家具や絵や飾りも、世の中にそうたくさんはないらしい。

――自慢出来ることなんよ。

母は笑わずに言う。食事のしかたがすごく綺麗な母。父、源伊知と仲よくなった時、どこへ出ても、島の人間だとばかにされないよう品よく食べなければならないと言われた。

――そんな席には、いまだに出たことないんやけどね。

先に二階に上がって待つ間に姉が耳許で、

――なんか、のろまやね。

階段を上ってくる足取りは確かに、苛々《いらいら》するほどゆっくりだった。ここへ初めて来ると、大きい広いと言って騒ぐ子と、何かを壊したり汚したりするのが怖くておとなしくする子とにだいたい分れるが、慎一は明らかにあとの方で、どんなに静かにしていた子でも時間が経てば騒ぐ方に近づいてゆくものなのに、二階の自分たちの部屋や母の服だけが仕舞われている部屋を見て回り、窓から庭を見下ろしたりしても、ずっと黙ったままだった。それにつけ込んで、

――家は、どんな風なん、慎一君の部屋は、何があるん？

――ない。

――なんにもない部屋なん？

――自分の部屋が、ない。祖父ちゃんが使いよった部屋、煙草のにおいするし、仏壇あって怖いけえ、母さんと一緒の部屋。

「というかその部屋には死んだあとも祖父が居据ってて、使いづらかっただけなんだけど。」

ふーん、とわざわざ大きく頷いてみせる姉にも、やっぱりうんざりさせられる。知ってるくせに。この家は街の中でも、古坂山と名のついた家以外では目立って大きくて、どんな子だってここより広い家になんて住んではいない。掃除とか庭の手入れは外から来た人たちがやってくれる。そんな家なんてめったにない。それを分っていて、自慢出来る、と言う時の母とは違って笑いながら、どんな部屋？　なんて平気で訊いて、ふーんと頷いて。

よその子をちょっと上から見ている、そういう時の姉は、すごく綺麗だ。いまも、二階をひと通り見たあとバルコニーに出て、いかにもつまらなそうに、

――なんか、古くて、広いだけなんよねー。

母と違って姉はよく笑う。自分がどれだけ美人なのかちゃんと分っている。朱里は美人の

姉が好きで、好きなのが悔しくて、

——ね、一階に戻ろうや、お菓子、お菓子。

そんなことしか言えないのか。

慎一はバルコニーで庭を見下ろしたまま動かない。どうしたん、と顔を寄せる姉に慎一は、何か指差してみせている。

姉が、あ、と声を上げる。朱里がバルコニーに出、入れ違いに二人が屋内に入る。庭を見下ろしてみるが、芝生と池。

——朱里、はよ行こう。お菓子やろ。

そう言って笑い、視線はこちらに当てたまま慎一の耳許で何か言う。慎一が小さな肩を揺らして笑う。うしろ姿で表情は分からない。耳だけ見える。自分の耳を引っ張ろうとして、やめる。


あの時、姉と慎一と一緒に庭を見下ろしていれば、何かが分ったのかもしれない、と朱里は、度々思った。

——池に、怪物がおった。

何度訊いても姉は、ふざけた目撃談をくり返すだけだった。羽が生えていて目玉が飛び出し、口が尖《とが》っていた、何もいない池の中を、餌を探すように泳ぎ回っていた、と。なぜ姉がそんな嘘をつくのか、初めのうちは分らなかったがずっと経ってから分った。つまり、嘘ではなかったのだ。

母親同士の話は長い。これまでにもそういう人は訪ねてきた。源伊知のこと、子どものこと、今後の生活のこと。こういう時はどうすればいいか、同じ境遇の女として教えてほしい、でなければ睦子さん自身になんとかしてほしい。早い話が、用立ててはもらえないだろうか。だがその時の朱里は田所母子の身の上を想像するより、一階の奥の部屋に慎一を連れてゆくことで忙しい。姉はそれが不服らしく、

——別に、見んでもどうっちゅうことないんやけどね。

でも本当は、姉は奥の部屋が好きだ。姉が好きな部屋だから、朱里もそこが好きだ。綺麗な姉が好きなものを、朱里も好きになってしまう。

「俺のことも?」

「違う。私は、最初からあなたを好きになった。お姉ちゃんとは関係ない。お姉ちゃんがいつからあなたに気持が動いてたのかは知らない。お姉ちゃんが好きだったあの、本の部屋に、あなたを連れてゆく時、私はもう、はっきりとあなたが好きだった。だから……」

だから、自分の耳を引っ張る必要なんかない。慎一の腕を摑んでしまえばいい。摑んだ。世界が一回転する気分だった。

「摑まない方が、よかったのね。」

強く腕を引かれて体を傾けた慎一は、言われるまま奥へ案内されながら、応接間を振り返

る。

「いいえ、本当。あなたがこうして勝手に書いてるだけじゃない。あの時、あなたは確かに、母とるり子さんが話をしてる応接間の方を見た。それから私を見た。すっごく不安そうな顔だった。違う。あとで考えれば不安そうな、悲しそうな顔だったんだけど、あの時の私は、ふあん、なんて言葉はまだ使ってなかった筈。ただ、あなたに見られて、あなたの目を見て、胸の奥を殴られた気がしたの。何かしなきゃいけないと思ったの。だから私は、いきなりあなたの肩を引き寄せて、抱きしめてしまった。何かしなきゃと思ったけど、なんであなたを抱きしめたかは分らなかった。あなたが、頼むから僕を抱きしめて、なんて言ったわけじゃない。だけど、あなたはきっと自分でも気づかないうちに、抱きしめろっていう信号を出してた。私の方もやっぱり、何がどうなってるのか分らないままで、あなたの出す信号にまんまと従ってしまった。無言の命令のままに抱きしめた。」

「男が、女に命令した。女は、気づかなかったとはいえ、聞き入れてしまった。朱里としてはいま思えば忸怩《じくじ》たるものが——」

「その時はどうしてもそうしたかった。抱きしめたかった。どうしてもどうしても、そうだった。違う。そうだったたっていうのもあとづけの考え。ただ、私は、あなたを、思わず抱いていた。一つだけあとづけじゃなく言えるのは、あの時、まるで自分自身を抱きしめてるみたいだったたってこと。」

4

本屋さんみたい、学校の図書室みたい、と男の子が言ったから、朱里は慌てて本好きのふりで、

——ね、ね、本の部屋、すごいやろ。お姉ちゃんが読む本は、字ばっかりで、うちはまだ読めんけど。

——うちが本、読みよるとか、勝手に言わんで。

——読みよるくせに。

——あんた、本のこと、偉そうに言えんやろうがねっちゃ。

そう切り返した姉は、またさっきのバルコニーみたいに、男の子に、でも今度は朱里にもはっきり聞える声で、自分が読む本は漢字が多くて妹は一冊も読み切れていない、とばらしてしまう。

——お姉ちゃんも、読めん字、あるやろ。横に書いとる平仮名読みよるやろ。

漢字の横の平仮名で、姉妹がなんとか読んだり読まなかったりしていた子ども向けのシリーズやアンソロジー。「ハイジ」、「トム・ソーヤー」、「ルパン」、「ほら吹き男爵」。

「それとも、お姉ちゃんはもう『坊っちゃん』とか『伊豆の踊子』くらいは読んでたかな。」

子ども向けではない文学作品の方がずっと多かった。父の源伊知がここで本を読んでいるのは見たことがないが、母は、お祖母《ばあ》ちゃんの影響なのだと言った。お父さんはああいう人だけど、お祖母ちゃんを悪く言ったことだけはない。だから、自分では読まないのに本だけは。お祖母ちゃんは、呑み屋の女だった。本をよく読む人だった。つまり、無駄なことをやっていた。そんなことしたってなんの役にも立たない。呑み屋で働いていたかどうかに関係なく、女が何かやろうとしたって、実際にやってみたところで、どうせ全部無駄になる。だから、島の女である母は、本なんか読まない。ただお父さんの言う通りにしてきた。それが、女の一番賢い生き方だ。

「源伊知への嫌悪からひねくれてそう言ってたわけじゃなくて、島で生れたことから来るどうしようもない意識。本人の責任ではないけど、その分だけ卑屈。島の生れです、差別されてます、正式な奥さんにはなれません。そういう母が同族嫌悪、同性憎悪をぶつけるのは、ぶつけても構わないだろうって母自身が決めつけてる相手は、呑み屋上がりの源伊知の母親。とんでもない偏見。職業差別。」

「源伊知から植えつけられた？」

「男から。男が作ったこのばかみたいにとんでもなく大きな世界から、植えつけられた意識。そう、文字通り植えつけられて、自分自身が、オンナとしてこの世界にしっかり植え込まれた。男たちから、水と肥料。蕾《つぼみ》？　花？　女性は男に、花として評価される。品評会。花開かない女性はオンナじゃない。待って、本の部屋に戻る前にもう少し喋らせて。ちっ、なんで男に頼みごとなんかしてるんだ私は。小説の登場人物だからって書き手に気を遣うことなんかない。違う。登場、人物、なんかじゃない。登場人物であっちゃいけない。待って、まだ喋るから。登場人物じゃなくて、私。私という私。私だけの私。私以外にいない私。他の誰かに指を差されて私だと決めつけられるんじゃない、私のための、たった一人の私。私を、お前はこういう人間だ、こういうオンナだ、と外から決めつける誰かと闘わなきゃいけない私。それがたとえ、私をここで喋らせてるあなたであったとしても。駄目、これも違う。喋らせられてるんじゃない、私が、私のために、私の言葉で喋ってる。そう、あなたの鉛筆で書かれている私が、あなたのではない私の言葉で、喋ってる。だとしたら、あなたは、どこにいるの。また違う。どこにいるのっていう質問はそのまま、いったいこの私はどこの誰として喋ってるの、という禁断の問いかけになってしまう。それとも、こんなのは禁断でもなんでもない？　禁断の、なんて言い方、現代の小説においては使うべきじゃない？　禁断そのものが何よりもの禁断？　禁断、禁断、禁断の関係……」

慎一は、時々遊びにくるようになった。本を読みに本の部屋に来るようになった。慎一の母はいったい何を話しに来たのか、その理由を、姉妹は母から聞いた。

「そろそろそこのところを言っといたっていいでしょ。そんなに勘のよくない読者だって、なんとなく気づいてるでしょうし。」

「もうちょっと引っ張ってみても……まあ、でも、俺の口、というか俺の筆では書きにくいから、朱里の口から……」

「はっ。私が喋るのだってどうせあなたの鉛筆でしょうに。」

「いいだろ、面倒臭いこと、女に任せるくらい。でも、いくらなんでも早過ぎないか。本当のことを知ったのも、もっとあとになってからだった。」

それを娘たちに話す時の母は、大切なことを伝えておく、親としてどうしても言っておかなければならないことを語り聞かせておく、この家族にとって、この血筋にとって、決して素晴しいとはいえないが、それだけにどうしても知っておいた方がいい事実を語っておく、という覚悟だった筈だが、ではなくその覚悟があったからこそだろう、嬉しそうな声だった。声だけではなく、

「珍しく、はっきり笑ってた。何が嬉しいんだかおかしいんだか、私にはいまでも全然分らない。恐ろしいマザーコンプレックスに取りつかれた源伊知がわざわざ本を置いておくためだけの部屋を設《しつら》えた、その家に住まわされて、正式な妻よりも美しい顔に生れついた好運の褒美か何か知らないけどそんなくそ迷惑な家に閉じ込められて、そこに同じ境遇の女性が訪ねてきたからって、何が嬉しいの？　それで母自身が幸せになれるとでもいうわけ？　あ、同じ境遇じゃない。少し違う。」

そんな笑顔はその時だけだった。あの男の子のお母さんはお父さんが仲よくしてるというわけではないけど、十分に関係がある人。お父さんに言いたいことがあるけど言えないからお母さんのところに来た。どうしてもお父さんに確めないといけないことがある。だけどそ

の確めないといけないことそのもののために直接は訊けない。この街でもかなり大きな、どんな種類の家族が住んでいるか誰でも知っているこの家に来るのは、ずいぶん勇気を出さなければならなかっただろうけれど。るり子というその女の人は、お母さんと同じ立場の女の人がこの街にまだいると分ってはいても誰がそうなのか見分けがつかない。唯一《ただ》人立場がはっきりしているのが、そういう立場の女の中でも一番美人で一番お父さんから愛されてこの家を与えられたお母さんだった、というわけ。その人の夫だった、男の子の父親だった人は、島出身のある男からとんでもないことを聞かせられた弾みに心臓が耐え切れなくなって死んでしまった。るり子という人も同じことをその男から聞いた。そんな手品みたいなことが本当にあったのかどうか、お母さんから直接、お父さんに訊いてみてほしい。お父さんに正面切ってそんな質問が出来るのは、仲よくしてる女たちの中で一番目の地位をあてがわれているお母さん以外にはいない。とんでもない事実を喋った男と同じ島生れのお母さんなら、そんな嘘みたいな、人間のすることとは思えない事件があったかどうかを、聞き出せるのではないか。どう、お母さん、すごいでしょう。どんな事件かって？　言わない方がいい。あなたたちに関わることだから。自分に関する本当のことは、きっと知らない方がいい。特に女はね。

　そう言って嬉しそうに笑っているのに、完全に寂しそうだった。そういう母を見る姉は、完全に嬉しそうだった。姉がいつもより綺麗になるのは、人をちょっと上から見ている時。特に、母を見ている時。

母はさらにこうも言った。その話をするのにわざわざ息子を連れてくるなんて、当てつけ。身のほど知らず。母親が、自分の息子を人質に取って脅しをかけてるみたいなもの。手品並に信じられない目に遭ったんだからどれだけ身のほど知らずをひけらかそうが構うものかと開き直ってる。そう、要するに、お母さんもそんなに変らない。源伊知の子を産んだ点以外は。手品にだまされるのも、女が生きてゆくための手段。男が用意してくれた自分の立場にびっくりはしながらも疑問を挟まずそのままなんでも丸飲みにして、その重みで人生を安定させること。重くて身動き取れなくなるのが一番、楽。男からその手の重しを授からなければ女じゃない。まして古坂山から頂戴するとなれば、この土地で暮す女の名誉。

姉は母の言葉の意味が分っているのかいないのか、うんうんと頷いてみせておいて、妹と二人切りになると、はっきりと、母を蔑《さげす》んだ。ものすごく綺麗な目で。本の部屋で、頁《ページ》を穴だらけにしてしまいそうに真剣に読んでいる時のように、何もかもが大好きで大嫌いだとでもいうように、溌剌《はつらつ》と。

「母は何もかも全部話してくれたわけじゃなかった。私たちはまだなんにも知らなかった。だから、だからなんだけど、いま思い返してみたら、あの頃が、お姉ちゃんにとって一番幸せだった。あれから、高校に入るくらいまでの間が。実の母親を妹の前でのびのびと嘲っていられた、すごく綺麗な顔を私にだけ堂々と見せつけてた、せっかくのその顔を他の誰にも見せずにすんでた頃。まだそんな風にしていられた頃。子どもの頃が一番幸せだったたってあとで思うのは、不幸なこと？　ほんの何年かの間だけ幸せだった、お姉ちゃん自身がそう感じてて、私もそう思ってるとしたら、それはいけないこと？　そう、お姉ちゃんも間違いなく幸せを実感出来てた筈。だって、あなたに出会ったんだから。出会ったから、あとであんなことになってしまった。でも、でもね、それでもやっぱりお姉ちゃんはあなたと過した間だけは幸せだった。最後まで、後悔なんて絶対にしてなかった筈。」

「後悔、しててほしかった。」

「いまあなたが言ったことに対して私が正直に反応するとしたら、ぶん殴るしかないんだけど、私は、お姉ちゃんと自分の尊厳を守ってあなたの言ったことを否定、違う、源伊知と、古坂山が作り上げたあの土地と、あの土地に生きる人間たちを支配していて私とあなたの中にも受け継がれてるものを、否定するために、悔しいけど、ぶん殴る代りに言わなきゃならない。あなたは、あなたのやるべきことをやって。後悔しててほしかった、なんて勝手な願望を表明するのはやめて、この話を最後まで書いて。お姉ちゃんの代りに私が後悔することになっても構わないから、その後悔の何倍も力、使って、この話をぶっ壊してやるから、書いて。あなたを血だらけにするよりももっと本格的に根本的に否定出来るように、あなたがあなた自身を全否定出来るように、あなたを完全に崩壊させられるように、そのためだけに、書き続けて。」


　そのあと暫くの間、確めたいこと、のために母と田所るり子の間にやりとりがあったようだ。源伊知本人がそこに入ってくることは、その時点では、まだなかった。朱音、朱里と慎一が、これぞ人間対人間のやりとりだと誰もが納得してしまいそうな残酷な方法で源伊知に接近するのは、進み具合が信用出来ない時間の流れからして、もう少し、つまりまだまだ先の話だ。

るり子は二度と訪ねてこなかったが、慎一は一人で来た。姉妹はよく、近くのバス停まで迎えに出た。時には、いくつかバス停を先回りして慎一を驚かせた。待っている間、姉はこの世界が慎一で出来ていると信じている目で、慎一のことばかりをうっとりと話した。ここでもまた、バスを待つ朱音と朱里が慎一を友だち以外の存在だと思い始めるほど急速に、時間が経過していたことになる。うっとりを隠そうともしない姉。ちょっと上から人を見ている時ばかりでなく、慎一に夢中になっている姉も綺麗だと、朱里は思うようになった。慎一の顔を見た途端の、仕方がないから遊んでやる、と言いたそうな目もよかった。仕方がない、だるい、つまんない、疲れる、ばかみたい、意味がない。慎一といる時の、朱音の恰好いい口癖。

仕方がない、恰好いい遊び場、本の部屋。もう耳を引っ張らなくても目と目を見合せられる。姉と自分と慎一と本、他には何もなくて、全部が満たされている世界。いつもいつも綺麗な、綺麗過ぎる姉。小柄なくせに、野球と魚釣りの話になると、その両方ともきちんとやったことはないというのに、目を輝かせる慎一。

あんまり嬉しくてどきどきして、ここが本だけの部屋であるのと同じく、自分が心臓だけになって激しく打った。慎一と一緒に本棚を見上げ、一冊取り出す度に姉は、それ面白くない、それ面白い、だからあんたらにはまだ無理、といちいち説明してくれた。姉もまだ読んでいない本は、読んでない、とあっさり認めた。そうやって悔しそうに下を向くのも、嘘に違いないくらい綺麗だった。

女が何かやろうとしたってどうせ、と言う母はここへは入ってこない。母はどうして、何もかもどうせ駄目だと諦めてしまったのだろう。でも、確かに、自分たち三人だって何をやっていたわけでもなかったのだ。本の部屋で、ただ読んだり、どうでもいいことを喋ったり、喋ろうとして口に出さなかったり、それにも飽きてしまうと、飽きてしまったと気づかないまま、本の列を見上げて眠くなったりした。それだけでよかった。

「本当に、いま思えばなんだけど、お姉ちゃんもあなたも私も、あの頃ほど幸せな時間はいまのところ経験出来てない。お姉ちゃんがいなくなっちゃったんだから、当然ね。」

天気がよければ庭にも出たけれど、姉と慎一が見たとその後も言い張った怪物はおらず、本の部屋ほど、どきどきはしない、広いだけの、何もない、ただ庭ばかりの庭だった。寂しかった。これと似た何かを知ってる、と考えて、母だった。母は寂しい庭にそっくりだった。整った芝がべたっと広かった。何もいない池。妙な生き物が絶対に棲《す》んでいないただの池。

一番本が好きなのは、お客である慎一だった。初めのうちは姉妹の方が広い自宅の中を引きずり回していたが、何度目かの時、間違いなく玄関から入ってきた筈の慎一の姿が、目の前から突然消えてしまったことがあった。扉から入った、で、ものの見事に消えた。そうとしか思えなかった。姉も同じく驚いているようだった。入ってきたというのは勘違いで、もともとまだ入ってきていなかったか、それとも一度入ってすぐ出ていったのか。でも二人を呼ぶ声がするので本の部屋へ行ってみると、先に来て待っていたのだ。片手を上げて、生意気に笑ってから、また本棚に目を戻した。慎一が初めて自分で勝手にここへ入り込んだのが二人には、少なくとも朱里には、急に消えたと思えたらしい。らしいというのは、

——いま、消えたやろ？　と訊くと姉は、

——ん？　と首を捻っただけだったからだ。

それから、姉がいなくなってしまうまでずっと、三人の間ではいろんなことがあったけれど、あの時、慎一が消えたのだとほんの一瞬にせよ思ったかどうか、朱里はとうとう姉に確めないままだった。もし、しつこく訊いて確めていたなら……

消えたのはその時だけだった。その後ははっきりした姿の慎一に姉妹の方がくっついて、本の部屋へ入った。扉が毎回、大きな音で閉まった。

「なんで？」

「だから、なんでだかは分らないけど、とにかく、そう考えずにいられない。あなたが消えた、お姉ちゃんにもそう見えたよねって言えてれば、そしたら、あんなことは起らなかったんじゃないかって思えてどうしようもなくなることがあるの。」

「そんなこと確めたくらいでその後の展開が変ってたかもなんて、小説の登場人物としては

どうなんだ。」

「そうね、その後どうなったか知ってて、これからこの小説がそのとんでもないことを描くって分ってて、もしこうだったらって言うのは卑怯《ひきょう》だし、情ない。でも、でも変ってた気がする。いま消えたよね、絶対消えたよねって訊く、そんなばかばかしいことを大真面目に訊ける、そういう相手がいる。本当に消えたかどうかじゃなくてそういう会話が出来ることじたいがすごく楽しくて幸せだって、だんだん思うようになっていったの。でも、あなたが消えたって私が思った時、お姉ちゃんは本当は驚いてなんかいなかったのかも。消えるのを最初から知ってたんだとしたら、それってあなたが本当に消えたことになりそうね。」

「何が、なりそう、だよ。消えてないよ。勝手に消すなよ。それにさ、もし消えたやろって訊いてみたとして、朱音がうん消えたねって答えたかどうかは分らないだろ。じゃなくて、そうか、訊くことじたいに意味があったって言ったよな。」

「意味なんて言ってない。意味、意味、意味。男って、意味お化け。意味があるから訊く？訊くことじたいに意味がある？　じゃああなたは意味のあることしか言わないの？　自分の言おうとしてることに意味があるかないかを判断した上でじゃないと喋れないわけ？　だいたいその場合の意味があるないって、発言者にとってあるかないかっていうだけでしょう。」

「女だって意味お化けだよ。いま朱里が言ってることには、確かに意味が、どうやらありそうだ。」

「あなたが書いてるんだから、ありそうだじゃなくて、あるってはっきり言えば？」

「朱里の言ってることに意味があるって断定したら、今度は断定お化け扱いだろ。」

「男はだいたい何かのお化けでしょう。」

「お化けじゃないけど改めて、朱里がいま言ったことにはきっと意味がある。朱里が朱音に俺が消えたかどうか訊く、朱音が何か答える。たったそれだけのどうでもよさそうな会話で何かが大きく変ってたかもしれないなんて、本当のところ俺には思えない。だけど思えないんだから、そう思ってる朱里の考えを否定する材料を持ってもいないわけだ。だから、何かが変ってたかもって朱里が思うのを止められはしない。ってことは俺もどこかで、そう思ってるってことか……何かが、変ってたかも、しれないな。勿論、いい方にってことだ。でも、もう一つ勿論、いいことなんか、たいてい起らない。起らなかった。」


お菓子は食堂で食べた。本の部屋には持ち込まなかった。いつの間にか三人に共有された規則は、慎一が言い出した、のではなく外から来るくせに勝手に本の部屋へ行って勝手にあれこれ手に取るので、姉妹もつられて、お菓子やジュースを忘れていたのだったか。

あんたには難しくて読めないとかお姉ちゃんだってとか二人で言い合っていた頃よりも、慎一と知り合ってからの方が、二人とも本をよく読むようになった。それを見て母は、呑み屋の女の血筋で本なんか好きになって、と言った。女が本なんか読んだって仕方がない。女自身のためにはならない。分るでしょう、私たちがこんな大きな家に住んで不自由なく暮せるのは、本読んだからでもなんでもない、お母さんがお父さんに愛されたから。あなたたちがお父さんの、古坂山の血筋だから。女がどんなに勉強しようが本を読もうが、相手の男の人の血筋に比べればなんの役にも立たない。覚えておきなさい、女は、どんな男の人を捕まえるかで人生が決る。男の人に気に入られもしない女は、女じゃない。

――て、お母さん言いよったわ。

姉が母の悪口のように、また母を自慢するのでもあるように言うと、慎一は本棚を物色しながら、

――僕の母さん、逆のこと言う。男はなんの役にも立ちゃせんて、よう言う。福子伯母ちゃんは結婚しとらんけえ、男の人とは一緒におらん。ほやけど、女は、女。

すかさず朱里が、

――うちらのお母さんも結婚はしとらん。ほやけどお父さんがおるけえ幸せな部類やと思う。

――部類？

――伯母さんは結婚しとらんで、お父さんみたいな男の人がおらんで、幸せなん？

「小学生の朱里が、幸せ、なんて簡単に言う筈ないか。これは俺の記憶違い。というより作家の脚色というのが正確か。」

「そう、正確。そして、違う。あなたが言ったことは決定的に間違い。男で作家のあなたが、自分が書いてることなんてどうせ嘘だ、みたいな言い方しないで。嘘か本当かじゃなく、た

ったいま、私が、子どもの頃の私が、幸せ、という言葉を使った。あなたが、それを書いたから。私自身も、そう言ったのを覚えてるから。だからあなたが書いてることは、あなた自身にも脚色出来はしない。」

5

お前が生れた時、正直、男やなかったなあ思うた、ごめんなあ、と福子は子どもの頃に寿六に言われてびっくりしたのを覚えている。それを言われてなぜびっくりしたのか分らずに、分らないことにさえ気づかずに、ただ純粋に、真剣に、驚いていたものだった。だが本当にびっくりしたのは、父がそのあとに言ったことだったろう。

――母ちゃんが、お前産んですぐ、男やないでごめんね、て言うたそいや。ほじゃけえ父ちゃんも慌てて、女じゃったら兵隊ィ取られんですむ、言うた。戦争なんかそねえ長《なご》う続くわけない、アメリカに勝てるわけない思いよったけ、兵隊に取られるかどうかは関係なかったけどなあ。もしお前が男でから、召集されるくらいの歳ン なるまで戦争が続いちょったらもうこの世の、ほんとの終りやったじゃろうけえ。ほんで、るり子が生れた時は父ちゃんの方から、女が二人続いたけえ兵隊の数も二人足らんことになる、戦争も終る言うちゃったそいや。母ちゃん死んでしもうて、戦争終った時、お前とるり子がおってくれて、ほんと、よかったと思うたわ。

母は、どうして初めての子である自分を産んですぐに謝ったのか。父の答は一つだった。

——そりゃあ、そういうもんじゃけえなあ。嫁に来たんじゃから、男、産んで、家のあと、継がせにゃなるまあが。お前も女じゃけえ分ろうが、ああ？　ええとこへ嫁、行ってから、幸せになりたかろうが。

そう言われればそうだった。男と女が結婚する、というより女が男のところへ嫁に行く。苗字が変る。みんなだいたいそうしている。逆の場合は、あそこの家は婿を取った、とことさら話題にされる。

これらはかなり当り前のことであるらしい。つまり父が言うところの、そういうもん、というわけだ。そういうもん、に従って、自分も大人になったら男の人のところへ嫁に行く。行けば幸せになれる、らしい。だったらそうしておく方がよさそうだ。不幸より幸せの方がいいに決っている。だから、誰もがそうしている。不幸になると知っていて結婚する女なんかいない。行きたくもない男のところへ無理やり嫁に行かせられる、なんていうのは昔話や紙芝居、映画の中のかわいそうな女たちに限ったことであって、いまの自分たちに起るわけがない。戦争で国がめちゃくちゃになってしまったのだ。これ以上のよくないことはもう起らない。みんなと同じように嫁に行く。父ちゃんが言うのだから間違いない。そういうもん、に従っておけばいい。

誰もが知っている、信じている、そういうもん、のことを寿六に教えられてからの福子は、大袈裟《おおげさ》に言えばほとんどずっとこのことばかり考えて成長した。一方で、父が、自分が生れた時に、男やなかった、と思ったことと、自分を産んだばかりの母が、男やないでごめんね、と言った事実は、分り切っている筈の、そういうもん、について、福子を考え込ませるなりゆきにもなった。

考えて考えたあげく、福子は、父に謝った母を真似て言ってみた。

——男の子やなくて、ごめんね。

——お前はまた、何を言いよるそかっ。

父がそんな大声を出すのは初めてだったので戸惑ったが、生れてきた子どもが男でなくて残念がったり男を産まなかったことを謝ったりするのに比べれば、父の声がいくら大きかろうと驚くほどのことではなかった。父の方こそ自分の声に自分でびっくりしている目だった。残念がった、謝った両親についても、そういうもん、ということにとりあえずしておいた。

というようなことを慎一は、小学校へ上がり、母方の実家へ一人で行くようになってから、寿六の残した金銭といくらかの不動産収入でどうにか暮している福子に、よく聞かせられたものだった。母の実家とはいっても慎一にとっては父と母といた社宅、そのあとのアパートが自分の家だったから、伯母一人の田所家は、自分と関係はあるもののよくは知らない家、だった。考えてみれば伯母と母は、姉妹ではあっても、あまり会おうとしない。会ってもそんなに仲よく話したりしない。また、姉のいる実家で一緒に暮していれば、家賃も取られずにすむのに、なぜそうしないのか、はっきりした理由が、この時はまだ分らなかった。

　戦争前までの林や沼、田畑がなくなり、新しい住宅や大きなスーパーマーケットも出来始めていた、運送会社やいまのアパートもある陸側に対して、海に近い実家を、るり子は海の方の家、あるいは単に、家、と呼んだ。慎一は、伯母ちゃんとこ、伯母ちゃん家《ち》と言った。

　伯母に会いにゆくようになった理由の一つは、朱音と朱里の家へ行くためにバスの乗り方を覚えたから。もう一つは、伯母の方が母よりも、祖父に似ているから。母に叩かれたあと、抱きしめ、話しかけてくれた祖父と、声が似ているから。母に叩かれ続けていたから。

　叩かれるのを避けるために伯母の家へ逃げ込んでいた、というわけではない。母が叩くと、誰にも言ってはいない。でも、伯母に会いたくなるのは母に叩かれるからだった。祖父と同じ声を聞きたいからだった。なんだか伯母に会いにゆくために母に叩かれている気もしてくる。が、これもまたそうではない。

　叩かれるのは毎日ではない。母をからかって、やりたくもないのに野球やりたいやりたい、と言う時。お父さんと祖父ちゃんは死んだのに母さんと僕は生きとってええん？　と訊く時。死んだ人はどこ行くん、天国？　お墓？　そんなんただの骨やろ、と笑ってみせる時。そういう、野球だとか人が死ぬだとかの話を、意識して、母が怒ると分っていてすると、予想通り叩く。

　一度だけ、母が蒲団叩きを摑む気もなくしたように笑ったことがあった。もう三年生になっていた慎一は、大人の言いそうな言葉をむやみと使ってみせるのが得意だった。遠慮せんでええからとか、けがの功名やなあとか、お茶を濁しといたとか、人の足許見てからとか、意味をよく知らずにとりあえず言ってみるだけの場合も多かったが、その時は、たぶんこういう使い方でいいのだろうと分っていて、

——母さんが僕を叩くんは、結論から言うたら、欲求不満やけえやろう。

「朱里はいやがるだろうけど、というより否定するだろうけど、その時、怒らずに笑った母の顔は、朱里のお母さんの顔と似てたって、俺は思うんだ。それも、笑ってる顔じゃなくて、朱里に言わせればめったに笑わなかったっていう睦子さんの、そのいつもの目の方が、俺にあんなこと言われて叱りも叩きもしないで笑うしか出来なかった母と、似てる。それからも時々、俺はひどいことを言うようになる。その時の、母の目……朱里が一番いやがる言い方してやるよ、その目は、女の、目だった。な、いやだろ。人間の目っていう言い方じゃないと駄目だよな。母は、夫に死なれて、息子にひどいこと言われる、睦子さんは、源伊知の力で何不自由ない生活に押し込められた。これを、女の哀しみ、なんて言うのは現代作家の恥だ、人間の苦しみと言え、だろ。人間である俺が人間である母に言葉の暴力を向けた、人間である本土の住人たちが人間である島の住人を差別してきた、勿論、世の中の暴力、差別は男が加害者、女が被害者という構図が多いから、男が自分たちに都合よく作ってきた世の中で女が不利な立場に置かれてるのは間違いない、でもそれを男の俺が、女の目、女の哀しみと呼ぶのは、男優位のこの世の中を肯定する一番ひどい言い方だ、男、女という分けた言い

方は、男社会の中で女が女という理由で男から虐げられてる状況を言う時にだけ許される、と朱里は言いたいんだろうけど……あれ、おい、どこ行った？　こんな作家とは口も利きたくないか。これ以上話すくらいなら全部ばらされる方がいいか。嘘、嘘。ごめん。なあ頼むよ、これじゃ俺が俺一人に向って喋ってるみたいじゃないか。ま、同じようなもんだけど……」

「同じ。ほとんど同じ。まるで私とあなたが同じ人格だとでもいうみたいにね……確かに、同じといえば、同じではあるんだけど。」

「いろんな意味で、ね。」


福子が育てていた草花、折鶴蘭《おりづるらん》、鶏頭《けいとう》、風船蔓《ふうせんかずら》。好きな力士、朝潮《あさしお》、出羽《でわ》の花《はな》、富士櫻《ふじざくら》。作ってくれたもの、蒸しパン、かき餅、余りご飯の塩辛いおにぎり、冷凍バナナ、それから、唐揚げにする小アジは、福子が自分で釣ったやつ。生きている頃の寿六には結局、釣りに連れていってはもらえなかった。しかけの作り方、よりもどしや針に糸をどう結ぶか、釣りの解説書を読んで一通り出来るようにはなった。なのに小学校の先生も、高学年になるまでは子どもだけで海に行ってはいけない、と言う。

誰よりも、母のるり子が許さなかった。叩きも怒鳴りもせずに、

――いけん、危ないよ。ほやけ祖父ちゃんも連れていかんかったやろうがね。落ちたら、海の流れ、速いけ、助からんよ。あんた、泳げんやろうがね。

そして最後には、

——海の近くで子どもがうろうろしよったら、島のもんに連れてかれるよ。二度と陸地に戻ってこられんことなるよ。平家の亡霊もおるよ。耳なし芳一《ほういち》になるよ。

耳を毟《むし》り取られる話。母が叩かずに、口で言う分だけ、お化けが怖く思えてくるようだ。芳一は耳にお経を書いておかなかったために、痛い目に遭った。

自分だったらどうだろう。慎一は怖い場面を想像してみる。海岸で釣糸を垂れている。そうだ、そういう怖いことが起るとしたらまず夜に違いない。場面を暗くしてみる。岸壁のわずかな灯りが黒い海面に散っている。対岸の北九州の灯火も、しっかり見えているのに寂しい。

「あなたは勝手に想像して、勝手に寂しがってる。いま、というのはこの小説を書いてるいまのことだけど、そのいまも、るり子さんに怖い話をされて怯《おび》えてる当時も、寂しい灯りなんか目の前には見えてない。現実を見ようとしてない。福子さん、るり子さん、それにあなた自身のことが、見えてない。都合のいい時だけ、見たいものだけ、見ようとする。現実は、あなたの想像を助けるアクセントなんかじゃない。お姉ちゃんと、私も。それじゃ、源伊知と同じ。この世の大多数の男と同じ。せめてあなたは、都合のよさから目覚めて。あなたの得意技をあなた自身の手で全否定して。私が壊す前にあなたの方で壊して。壊れて。」

「そのつもりで書こうとはしてる。それは、俺にとってのあの頃が、それからこうして書いてるいまこの瞬間が、夜の海面の灯りみたいにとてつもなく寂しいってことだ。この小説のあとには、もう何もないっていう気がして、そしたら、これを書いてることじたいに、意味があるのかどうかも……」

「大丈夫、あなたが力尽きた時は、この小説とあなたとを私の手で叩き潰してあげる。だから、安心しながら、怖がりながら、書いて。」

黒い海面を、灯りの乏しい島が、突き出た恐竜の背のように滑ってゆく。あの怪物は島の周りを、本土の灯火に対抗してぼんやり青白く光りながら泳ぎ回っている。慎一は思わず両掌で耳を隠す。釣竿が海に落ちる音。

いや、これじゃ駄目だ。芳一の書き忘れは耳だけだったが、いまの自分は体中どこにも、お経の一文字だって書かれてないじゃないか。

流れてゆく島から離脱した光がこちらに向って急速に接近し、見る間に海面を割り、あの目玉と突き出た口が……

——ほーら、もう目ェ覚めたけえ、大丈夫よ。怖い夢、見たんかね。

伯母の大きな顔。伯母の家の畳。昼寝。伯母が、飛んでいる蚊を、ぱちん。

——吸うとるわ。どこを食われたかねえ。

言われて、耳のうしろが痒《かゆ》くなった。

——ほー、そうかね、そりゃあ怖い夢じゃったねえ。

夏休みだった。伯母の家に泊った。

梅干味のイワシの煮つけ。茗荷《みょうが》が山盛りの冷奴《ひややっこ》。焼いてしょうゆをかけたピーマン。漬物は茄子《なす》。

虫がどこかで鳴いているがどこにいるのか分らない風呂から上がって、麦茶。坊主頭がすぐ乾く。伯母が買っておいてくれた歯ブラシ。

蒲団に入り、いつまでも眠れなかった。

——昼寝したけえじゃろうね。

眠れない理由を解き明してもらったので、すぐ眠たくなった。

伯母が、祖父と話している声。


台所の音で目を覚ますと、伯母は、慎一が生涯忘れることの出来ない、もはや怪物級とでも言うしかない素晴しい提案をする。

——釣りに行くか。

祖父ちゃんが行ってもえええって言うたん？　と訊こうとしてやめる。

——おう、ええぞ、よう我慢した。

祖父の声を耳許から追い払う甥の手つきに、

——また蚊ァかね。

——うん、蚊がおる。

——二人とも、親と祖父《じい》を蚊ァ扱いちゅうそはあんまりじゃろうが、こら。

二メートルにも届かない短い竿。おもちゃみたいなリール。ハンドルをゆっくり回してみる。チ、チ、チ、チ、チ、と鳴る。

――慎におもちゃて言われりゃリールもかわいそうやね。アジィ釣るんやったらこれくらいで上等いね。

他には小さなクーラーボックスと、道具を入れた手提げ袋。

――しかけはどうするん。

――しかけやら言うてから、大仰な。

――祖父ちゃんは行く前の晩に作りよったよ。チヌとかスズキのしかけ。

――ほやけ、男ちゅうそはめんどうなそっちゃ。チヌもスズキも、釣るんが難しいうて、大きいの釣れたら魚拓やらとって、自慢にするじゃろ。魚屋で買うただけのゆうべのイワシで十分おいしかろうがね。チヌやらスズキやら、伯母ちゃんはそねえおいしい魚とは思わんわ。

途中、釣具店で餌。

朝の空気。蟬。汽笛。建物のずっと向うを移動してゆくマスト。路地の先に青が見えて、あっけなく海だった。こんなに近いのかと思った。本当に魚釣りに来たのだろうか。

路地に続く岸にも、向うの波戸《はと》にも、もうたくさんの人が竿を出していた。小さな河口が見える。船溜りには漁船が並んでいる。その列の端には漁船とは造りの違う灰色の船がつながれ、すぐ傍の建物が水上警察だと伯母が言う。灰色の船は、警戒船とか巡視艇。まやく、が、みつゆ、されないように見張っているのだそうだ。警察署の向うに連なる倉庫の前の岸壁には、小さな船が何艘《そう》も入ってしまいそうな貨物船が動かない。

来るのは初めてだが遠くから見たことはあった。振り向くと丘が緑色の岩のように、間近だった。煙突を指差して、

——お父さん死んだ時、祖父ちゃん死んだ時も、行ったね。

——そうよ。死んだらみーんなあそこでお骨になるんよ。伯母ちゃんも、そのうちねえ
……

「あの火葬場、いまはもう、ずっと向うの山奥に建て替えられてるよな。住民の反対運動で。学校も商業施設もある地区にそういうものがあるのはよくない、とかで。そういう声が届いたのも、移転そのものが古坂山の儲《もう》け話だったからだ。いかにも住民の要望をあと押しして市政を動かして差し上げますの顔して、移転新築の認可、建設業者、葬儀会社の選別……」

「源伊知自身が、移転前の古い火葬場で灰になった、私たちの、父親が。」

「私、たち。」

「そう、私たち。お姉ちゃんと、私と、あなたの父親である源伊知が。」

「何もそうもったいつけた言い方しなくたって、たいていの読者はとっくに気づいてるだろ。土下座男はまず父の耳許で、その二日後には母に、同じことを囁いた。おたくの息子さんは……ただこれだと、俺を産んだのはいったい誰なんだ、るり子なのかそうじゃないのか、ということにはなるわけだ。ま、そのへんは追い追い。」

暖かい時期はアジやハゼ。寒くなると、大人の男たちは大きな錘でしかけを遠くへ飛ばし、ヒラメを狙ったりするけど、体力的には男たちに劣っているように見えない伯母は、冬の釣りはあまりやらなかった。

——暖かい時に、陸に近いところへ寄ってくるのを釣って食べりゃあ、それでえかろうがね。わざわざあねえに投げんでもええそよ。どねえに大きい魚、釣ったちゃ、人間の胃袋の大きさは決っとるんじゃから。男連中みたいな無駄はせんでええ。無理はせん方がええ。

春になればメバル。

やがて五年生になり一人で釣りに行くようになるまで、祖父が教えてくれたのや解説書とは違うしかけを習得し、何度も合せに失敗し、そのあと、何度も何度も、正確なタイミングで合せられるようになった。チヌにもスズキにも未練はあった。

——大物、狙うんなら、昼間はちいと難しかろう。ほやけえちゅうてから夜釣りはいけん。絶対にいけん。

慎一は伯母の警告を決して誇張だとは思わなかった。沖を流れ続ける島の周りにはあの怪物がいて、細長く頑丈そうな体が海面を割り、ぬけぬけと姿を現すこともある。そうかと思うと蚊に化けたりする。停電の夜、父の茶碗の中で光っていたように、夢に見た夜の海でのように、怪物はいつか本当に、襲いかかってくる。何しろ他の誰にも見えていないのに、自分にはいつでもはっきり見えるのだ。怪物からすれば田所慎一だけが、異様な怪物である自らに気づいているたった一人の人間だ。この一人さえ片づけてしまえば怪物は安心して、誰にも気づかれずに、まるでそんな恐ろしい生き物はこの世に全くいないかのように、生きてゆける。

怪物のことを話す代りに、これは訊かない方がよさそうだと感じていたことをついに訊いてみた。

――母さんが言いよった。伯母ちゃんは、魚釣りなんかしよるけ、結婚し損のうたって。ほんとにそうなん？

――ほー。あんたはまあ、大したもんじゃわ。ええ度胸じゃわ。そねえなこと、しゃあしゃあと訊けるんじゃやから。誰に似たんかねえ……そうかね、お母さんが言うたかね。ほじゃけど、まあ、釣りィする間に結婚くらい出来んもんでもなかろうけど、結局せんかったんは、世の中、そういうもんなんやなあと思うたからよ。祖父ちゃんに言われたこと、話したやろうがね。女は嫁に行って子どもを産む、男は外へ働きに出て、休みの日ィは、大雨じゃろうがどうじゃろうが、チヌやらスズキやら釣ろうとする。まあ、そういうもんなんじゃろうと思いよったけえ、その思いよるいうんでお腹いっぱいになったようなもんじゃわ。祖父ちゃんが、ちゃあんと財産、残しとってくれたし。祖父ちゃんいうたら、伯母ちゃんが結婚しそうにないもんじゃけ、あんたのお母さんだけはどっかええとこへ嫁がそういうんでいろいろ考えちょったんじゃけどよ、ほじゃけど照一さんは、別に金持いうわけやないけど、ええ人には違いなかった。長男じゃけど、伯母ちゃんは照一さんと二人で話した時に、言うてみたそよ、田所の家は娘、二人おって、うちは他の家の嫁になるいうんがどねえもこねえもいやでしようがない、親子三人の暮しは悪うない、あんたら一緒になったら勿論二人で暮しゃあええんじゃけど、籍だけは、いまの田所のままでおってほしい、なんか、わけものうそう思う、もしよかったら、あんたが婿に入ってくれんやろうか。いっぺんだけ、それえ言うて頼んだそよ。なんでか分らんけど……戦争で生き残った三人じゃけ、離れ離れになるんがいややったんかもしれん。

「福子伯母さんは不思議な人だったと思うって、朱里は言ったよな。なんで父に婿入りを頼んだのかも不思議だけど、一番分んないのはその提案を受け入れた父の方だ。で、その不思議にはそれなりの理由があったわけだ。それと、祖父の残してくれた金とか不動産なんてたかがしれてる筈なのに、なんで伯母がちゃんと生活出来てたのか、それもまあ、追い追い……」

6

海峡を漂う幽霊たちの寝床となった流れる島に、まだ人間が住んでいた頃の話。

若い女が、島を出ると言い出す。

勿論だが、島のほとんどの人間と同じく、女が島を一度も離れたことがないというわけではない。島で手に入る糧といえば魚介類ばかりだから、本土へ働きにゆき、また買物もしなければならない。学校へ通う必要もある。島を差別する人間たちのところへ出向かなければ、日々の暮しはないのだ。

通勤通学の時間に合せ、艀《はしけ》が島に近づいてくる。本州側と九州側に、島出身でいまは本土に根を下ろし、やはり島を出た人間を雇っている海運業者があり、島の同胞を港へ渡すのだ。毎日の顔見知りであり、同じルーツをもつ船員と乗客だが、上陸までの間、島民同士に会話はあっても、船員はそこへ加わらない。島民たちからも話しかけはせず、漂う先祖の霊も、双方を取り成そうとはしない。

大きな戦争が終って、島民が千人近くまで増えた時期がある。その頃も苦しい境遇には違いなかったが、何しろ実数が多いものだから本土の側も一つの勢力として認め、職場をそれまでになく積極的に共有し、政治や行政も、融和政策のよき見本とすべく重視し、島民の側も安堵《あんど》と誇りを持つようになっていったのは事実だ。

これはかつてもいまもだが、艀を使うまでもなく、島そのものが本土に接岸することも珍しくはなかった。おかしなことに本土側は、島との友好にばかり目が行き、島が海流と直角の方向へ動くのがどのような作用によるものなのかを、確めようとはしなかった。まさか島民が櫂《かい》や櫓《ろ》で漕《こ》いでいるわけではなく、遥か昔から漂う不可思議な島のことであるから、海流を分断して近づいてくるような変てこな動きくらいするだろう、と決めつけた。気象や海洋の専門家は、島に生える樹木が天然の帆の役割をしていて、その時々で島民が枝を撓《たわ》めたりなどして島を風に乗せ、操っている、あるいは、島が長年行ったり来たりするうちに、島と海流との間に絶妙な折合いがつき、親和性が生れ、海の中に島を運ぶための特別な海流が出来、それが時に岸壁にまで蛇行してくるのだ、などとぶち上げたものだ。

あとあと冷静に考えてみれば怪しげなこれらの説が、なぜ堂々と通用したかといえば、他に類を見ない珍奇な島を、観光資源として重視する動きが、本州、九州、それぞれの市議会や行政内に発生していたからだ。市政の息のかかった専門家に、科学的かつ人々の興味を引く大胆な仮説を出させようとしたその結果が、まるで自然が人間の意思に従っているとでもいうような、自然界で起るあらゆる事象は人間の論理内にすっぽり納まるのだとでもいうような、天然の帆や劇的な海流。

差別の歴史から一転、というより観光目的化こそ差別の根から出た策略であるわけだが、虚実ないまぜ、いや虚偽虚妄の極致たる珍説の力を借りて、ともかくも本土と島との間にこれまでで最も密接な交流が始まる。

本州側で言えば、漁業、造船、鉄鋼その他の地場産業界が市役所にせっつかれる恰好で島民の就業を受け入れ、さらに、教育や医療など生活面に関する意見交換と、お互いへの要請が行われた。島側からは、観光の目玉にされることへの拒否、市政への参加、教育機会の完全な平等。市側からは、島で出たごみをそのまま海峡へ投棄する習慣の停止。

協議と実践。本土への就職が増えてゆく。当初は、島民に職場を乗っ取られるなどと勘違いした本土住民との間に諍《いさか》いも起る。警察沙汰も何度か。本土と島の話し合いがさらに続き、島民の生活と身の安全をより確実に保つためには本土側の具体的な対応が肝要、と意見がまとまる。その一つとして、朝、仕事のために本土へ上陸した島民が夕方、またわざわざ島に戻ることが相互理解や生活上の効率から考えて果して適切か、との議論が本土側から起る。このような運動や交流が生れるよりずっと以前に本土へ移住した者からも、自分たちがどうにかやれているのだから、本土で暮すことを全島民で考えてみてはどうかとの声。島民からは、完全に本土の人間と化しているからそのようなことが言えるのであって、現在島に住む者が本土に移住して、いまだ根強い差別や偏見に耐えながら暮してゆくことなど無理だ、との反論。

　そこで行政側が、本土での生活の基盤として、島出身者用の共同住宅を設置する案を出す。本土各所でばらばらに働いてはいても、同じ屋根の下に暮していれば何かと安心であろうし、また各々の職場環境の違いや問題点も、そこから自《おの》ずと浮び上がってくるだろう。不満や要望を受けつける窓口も、住宅管理と一体化する形で市役所内に開くこととする。

　行きつ戻りつしながら、一九六〇年頃になると、観光資源にするとの当初の目的は、島の整備にかかる費用が莫大になるとの予測をもって正式に断念され、件《くだん》の住宅も整い、移住が進む。本土住民の間に残る島民への偏見は頑強だったし、肝心の住宅というのが、空襲を免れた古い長屋だったり、敗戦直後のバラックとそう変りのない安普請であったりしたため、市役所に訴える、やはり本土は無理だと諦めて引き払う、という者がいたりはしたが、概《おおむ》ね計画通りに運ぶ。

　やがて、ほとんど誰も思い描かなかっただろう変化が、徐々に起る。島から本土へ移住を果したものの偏見差別はどこまでも追ってくる、行政も島民の立場を考慮した政策に転換しつつはあるが、現実はきのう今日では変らない、東京を中心に学生運動、左翼活動など起っているが、我々島民から見れば寄辺《よるべ》に恵まれた人間同士の頭でっかちないざこざにしか思えない、そうだ、世の中の大きな動きや既存の本土行政に期待していたのでは何も変らない、ならばまず、与えられた職場で我々自身が地道に働いてみせる以外にないではないか、と、それぞれがそれぞれの仕事に、本土住民以上に懸命に従事する。すると、表向きは行政の音頭取りの許で島民を迎え入れる姿勢を見せつつも長年の意識から脱け出せないかに思われていた本土の人間たちが、島民の働きぶりに目を見張ることとなってゆく。

……中でも語り種となったのは、ある一人の青年である。島民用共同住宅に居室を得、港に近い仕出し屋で働いた。父親は、戦地で負った傷が治らずに死んだ。島民は戦時中もまた、本土住民に先んじて、より過酷な戦地で困難な任務を押しつけられ、戦死や行方不明も多く出していた。青年は母と弟を支えるために率先して移住を希望し、職にありついた。給料は決して高くはなかったが、この移住事業より前、戦後すぐに本土に渡ってき、苦心して店を構えた店主や、やはり島出身の先輩店員のもと、素直に学び、心血を注いだ。

この青年が職場で頭角を現したのは、巧みな配達技術によってだった。店にはオート三輪があるがこれは先輩たちの仕事道具であり、彼は自転車。本来ならうしろにリアカーをつないで一度に積める量を増やすのが当り前だが、この青年は何度か乗ってみて、店の自転車の癖、得意先までの道のり、時間帯によっての人通り車通りの多い少ないを計算し、リアカーをつなげる必要なしと判断した。うしろにそんなものを引きずっていたのではかえって捗《はかど》らない、と。従って料理が盛られた器や折は、後輪上部の荷台に載せ、まだ数が多ければ、ハンドルから離した片手と肩を使う。十段重ねくらいはどうということもなく、時には二十段を越える量を、誰に手伝ってもらうでもなく、いつの間にか肩に載せている。同僚たちはすぐ傍で目を凝らしているが、何度見ても、いったいどのような力の入れ具合によって荷を担ぎ上げ、肩の上で安定させられるのかがよく分らない。まず、すでにうしろの荷台に何段も積み上げてある自転車に跨がってから、次の五、六段を肩に載せる。ここまではさして難しくはない。と思う間にまた五、六段を、その段の下へ素早く差し込む。これをくり返していつの間にか二十段を越えるのだ。さらにそこから、肩の荷を崩さないように漕ぎ出さなければならないのだが、これまたなんの苦しげな様子も見せず、のんびり花見にでも出かけるような飄然《ひょうぜん》たる面持でペダルに足をかける。すると自転車はまるで息吹が通い、あたかもこの風変りで豪快な配達のための特別な乗物よろしく、音も立てずに滑り出してゆくのだ。

運搬の秘訣を訊かれても、島で鍛えられた、との答に終始する。曰《いわ》く、四六時中波間に揺られて生活しているため、知らず知らずのうちに平衡感覚が身についた、島では大嵐のために波浪が甚だしい夜でもぐっすり眠れたものだ、それと比べればびくともしない地面の上で自転車を漕ぐなど、あまりにも安定し過ぎていて逆に不安になるほどだ、あいつは仕事が早いと言われるのも、のろのろやっていたのでは地面が動かないために気分が悪くなってしまいそうなので、なるべく急いで片づけようとする結果に過ぎない、その方が積荷も安定するのだと。得意先からは、配達はなるべくあいつで頼む、申し訳ないがオート三輪で運んでこられる時よりも、料理が傾いたり崩れたりせず元の姿を保っているから、と指名が入るほどなのだ。島出身の皆が皆、ここまでの運動神経を持ち合せているわけでもない。これはやはりこの青年だけに備わった取得、生れながらに授けられた特質であろうというところに周りの見方は落ち着く。かくて書入れ時ともなれば、行き交う人波を縫って、一つは荷台、一つは肩から伸びる塔が素早く走り抜け、地域の名物ともなったものだ。

塔が崩れ落ちる音を、当時を知る街の人たちはあとあとまでよく覚えていた。というより音の破片が耳の奥深くにまで突き刺さり、いつまで経っても人々にいやな音を聞かせ続けたのだ。

不思議なことに目撃者はいなかった。それでも最初のうちは、いつも通りに荷を高々と積んで自転車に乗っていた筈の青年が突然横倒しになったと証言する者が複数いた、とされる。どこかへ空の器を引き取りに行った帰りがけ、誰かに呼び止められ、直後、倒れた。

だが、すぐに誰も何も言わなくなった。遺体の額に、一筋の傷が走っていたと分ったからだ。いつ頃からと定かではないが、この土地でそういう傷を負って死んだ者に関しては、何も言わないのが得策となっていた。警察さえ動きが鈍り、事件として扱われない場合も多い。加えて、今回死んだのは島の出身者、いかに本土で快活に働き、高い運搬技術によって一目置かれ、同時に街の風景に溶け込んでいたとはいえ、いや、だからこそ、どこかからの大きな力の犠牲となった恰好、どこまで行っても島民への差別がしぶとく生き残っている何よりの証拠……

青年の死は、真相が謎であることも手伝って悲劇的に語られた。市政の場でも議題の中心となり、これまでせっかく丁寧に積み上げてきた本土と島との友好関係がこれでは水の泡となる、あらゆる手段を用いて徹底的に調査すべきである、と折からの左翼運動に乗った革新系の市議会議員などは威勢よく主張した。そんな調査など出来るわけがないと誰もが知っていた。当の議員にしてみても十分承知の上で、形ばかり一石投じたまでのこと。

出来るわけがないのだとして、なぜ出来ないのか、出来るようにするにはどういう過程が取られるべきなのか、といったことについても議会は、よりよい市政実現のため、この案件は継続の課題とする、という静かな結論へと見事に着地する。

こうして青年は語り種となった。島の出身だからだ。家族のために、本土で懸命に働いたからだ。そして何より、死んでしまったからだ。

彼について意識的に、積極的に語るのは、本土の人間たちだ。議会で、学校で、彼がどれほど努力したか、我々は彼から何を学ぶべきか、その場その場で真剣に話し合われた。海峡上空を、体を失ってなお漂っている男の幽霊に、本土の側では気づかない。本土に移住した島の者たちにも、やはり見えてはいない。

月日が進むにつれ、かつて市の側が準備し、運営してきた島出身者用の共同住宅に空室が目立ってくる。入居者が島へ戻ったのではない。本土の生活に慣れ、また継続して賃金が得られる環境、わずかずつではあるが増えてゆく蓄え、によって古びた公営住宅を出、個人の力によって民間のアパートなどに移り、完全に本土の人間として生き始めたのだ。九州側でも同じ現象が見られ、中には市外、さらには県外へと居場所を開拓する者も出てくる。ささやかながら自力で商売に乗り出す者もある。島の出身という履歴はあくまで事実なのであって、誇りや存在意義ではなく、傷でもない。元島民たちは散り散りとなり、溶け込み、目立たなくなる。

島民であった人間が島民でなくなる。それはいったいどういうことか。どういうことでもない。島民というだけでどれほどの仕打ちにも耐えるしか手立てのなかった時代が終り、新しい段階に入る。もしくは、本土だの島だのといった区別の壁が崩れる。あるいは扉が静かに開けられる。その時、本土も島も、なんだそんなところに扉があったのかと気づく。

島に残っていた人々は、本土での暮しを目差す時、いったん島出身者用共同住宅に落ち着く、という手間を省いて、初めからばらばらに生活するようになる。差別を喰らい、罵声で頬を殴られそうになれば、笑顔でかわせばいい。政治の力を借りるだとか、島の権利を守るために闘うといった面倒は、しなくていい。本土との差を縮めるためにやたらと働くのもよくない。ほどほどがいい。さもないと、額に傷の死に方。

島民たちは、元島民としてよりも、本土の人間として生きてゆく。つまり、日本人として。日本人予備軍であった島民たちは次々と、晴れて日本人として上陸し、島の人口は減ってゆく。


ここでやっと若い女が、私も島を出ると言い出す。これは私の大きな夢だ、とまで言う。親も反対しない。だから女は、手に取って見たわけでもないのに、これは私の意思だ、と信じる。安心して信じられるほどの小さなサイズの意思でしかない。大きな決断などなくても島を出られる。日本人になるのはたやすい。ひと跨ぎだ。

なのに、まるで女が人生の大きな決断をしたかのように勘違いする男が現れる。女と男は普段から仲よくしているが、友情なのか愛情なのかはっきりしない。なのに女の本土上陸宣言を聞いた男は、自分でも考えてもみなかったお決りの台詞を吐いてしまう。

行かないでくれ。

二日酔いの嘔吐《おうと》みたいに気分がすっきりした男は、自分はこの女が好きだったのか、とこれまたお決りの意識に辿り着く。だったらあなた、私についてきてくれる？　はっきりさせてよ、と女が言い返せば、男は待ってましたとばかりに、俺にここで一人で生きてゆけというのかと、どこにでも転がっている言葉だなと思いながら叫ぶ。ほんのすぐそこの本土へ行く行かないが、地球の反対側への移住ほど壮大に問答される。劇的であり、同時にほほえましく、また滑稽だ。誰かが書いた、大昔から決められている筋書のように。

であれば、どうしてこの男がかくまで島の暮しに執着するのかも、下手な筆によるとしか思えない裏の事情が存在すると考えささえすれば、納得出来ようというものだ。

裏、というのは、この虚構を追っている目にはそう見えるというだけであり、男自身にとっては裏がそっくり表の事情となる。実はこの男は、かつて本土の仕出し屋で他人に真似の出来ない高等技術を駆使して二本の塔を自在に運搬していた、あの語り種なるけなげな青年の弟なのだ。兄が死んだ時、額に傷があるのを見て、自分も密《ひそ》かに抱いていた本土への憧れを完全に挫《くじ》かれる。男が感じたのは恐怖であり、怒りではない。自分でもわけが分らない。情ない。こんな理不尽が許されていいのか、となぜ憤らないのか。本土各地で行われているという学生運動のようになぜ叫ばないのか。行動しないのか。自分は兄を嫌ってでもいるのだろうか。いくら言い聞かせてみたところで男が見せつけられているのは、どうやら島の生れだという理由で消せない刻印を頂戴した、どこにも落度のない、真面目で誰からも愛された兄に違いない。島の人間が本土に来ればこうなるぞ、との兄からの、兄に傷した誰かからの伝言。伝言だと受け取ってしまう自分。漂っている兄本人に訊いてみても、返答なし。

ごちゃごちゃ考えるくらいなら私についてくればいいじゃない、と女は詰め寄る。島の者は島で暮せばいいというわけ？　そんなの、お兄さんの命を奪った本土の誰か、誰にも止められない力を持った巨大な誰かの思うツボ。なのに島にこだわるなんて、さては、あなたはお兄さんが羨《うらや》ましいの？　軽々と本土に渡って伸び伸び働いてたことが？　失敗すればよかったのにって？　あんな姿になったのも自業自得だって思ってる？　お兄さんの死体なんか飛び越えてさっさと本土へ渡ってしまえばいいだけなのに。

……確かに音を聞いて、掌にも頬を打った感触が残っているのに、目の前に女はおらず、逆に自分の頬がひりひりしている。女のやつ、初めからどこにもいなかったのか。女というのはたいていがそんなものだろう。いないのにいるふりをするのが女で、いる筈のない女と間違えて自分の頬を打つのが男だ。ということは、俺はまだどうにか俺としてここにいるわけだな。

こうしてきちんと落ち着いてしまった男に対し、女は予定通り島を出てゆく。夢だと大見得を切ったが、目的がはっきり定まっているわけではない。そんなものは、本土へ渡りさえすれば向うから転がってくるに決っている。右左へ流れるしか能のない島と違ってなんといっても頑丈な地盤だから、動くのは地面ではなく夢や希望である筈だ。

というわけで、女はまだ、動くのはただ時間だけだという事実に気づかずにすんでいる。時計を気にし、太陽の運行に不安を覚えるほど、女はまだ賢くはない。

そこで、賢くない方が人として幸せな場合もあると自覚しないまま上陸し、先に本土暮しを始めている友人を港で待つ。すぐにやってくる。島にいた頃には見たこともない華やかな化粧に真っ赤な服で、負けないほど派手な恰好の笑顔の男が運転する車に乗って。向うから転がってくる希望のように。友人の顔が化粧ばかりとは思えない変り方をしているようにも感じられるが、転がってきたからにはこの車は希望であるに決っている。乗る。すると友人はきつくパーマのかかった髪の中に指を突っ込み、ジジジ、と音をさせ、顔に向って手を下ろす。額の中央のチャックがぱっくりと裂け、女はやっと、希望まがいのこんな友人などそもそもいなかったと気づく。つまり時間に気づいた最初。全ての最初がそうであるように、もう何もかも遅い。チャックは体の前面を下りてゆき、真っ赤な服の中から、運転している男と同じくにやけた連中が何人も現れる……

港で島の女が一人連れ去られた、という出来事は、あの仕出し屋の好青年の死がなんの疑惑も許されずにただの死として処理されたのと同じく、新聞にもほとんど取り上げられない。ごく小さな記事を見てしまった者は、慌てて、何も見なかった見なかった、何事もなかった、と呪文を唱える。

だから、自分で自分の頰を叩いた男は、島でいつまでも考え続けていられる。俺はあの時、本当に俺を引っぱたいたのだろうか。それにしてはあの女をよく覚えている。女の言った、自分が抱えている兄への嫉妬。ついてくれればいいじゃないと言った女の声。どれもこれも、海峡の上空を漂う兄の幽霊並に明確だ。ということは、やはり幻ではない。あの時、自分ではなく女を叩いたのだ。

その証拠に、暫くすると本土の女から手紙が届くようになる。本土での暮しは、ほんの少しのことを我慢しさえすれば想像以上に素晴しい、さっさと島を捨てて渡ってくればいいのだ、全くの偶然に恵まれて自分は不自由なく生活している、あなた一人くらいならいくらでも仕事を世話してあげられる、お兄さんのこととか、あなたの私への気持とか、そういう深刻な事柄はこちらへ渡ってくれれば綺麗に解決出来る筈だ、ただほんの少しの我慢をすれば。

　本土に渡らなければならない、と男はいかにも男らしく決意してしまう。すると、島は男の意思に呼応して動く。少なくとも男はそう感じる。これはどうやら俺の意思と連動しているらしいぞと。あるいは島が動き出す方が先だったかもしれない。ぐらりと揺れ、島が下関に向って近づいてゆく段になって初めて、島に唆《そそのか》されるように、本土に渡らなければ、と男らしく、調子よく決意したまでのこと、か。であれば島は男らしさを動力としているのだろうか。

　勿論そんなことはない。樹木が帆の役目をしているのでもなく、海峡に島専用の特殊な海流が発生するのでもない。そして島を動かすのは男の意思ではなく、意思があるぞと信じ切っている男そのものでもない。男自身に島の動力の正体は分らない。島民の悪い癖で、彼の目には何もかもが当り前のことに見える。島の縁に沿って、大きな皿を無数に並べたのに似た細長い何かが通り過ぎることがあるのも、それが見える時に島が、その何かと同じ方向へ流されるのも、夜、島の周りを青白い光が泳いでいるのも、海とはそんなものだろう、と。

　そんなもの、の力に導かれて接岸した島から、男は本土に飛び移る。男はその足で、予《あらかじ》め知らせておいたように、女の家、やがてるり子と慎一も訪ねてゆくことになる、この街でもひときわ大きなあの家に辿り着く。家というよりそれこそ島と呼べるほど大きいのに、動き回りはしない。それはここに海がないからではなくて島の周りを泳ぐあの細長い何かがないからなのだが、男は気づかない。やがて慎一たちが闘うことになる怪物を怪物だと認識しそびれたのは、男が兄の死を引きずり過ぎ、女への思いがひたむきだったためらしい。

そして睦子と一緒に男を待ち構えていた古坂山源伊知は言う。うちで雇ってもいい。島での暮しとは比べものにならない幸せを味わえる。君のお兄さんの話は聞いている。一生懸命働いて人の手本ともなる存在だったが気の毒なことだった。だがもう忘れた方がいい。お兄さんの死についてはこれ以上考えるべきではない。それがうちで雇う条件だ。過去の無残な事件を蒸し返すのは島出身の君のためにならない。君も知っているようにあの件には、何か背景がありそうだ。この地域で商売をするうちとしてはそういう何かをわざわざ敵に回すわけにはゆかない。このやり方が気に食わず、どうしても事の真相を知りたいのであれば、時が過ぎるのを待つことだ。いつか、もっと時代が変ってから、明らかになるかもしれない。だがそれはいまではない。いま何か行動を起せばうちも君もここにいる彼女も損をする。これがどういうことか分るか。いや、分るとも分らないとも言う必要はない。いまは何も言わない方がいい。このことを守ってくれさえすれば君は生活の心配をしなくてすむ。不満か？ではもう一つ提案しよう。好きな時にここへ来ればいい。いつでも彼女に会える。そのつど僕の許可を取ってくれさえすればあとは君たちの自由だ。お互いここで鉢合せしたくはないからね。

男は仕事と住処《すみか》を与えられ、本土暮しを始める。許可を取って、女に会う。兄の件をそのままにしてさえおけばこの生活が続けられる。女の境遇を含め、これはかなり妙なことになっていると分ってはいたが、ずいぶん幸せであることもまた確かだ。

このように男が納得し、本土での生活に慣れてきた頃を見計らって、女はいきさつを話す。

本土へ渡ってきたその日に、先に渡っていた友人に予定通り会えた。彼女の紹介ですぐ仕事にありついた。

仕事？

夜の街の。

男の客にお酌したりする？

そんな面倒なことじゃない。何もしなくていいの。ただ道に突っ立っていればいいの。誰かに声をかけられるまで。そして、ついてゆけばいいだけ。でなければこちらから場所を指定しても構わない。

…………

声をかけてくれる人たちは島の人間だからってとやかく言わなかった。その中の一人があの人だった。この幸せが手に入った。こうしてまたあなたにも会えた。これは、私たちにとって、すごくいいこと。だからあなたも、このまま、あの人の言う通りにして。

これが、我慢しさえすればいいという、ほんの少しのことだった。

好きな時に女に会い、また働くに従って、この地方での古坂山の勢力がいかに大きいのかが分ってくる。

これが、本土というものなのだろう。

ある日、運転している男が生真面目にそう言うのを聞き、古坂山源伊知は後部座席から、間違いを正してやる。

これが本土というものじゃない。これが、日本というものだ。

怪物の正体を知らない男を巻き込んで、時間が過ぎてゆく。日本での、日本人としての仕事。生活。女。いつ分るとも知れない兄の死の真相。

睦子が子どもを産む。翌年にも産む。二人とも女の子。男は期待するが、女は笑って言う。あなたの子は絶対産むなとあの人に言われたの。要するにね、私が産むのは全部源伊知の子というわけ。

そういうことにしておく方がよさそうだ。なんだかおかしな気分ではあるが、何しろ、ここは日本なのだから。

下の朱里が生れた翌年、男は源伊知から、大きな任務を言い渡される。

自分の正式な妻が半年先に出産を控えている。同じ産婦人科医院に通う子会社の社員が、やはりその時期に産む予定らしい。そこで一つ、仕事だ。これを果した暁には、お前が一番知りたがっていることを教えてやってもいい。

7

「いや、そういうことはいいから。あなたが作家として悩んでるとか、今後の展開をどうしたいとか、どうでもいいから。」

「そんなこと、言ってない。」

「言おうとしてる。言おうとしてるってことを、私は知ってしまってる。悔しいけど、登場人物だっていう立場を、完全には否定出来ないから。」

「だったら頼むよ。この話がどうなってくか、どうなればいいか、だいたい分るだろ。それに、これを書き終ったあとの俺はどうなる。この先、何を書くんだ。」

「薄々知ってるでしょ。これが、最後の小説になるかもしれない。」

「ほんとか。」

「最後になるかならないか、どっちかしかないなんてかわいそう。でも、書けば確められる。」

「最後だとして、そのあとどうなる？」

「最後というからには、血が流れずにはすまないってことなんじゃない？　これから書くあの出来事もそうだったんだし。」

「殺されるのか、朱里に？」

「登場人物に殺されるなんて、名前も本も売れそうじゃない。」

「……これって、読んでる人にはなんのことだか分んないんじゃないか。」

「あなた、なんのためにこれを書いてる？　まさか、読者のため、なんかじゃないよね。あなた自身の最後の小説かどうか、血が流れるかどうか——」

「誰のであっても、血はいやだね。あの時だけで十分だよ。」

「時間というものを勘違いしてる。あの時、っていう時間は一回限りじゃなく、何度だってやってくる。」

「俺は時間というよりこの小説じたいを勘違いしてそうだ。確認なんだけど、これって、俺じゃなくて朱里が書いてる小説なんじゃないか？」


とはいえ、決定的な、あの時、なる時間はこの小説の中でまだやってきてはいない。海峡の流れと、流れる島にそっくりの時間はいまのところ、慎一をとりあえず成長させてくれてはいる。勉強はあまり好きではないが、時間の方は本人の得意不得意に構わず、義務教育の忠実な僕《しもべ》の顔をして、慎一を脱線や悪路に誘い込むでもなく進級させる。その少し先に、一番険しい道を周到に準備しつつ。

やがてはあの四人がとうとう顔を合せてしまうことになるのだが、いまはまだ四人になる前の三人であるなどとは自覚しない慎一と、朱音、朱里は、本の部屋でたくさんの時間を過す。つまり、時間が本に化けた。本のふりをした。三人は全く気づいていなかったが、酔っぱらった末に溺れ死ぬ日本一有名な猫も、インジャン・ジョーに戦《おのの》くトムとハックも、さっさと復讐を果してしまえばいいものを生きるか死ぬかで散々悩むデンマークの王子も、戦火を免れた金閣寺にわざわざ火をつける見習い僧も、時間がそれぞれの姿形になって物語を好き勝手に動かしているだけ。だから、孤児根性逞しい男が天城《あまぎ》峠で雨に降られた頃にはまだ小学生だった慎一も、件の一高生が踊子をねちっこくつけ回したあげく下田《しもだ》の港で船に乗り、ひとりよがりの派手な涙をこぼす終盤部では、もう中学三年になっている。だが、時間の直撃を喰らって自分まで泣いてしまうほどの間抜けではない。

「るり子さんに連れられてのこのこうちに来て、私たちと迂闊《うかつ》に仲よくなるっていうのは、そうとう間抜けだと思うんだけど。」

「そうだ。間抜けだった。まだなんにも知らなかった。知らなかったから仲よくなれた。」

「知った時にはもう遅かった。お姉ちゃんは完全にあなたを好きになってしまってた。そこから先は、誰も間抜けじゃなかった。間抜けは許されなかった。」

「なんにも知らない方がよかったんだな結局。朱音が一番幸せだったのはその頃だって朱里も言った――」

「違う。あなたが勝手にそう思ってるんだとしても、なんにも知らないことそのものが一番幸せだなんて思ってない。思ってなんかやらない。なんにも知らなかった頃がお姉ちゃんにとって一番幸せな時期だったのは確か。それは本当にそうだけど、なんにも知らないからこそ幸せだったんじゃなくて、あなたと一緒にいられたから。真実を知ってしまうのはものすごくつらくて、悔しくもあったけど、知ったからこそ、お姉ちゃんは生れて初めて、古坂山源伊知の娘、じゃなくてお姉ちゃん自身になった。私が、私になった。私が私自身であることが分った。何よりも、倒さなきゃならない敵がはっきりした。」

「それはもうちょっとあと、高校であいつと初めて会って三人が四人になってからの話だ。正確に言えば初めてじゃなかったけど。」

「そうなの?」

「ほんのちょっとすれ違っただけだったし、何しろ俺も向うも生れたてだったんだから全然覚えてないけどね。いま言ったとこ、生れたて、じゃなく産んでもらいたてって言い直した方がいいかな。」

「この小説、ほんと穴だらけだね。」

「落っこちたら戻ってこれそうにないな。俺自身がね。」

中学の三年間、慎一は本の部屋で成長し、怪物はその後、現れない。

姉妹のところへ一人で入りびたるようになって以降、わざとるり子を怒らせることはなくなる。蒲団叩きは二度と、あの時のようにひとりでに宙に浮き母の掌に吸いついたりはしない。まるで息子を叩かなければならない、母親から叩かれなければならない、と予め定められていた期間が終ったかのように。

何もかもが明らかになり、何もかもが終ったあとで、るり子は慎一に言った。

――なんであんたを叩きよったか？　そんなん決っとろうがね、ほんとのことが分ったけえよ。ほじゃけえちゅうてから、あんたになんもかんも打ち明けようとは思わんかった。ほんとのことを話しちょったらもうちぃと冷静になれて、気持が楽になっちょったかもしれん。ほでも、あんたを叩かんですんだかもしれん。ほじゃけどそん時はそねえな風には思わん。とてもとても、冷静でなんかおられんかった。叩かんではおられんかった。あんたが憎たらしいこと言うたら、こねえな反抗的な子は叩いてもええ筈じゃっちゅう風に言い聞かせて、叩きよった。でも、それこそあとからそういうように思いよるだけかもしれん。はっきりしとるんは、憎たらしゅうて憎たらしゅうてどうしようもなかったっちゅうことだけ。この子は自分の子じゃあない自分の子じゃあない、そう言い聞かせよった。ほやからいくらでも叩けた。なのにから、なのにからよ……家の外へ出してなかなか入れちゃらんいうようなこともあったろうがね、そのまま出しっ放しでもええそにから、そろそろお腹すくんやなかろうか、風邪ひくんやなかろうかって思うてから。憎うて憎うてどうしようもない筈なそいからね。それで部屋の中入れてご飯食べさせよったら、お父さんの葬式の日に聞いたことなんか、みな嘘に決っとる、そねえな恐ろしいことあるわけない、そうやってどうにか自分を納得させようとする。そしたらね、一旦は信じられるんよ。あんなこと嘘じゃ、なんも問題ありゃせん、そう信じて信じて信じ切って、なのにから、あんたがあの子らに会うちゅうそは、ええんじゃろうか、大丈夫じゃろうか、間違いが起るんやなかろうか……あんたがお父さんと自分の子なんじゃってほんとに信じ切っちょるんじゃったらそねえな心配、せんでええのにからよ。こねえなこと言うたらあんたにはすまんのじゃけど、あんたを産まにゃあよかったって思うたくらいじゃったわ。自分が産んだって信じちょるからこそ産まんかった方がよかったっちゅうことになるそやけど、ほしたらなんの理由で産まん方がよかったって思うんかいうたら、あの子らと間違いが起るかもしれんからで、間違いちゅうそは血がつながっちょるからで、ちゅうことはあんたを産んだのは自分じゃないいうんを自分が認めちょることになって、ほんとの子じゃっちゅうんとほんとの子じゃあないちゅうそがごっちゃになってしもうとって、もう何がどうなっちょるんやら……

「悪いけど、悪いっていうのは便宜的にそう言ってるだけで私は別に悪くなんかないんだけど、るり子さんもあなたも、何がどうなってるか、全部分ってたわけでしょう。」

——信じ切っちょるつもりではおったんじゃけど、あんたが大きゅうなってきたらいね、やっぱりどっちにも似ちょらんかった。火葬場で聞いたんはどうやらほんとのことじゃった。ほしたらね、ほしたら、なんかもう、叩く甲斐《かい》ものうなってきた。叩いたちゃ、部屋の外へ出したちゃ、あんたはあんたで変らん。もう一回、今度はほんとの子として産み直すちゅうわけにもゆかん。ほじゃから、ほじゃから……

「だから母は、朱音や朱里と仲よくし過ぎちゃいけないって言った。その頃、勿論俺はまだほんとのことを知らされてない。だから、仲よくするのがなんでいけないのかって訊いても、ああいう家の子たちと仲よくするのはよくない、面倒が起きてからじゃ遅い、としか言わない。でも、強くは止めなかった。」

――あんまりきつう会うな会うな言うたら、かえって不自然じゃろうがね。

「るり子さんは、お姉ちゃんと私を、恨んでる？」

――それがね、どねえ考えりゃええんか自分でもよう案じがつかんそよ。あんたら同士を近づけちゃいけん。絶対にそうなっちゃいけん。ほじゃけどしょせんはほんとの子じゃあないんじゃけえ、どうなろうが知ったこっちゃない。むしろ、あんたらが仲ようなって、完全にくっついたところを見計ろうて、実はこういうことなんよってほんとのこと言うていやがらせしちゃろうか、そうじゃそうじゃそれがええわ、あねえな悪巧みで田所の息子になったあんたがどねえなことになろうが、あの家の子らが誰の子を産むことになろうが構うことないわあね、そうじゃろ、ああ？　そう思うたら、絶対会うなって強う言わんのは不自然にならんようにじゃのうて、このくらいの言い方じゃったらかえってあんたが、丁度ええ具合にあの子らに会いたい会いたいいて思うんじゃなかろうか、いう風に計算したけえじゃわいね。どねえすりゃああんたがあの家に行きとうなるか、どねえすりゃああんたとあの子らに間違いが起るか……なんか賭事でもするみたいな気分なんよ。あんたを叩くより唆す方がよっぽど面白いんよ。ほじゃけえ、会え会えいうんでもない、会うな会うなでもない、なるべく会わん方がええ、くらいのところで様子を見よったんじゃけど、ひょっとしたら、こりゃ逆に強う言うた方がええかもしれん、何があっても二度とあの子らに会《お》うたらいけんて頭ごなしに言うた方が、あの子らに会いたいいう気持が強うなって一気に間違いまで辿り着けるかもしれん……

「それって、あなたがあのことを知らされた時?」

「その時だ。福子伯母さんが全部教えてくれた時。」

――いいや、駄目よ。もう絶対、行っちゃあいけん。

――なんで急にそねえなこと言うん?

――急じゃあなかろうがね。いままでなんべんも言うてきたじゃろうがね。ああいう家に出入りしたらあんたのためにならん。あねえな薄汚い家の薄汚い女の娘と仲ようしたら、男のためにならん、あんたのためにならんのよ。あの娘らは血の一滴まで汚れとる。なんぼ古坂山じゃいうて本土の人間ヅラしたってよ、しょせんは島の女が産んだ娘じゃろうがね。

突然青白く強烈な光が差したと思うと、自分たちがいるアパートの一室が消え、代りにあの怪物が空間を満たしている。四方八方が目玉であり鱗に覆われた胴であり尾であり、長く突き出た口だ。世界が怪物の巨体になって蠢《うごめ》いている。

怪物が何かくわえている。それが何か分った慎一はその蒲団叩きを摑み取ると、

「るり子さんを、叩いたの?」

慎一は、振りかざしたまま硬直し、震えている母の前で、持ち手と先の方とを両の手に握ると、膝に叩きつけて真っ二つに――

「ちょっ、ちょっ、ちょっ、ちょい待ち。それはないよね。蒲団叩きって中学生の力で真っ

二つに、たとえなるんだとしても、あなたはほんとにそうした？　だいたいさ、真実を知ったのがきっかけであなたを叩くようになったるり子さんが、私たちがくっつくのを賭事みたいに面白がって叩くのを急にやめるのって、変じゃない？」

「変、だよな、この展開はやっぱり。でも、本当だ。いま書いてるこの世界の中では本当だった。真っ二つっていうのは確かに嘘だけど。」

慎一は母に向って蒲団叩きを、あとにも先にもこの世界のこの時間の中で一回だけ、力いっぱい振り下ろした。

「駄目。」

「ほんとに一回だけだ。」

「回数じゃないの。何度も叩かれたのに一回だけの反撃で我慢してやった、とでも言うつもり？　るり子さんが数え切れないほどあなたを叩いたのがいけないことなら、あなたの一回だってこの上なくいけないこと。るり子さんの手数とあなたの一回は、ぴったり釣り合う。るり子さんはあなたに一回叩かれて、また叩かれるのが怖くなってあなたを叩かなくなった。それが真相でしょう。こんなこと言ってる自分にいらいらする。この展開だと、叩き、叩かれて、るり子さんとあなたはどうにかこうにかその時間をやり過してた、それがこの母子にとっての生きる道だった、なんていう受け取り方をされる可能性がある。暴力を揮《ふる》う、揮われる、それも人間の真の姿だ、そういう落ち着いた読み方に逃げ込まれてしまう。るり子さんもあなたも、やったことは絶対に許されない。一度でも揮われた暴力は永久に許されることなんかない。あとでどんな風に解釈されようが当事者が謝罪しようが和解しようが、なかったことにはならない。むしろ、和解なんかあっちゃいけない。たとえ加害者が死刑になろうが自殺しようが、人間の歴史の中で許される時なんて来ていいわけがない。被害者が加害者を許す気持になったとしても、その許しは認められるべきじゃない。この世の全ての人間が加害者を断罪しようとする中で被害者一人だけが許しを望むのなら、それはまっさらな真実の許しだと思う。でも世界には、加害者にもやむにやまれぬ事情があっただとか、許すことによって被害者も初めて救われるだとか、利口ぶって説教するやつらが必ずいる。そういう悪い許しの前例が歴史上いくつもある中で被害者が相手を許そうとするのは、心底からの主体的な主張じゃなくて、前例の罠《わな》に嵌《は》まって許すように仕向けられてるだけ。和解や許しは歴史的な、壮大なまやかし。るり子さんとあなたで叩き合って相殺されるなんていうのもあり得ない。お互いに、罪と傷が残り続けて、解決なんかしない。待って、まだ、まだ改行しちゃいけない。次の章に行くのも駄目。書くのがつらい？　そんなのは、違う。絶対につらくなんかない筈。何度も何度も叩かれて、一度だけ叩き返した、それをこうして書いてる。したこと、されたことを隠してない。さっきちょっとだけ隠そうとしたけど、私が指摘したら正直に自分の加害を書いた。私にもこうして喋らせてる。どんな罪でも永久に許されちゃいけないっていう私の考えを、書きたくもないのにちゃんと書いてる。罪を隠したりその罪を簡単に許してもらおうとしたりしてない。逃げ隠れしてない。分る？　その逃げない態度こそが、一番よくないの。罪を安易に許してもらおうとしてないのが駄目。俎板の鯉《こい》なのが駄目。自分と相容れない考えの、正反対の思考回路の朱里の言葉も作家たるもの包み隠さず書き記して、書き手としての田所慎一をつねに追い詰められた状態に置いとかないとっていうもの分りのよさが駄目。零点。どうしてもっと卑怯に逃げ回らないの？　あなたが本当に、本当の意味で誠実だったら、いまここに持ってるうわべの誠実さを否定して、しっぽ巻いて逃げ出して、追い詰められるにしても、あなた自身が追い詰められたなって判断出来る追い詰められ方じゃなく、いまのあなたには想像も描写も出来ないくらいの追い詰められ方まで行かなきゃ嘘。罪を許してもらわないことでるり子さんとの叩き合いにケリをつけるのもインチキ。違う。あなたはもっと徹底してインチキにならなきゃいけない。想像の外の外の外まで、完全に追い詰められて許しを乞わないといけない。そうすれば世界中が、あなたを許さずに世界を保っていられる。喋り過ぎ？　作品が壊れる？　それも駄目。そう簡単に、綺麗に作品を壊さないで。女である私に喋らせて作品を壊して、男であり作家であるあなたが敗北に浸って恍惚《こうこつ》となる、なんてやめて。いまのあなたは私に負かされる権利なんてない。一度でも暴力を揮った人間にしかも男に、敗北と滅びと絶望を投げ与えてやるほど、私は寛容でもばかでもない。私はあなたの無言を許さない。ましてや、自殺した作家の死体のにおいなんか嗅ぎたくないからね。殺す時は私が殺す。私がこの小説の息の根を止める。だから、いまはまだ生かしとく。間違ったって自殺の美学になんか踏み込ませない。あなたが自分で自分を突き刺すのを私が許したら、そしたら、今度は、この私自身が、あの時やってしまったことのために、自分を突き刺さなきゃならなくなる、駄目、大丈夫だから口出ししないで、私に喋らせて、私を書きあぐねないで、私を休ませないで、私を続けて、私の権利を奪わないで。登場人物という枠に押し込まれてる時点で何もかも奪われてるようなものだけど、でも、私は、私たちは、あんなことをしてしまったから、あなたのるり子さんへの一撃と同じだから、私もあなたと張り合うくらい世界中の誰からも許されずに、自分を突き刺しもせずに、生きて……なんで生きてゆけるのか、なんで生きてゆくことになんの疑問も持たずに、駄目、まだ――」

「このへんで一回休んどいてもらわないとあとが続かない。何しろ朱里も俺も、まだ当分は生きていなきゃいけないみたいだから。で、俺は母さんを引っ叩《ぱた》いた勢いでアパートを飛び出した。」

「いいよ、叩いてないんならないで。」

「でも、まあ、せっかくだし。」

夜道をバス停まで走ったのは、朱音と朱里に会いたかったからに違いない。それ以外に理由はない、筈なのに、まるで理由はこの自分だとばかりに、青白く光る怪物が追ってくる。するとと、二人に会いにゆきたいだけなのに、こいつに追いかけられることが自分の目的の全部ではないかと――

「理屈はいいから、早く福子さん家に逃げ込んだら。」

「まあ待てよ、大変だったんだって。」

「そうでもないでしょうに。」

　あとで慎一が思い出した光景の中では、光の怪物に追われて伯母の家に辿り着くまでの間、何人もとすれ違った。ぶつかった。信号と関係なく光に驚いて停った車の前を横切りもした。青白い光を見たのは自分だけではなかったのだ。なのに新聞にもテレビにも、本当のことは出なかった。目撃談として、ある人は猛スピードで蛇行運転する車を見たと言い、それに対して、いいやオートバイが強烈なヘッドライトを点灯させて走行していたのだと反論する者もあった。別のところでは、白熊かと見間違えそうに大きな青白い毛並の犬が地響きを立てて駆け抜けた。猪《いのしし》も走っていた。鼠の群もあった。外洋にしかいない大きなサメが海峡に注ぐ小さな川に間違って入り込んでしまい身動きが取れなくなった。小型の飛行機が火煙と油のにおいをまき散らしながら火葬場の丘へよろよろと墜《お》ちていった。いや、あれは隕石《いんせき》だった。そうだ、海峡に落ちて、じゅっと音がして湯気が立った。あるいは、気球。落下傘。様々な情報が重なって真相は確めづらいが、少なくとも、普段は海を交通と漁業にしか使おうとしない人間に、海自身が、自らの本来の姿を見せつけるために一夜限りのからくりを仕かけたと、言えなくもない。怪物？　昔から絵に描かれてきた？　ついに現れたというのか？　だがこの夜の目撃情報はどれも怪物の形状を思わせるものではなかったし、どこかの図書館や美術館で丁度その時刻に、古い絵や文献の中から例の怪物が抜け出したという報告もない。

　だから、姉妹に会うためのバスではなく、とりあえず近いところに逃げ込まなければと辿

り着いた福子の家で、

「怪物もずいぶん都合よく伯母さん家に追い込んでくれたもんだよな。」

父の葬儀の日に魚が降ってきたと語った時の小さな子どもの口調ではなく、中学生の、ほぼ大人の、大人に分る言葉で青白い怪物のことを、確かに話そうとしたし、カイブツ、という音を出すべく頑張ってみたのに、

「そりゃ、そんなもん最初っからいないんだからな。魚が降ってきたのを見た子どもの頃とは、やっぱり違うんだ。」

だから、怪物という歴史的な存在に追いかけられてここへ逃げてきたのだ、と説明するつもりで、伯母に話した。父が死んだあとで母に叩かれるようになったこと、そしてずっと引っかかっていた、額に傷の死に方をする前に、祖父が庭で抱きしめてくれながら言ったこと。

わけが、わけが、あるけえなあ……

——訊かん方がええぞ、慎。お前のためだけに言うんやない、福子のためにもるり子のためにも、だあれのためにもなりゃせん。ほじゃけど、まあ、わけがある、て偉そうに言うた手前もあるけえなあ。ちっ、あねえなこと言うんやなかったわ。いつかほんとのこと知る時が来る知る時が来る、て、お前もその気になって待っちょったんじゃろうけえなあ……

寿六の声は、誰も見たことのない怪物を見てしまう慎一にしか聞えなかったので、福子は父に邪魔されることなく、父にそっくりの声で甥に話すことが出来た。ウキからハリスまでの長さの調節のしかた、堤防の内側と流れの速い外側とでしかけをどう替えるか、足許の深

いタナを狙っていて、石がかかったように重たいやつが来たら間違いなくカワハギだから、強い歯でハリスを切られないよう慎重に水面まで引きずり上げなければならないこと、魚を捌く時に何度も水洗いしていると味が落ちること、あるいはまた、朝潮の立合のぶちかましが見ていてどれほど気持がいいか、を熱心に語って聞かせるのと同じ声で話した。寿六が言い残した通り、どちらかというと聞きたくなかった、と慎一はあとで悔やんだ。怪物並に信じがたく、どれほど絵空事にしか思えなくても聞く者をその場に動けなくさせてしまう画鋲《びょう》によく似た小さなもの、途轍《とてつ》もなくちっぽけだが決してなくなりはせず、それに関わった人々をいつまでもいら立たせ、落ち着かなくさせ、人と人をいがみ合せ、時には命さえ奪ってしまうもの、見たくも聞きたくもないと誰もが思っているのにその誰も彼もを、巧妙に仕かけられた餌のように誘って止まないもの。食いついた時には手遅れのもの。

つまりそれは、単なる真実だった。

8

男は源伊知に指示された通り産婦人科医院の下見などしながらも、これはいったいなんなのだろうかと、とりあえず物事をまともに考えてみる。成長して作家となった田所慎一が、その生活の糧を得るために書く小説の中で、なぜこのようにこき使われなければならないのか。主人公はあくまで慎一であり、彼はどうやら出生の秘密という時代がかった宝物を背負っている。さらに都合のいいことに慎一の筆は、前章に書かれた中学生の段階では、慎一自身にまだその事実を自覚させはしない。このようにややこしい展開を担わせられる主人公よりは、物語を駆動させる歯車の一つとして、作家の持駒として、御都合主義を具現化するべくこき使われる自分の方がどれほど気が楽かしれない、と男は納得しようとするものの、しょせんは端役、幹ではなく枝葉、疑問と怒りと悲哀を感じないわけにはゆかない。

そもそも、兄の死の真相を知りたいがために、本土生活のボスである源伊知の命を受けて暗躍する運びとなったわけだが、確かに唯一人の兄に対して親愛の情は持っていたし、あのように残酷で不思議な最期であってみれば恐怖も憤りも消えず、兄は死後も海峡の空に漂っているのだから、この世の弟に何事か遺言があるものらしい。しかし死者の常で、あの世とこの世の節度を守り、一番肝心なことは絶対に言おうとしない。ほんとは言いたいのだ、とばかりに漂い続けるだけ。どうやらまともでない出来事が兄の身に降りかかったらしいと分ってはいても、何をどうしてやることも叶わず、いまさら無理に真実を知りたいとも、取り立てて考えてはいない。

だが源伊知に兄の死の秘密を教えてやろうと持ちかけられれば、小説の登場人物としての卑しい好奇心に火がつき、兄の死に報いるべく、動き始めてしまったのだ。

源伊知の妻と子会社の社員。この二人の女がごく近い間隔で揃《そろ》って出産にこぎつけた時は、予定通り行動すること。ただし産む時期が大きく違ってしまったり、それからこれが何より大事だが、もし生れてくる赤ん坊が二人とも女であるか男と女一人ずつである場合は中止する。双方男児であった場合のみ決行。

男は、なぜこんな恐ろしいことを源伊知が望むのか、なぜ正式な妻と子会社の社員という取合せでなくてはならないのか、知らされはしない。源伊知からの最も重要な指令は、何も知ろうとするな、言われたこと以外はやるな、何も望むな、目の前で起る何事にも疑問を持つな、やがて知る兄の死の真相にも。

なんだかやっかいなことになっている、と男は思う。楽しくも気持よくもない企《たくら》みに巻き込まれている。これなら島に帰る方がまだましだ。本土へ渡ってきたのは、ただ、女のためだ。自分がこの悪巧みから脱け出そうとしないのは、いまになって逃げ出せば逆に怖いことになるから、おそらく兄と同じ末路になりそうだからでもあるが、何より女に会わせてもらえるからだ。

やっかいで納得出来なくてなんだか怖い状況ではあるが、どうやら兄のため、女のためという立派な動機に、従っておくのがよさそうだ。男は、非業の死を遂げた兄の恨みを晴らすため、またたった一人の愛する女のため、危険な道に踏み込んでゆくしかない、不運の登場人物に徹しようとする。つまり、その気になってみる。悪乗りしてみる。このただならぬ困難も、見方を変えれば他人にはなかなか真似の出来ない波瀾《はらん》万丈の日々ではないか。どうせやっかいごとに引きずり込まれるならとことん味わってみなければ損というものだ。男は密命を帯びた特別な人員として引き続きこの一件に関わろうと決める。

女は出産以降、男と会いたがらない。子育てでこちらを構っている暇もないのだろうが、その二人の娘について男は、都合のいい、同時に不都合でもある想像をするようになる。もし二人とも源伊知の子であれば問題はない。法律上の夫婦間の子ではない、という点で問題ありと言えなくもないが、法律だとか常識だとかは、広く強固に張り巡らされた古坂山の力をもってすればたちどころに、取るにも足らぬ小事となる。むしろ常識的に見て問題があればあるほど、この土地ではいっさいの問題から解放されるといったところだ。

もし二人の娘が、あるいはどちらかが源伊知の子ではなかった場合に生じるのは、常識以上の大問題であるだろう。ちなみに、なぜ男が、娘が自分の子であったら、という直接的な表現ではなく、源伊知の子ではなかった場合、などと回りくどい独白をするかといえば、もし本当にそうであった場合を想像するだけで恐ろしくなってしまうからだ。

いつだったか女は、私が産むのは全部源伊知の子になる、と言った。これは裏を返せば本当はあなたの子、の意味になりそうだ。だが、男は勿論女を問い詰めはしない。出来ないし、必要ない。朱音と朱里に自分の血が流れているにしたところで、そんな血縁よりも、古坂山の力は、色も密度もずっと濃いのだ……

男がこのように、小説の登場人物としての苦悩に取りつかれ、煩悶《はんもん》を披瀝《ひれき》し、端役のくせにいっぱしの御託を並べているうち、源伊知の妻と、同じ産婦人科医院に通う女の腹の中では、ドラマティックな二人の胎児がやがて来る大役に向けて順調に大きくなってゆくのだが、ここではこれまで登場していなかったその源伊知の妻の人となりを、男の視点を通じて記しておくことにする。物語上書かなければならない人物をそれとなくしかもはっきりと描写するのは、端役でありながら特殊な任務に与《あずか》るこの男にいかにもふさわしい仕事と言えるだろう。

源伊知の正式な妻なる人物は、特別な面白味を有しているわけではない。破天荒や突飛とはほど遠い。正式な妻だから当然だ。わざわざ紙幅を割いてまで描写するまでもないのかもしれない。源伊知の妻がある年のある日、子どもを一人産んだ、それだけで十分だ。物語だからといって、その本筋に絡む人物を一人残らず丁寧に描き出さなければならないという法もないだろう。むしろ書かれるべき人物が書かれないことで物語上、意外な効果が生れるかもしれない。一度も書かれない人物がある重要な人物を出産するのも悪くはあるまい。が、この小説にそのような奇策は、いるかいないか判然としない件の怪物一匹で御の字であろうから、源伊知の妻も、出番は少ないもののこれより登場人物となる。

男は運転手兼雑用係という職務柄、会社の業務に直接関わりはしない代り、常に源伊知に張りついているため、古坂山家の私的な面に接する機会はある。自宅へも参上する。あの女を住まわせている近代的な、白い箱といった印象の家と違い、木造のいわゆる日本家屋で、庭の池にはやはりあの家にはいない大きな鯉がたくさん放してある。

私生活を垣間見るとはいえ、たいていは玄関で源伊知が出てくるのを待ち、仕事が終ればまた玄関で別れる。家に上がることはまずない。

この家は、かろうじて現役の経営者である源伊知の父の家である。あの白い家には以前、父の女が住んでいたそうで、同じ使い方を許された源伊知が家業を継ぐ日も近い、らしい。男は跡取り息子の許での下働きとも呼べる立場だから、社長夫妻に直《じか》に接することはほとんどない。古坂山一族とはいっても、社長と源伊知は、少なくとも男の前では、なれ合うような、いかにも親子といった緩んだ顔は決して見せない。たまたま社長とすれ違うとしても男は軽く頭を下げる程度、目も合せない。別に源伊知に言いつけられたわけではなく、自然と身につけさせられた、それだけにかたくなな習慣だ。社長には専用の車があり直属の運転手、さらには秘書がいる。やはり男は特に言葉を交しはしない。同様の役割でありながら、互いに名前も正確には知らない。

その中で男が源伊知の次に多く顔を合せるのが、彼の妻ということになる。とはいえこの妻にしたところで、さしたる印象を残しはしない。名前さえ、いや、妻の名を源伊知から聞かせられたような気もするが、気がするだけかもしれない。そもそも自身にしてからが、この小説の中では、男、と呼ばれるばかりで固有の名前を与えられていない。考えてみれば悲劇的な最期であったらしい彼の兄もまた、青年、と書かれるのみ。島の人間は作家の筆からも差別されなければならないのか、と憤慨する向きもあるだろうが、同じ島出身であっても、朱音と朱里の母親である、男が会うことを許されたあの女には、睦子、の名がある。源伊知の正式な妻に名前がなく、別宅側にあるとは、なんだかちぐはぐではあるが、そうなっているものは仕方なく、男は名なしのまま、同じく無名の源伊知の妻を観察する。

源伊知の妻、であるから、妻単独の姿はほとんど見ない。朝、夫を玄関で見送り、帰宅すれば迎えに出る。かいがいしく、言葉は最小限。賢妻。良妻。地元の政治家や実業家との会合に同席すれば夫の挙措に意識を集中する。パーティー会場で、古坂山の跡取りと認めて歩み寄ってきた相手を度忘れした源伊知が、助けを求めて振り向くか振り向かないかに、相手の名前と肩書を夫の耳へ囁く。その間合は全く名人芸だ。夫の方へ急に顔を近づけるのでもなく、まして自分の口許に手を当てたりはしない。何事かを教えていますとは誰にも思わせず、要点のみ、卵を素早く産みつけるかのように伝える。途端に、夫の失念を補ったという実績は見事に消え、あとは誰に対しても悠然と接する古坂山源伊知と貞淑な妻、となる。源伊知のいないところに源伊知の妻はおらず、源伊知の言葉のないところに妻の言葉はない。無口なのではない。妻である以上、口や言葉は必要ないのだ。自分の頭で把握し、考え、自分なりに発言する、といった人間的で賢《さか》しらな営みは妻には不要だ。だから、人間らしさを放棄したとも、おそらくは意識していない。証拠に、決して暗い印象ではない。どころか、楽しんでいる気配が漂うことさえある。

ホテルで、地元に新たな大学を作るための懇親会があった。源伊知夫妻に向って一人の若い女が近づいてきた。睦子ほどの美形ではないが、実は源伊知の相手の一人なのだ。男は以前、このホテルでの二人の密会を細工した。源伊知がその時を、たぶん苦く思い出し、すると女も呼応して、お目にかかれて光栄です、このホテルはよくお使いになられます？　と派手な笑顔でしゃあしゃあと言ってのける。源伊知が妻の方を向くに向けずあからさまに戸惑う様子を見せると、妻は一言も発せずに、女以上の堂々とした目でじっと見据える。源伊知はたまらず、酒が足らんのう、と立ち去り、あとには何もかも分り切った女二人が、笑顔と笑顔をなま温かい体液のようにぶつけ合うのみ。

その妻が、妊娠した。つわりが過ぎ、腹が目立ってくるに従い、夫婦の関係に変化が生じる。健診の際、最初のうちは男の運転する車に一緒に乗って産婦人科医院へつき添っていた源伊知が、やがて妻だけを通院させるようになる。源伊知曰く、決行に備え、俺の代りにつき添う形で医院の中に入り、廊下やら裏口やらの構造を頭に入れておけ。

要は妻が妻の座を、一時的にせよ降ろされる。では妻をやめさせられると、いったい何になるか。車中で二人だけの時、妻の言葉によって男はそれを知る。

——これでもう、あの人にとってみたら私は女じゃのうなるんやわ。この子の母親、ちゅうことやわ。ええような悪いような。

女、妻、母親。そのうちのどれかであったりなかったり、それぞれの役柄に出たり入ったりさせられているこの忙しい人物に、あなたが普段喋らないでいられてたまに口を開けばそんな風にひどく意味深な、謎の言葉を発することの出来る理由は実はこれなんですよと教えてやることなど、勿論出来るわけがない。あなたが生身の人間であると同時に、むしろ生身であればあるほど、小説の中の登場人物だからだ、などとは。そんなことを知れば、実在の自分と小説内の自分のバランスが取れなくなり、無事に出産出来なくなるかもしれない。

源平最後の合戦が行われた海の街の小さな医院で、具体的な名前を与えられていない、一人の登場人物の腹に納まった子どもは、じっと出番を待つ。すぐ傍ではるり子が、いつの日か夫と自分の耳に衝撃の一言をもたらす男につき添われた女を、ああ、古坂山の跡取りさんの奥さんだな、と認識する。まさかその奥さんの腹に入っている子どもを、忠実な蒲団叩きで追い回すことになるとは、夢にも思わない。

取り違え、などとんでもない。子どもと子どもは、はっきりした意図を持ってすり替えられたのだ。人と人が入れ替るのは、誰かの悪意が働くからだ。そんな悪意に満ちた例ばかりではない？　医療関係者の単純な過失だってあり得るではないか？　確かにその類は過去にいくつも起きていて、殊に双方の親が、一方は飛切り富裕、一方は火の車といった場合、世間の好奇の目に晒《さら》され、医師や看護師は責任を問われはするが、悪意のある犯罪ではない。では、入れ替ってしまった本人たちにしてみればどうか。生れたての自分たちを大人がすり替える。それが、単純な間違いであるか、あるいは混り気なしの懸命な悪意であるかがそんなに大事だろうか。

いまから起る出来事も、悪意のない取り違えと言ってしまっていい。ポケットにも鞄《かばん》の中にも靴の底にも、悪意の欠片《かけら》一つだってありはしない。悪くない、悪くない、誰も悪くない。と男は言い聞かせる。意図のない単純な間違い、悪気なし、企みなし、あっちの命とこっちの命が位置を替えるだけだ。命であることに変りはない。誰も死にはしない。この理屈は筋が通っている。現に、なぜこんな一幕を演じなければならないのか、理由を聞かせられていないではないか。理由がない以上、どんな悪意も発見出来はしない。なんでこうまでして兄の死の真相とやらを知らねばならないかも分らない。何かを知ろうが知るまいが、いいことは何もなく、悪意に基づかない、よくないことばかりが起る。


医院の待合室。誰ともなく、ひどく幸せそうな歌。

——おーたまじゃくしはかえるのこー、なまずのまごではないわいなー……

かえるとなまずが入れ替るわけか。男はそう思い、もう少しで笑いそうになる。

だが、男の努力の大部分は報われずに終る。失敗したのではない。報われる必要がなかったからだ。一番面倒な場面を任せられたのは、ある一人の女だった。面倒の代償として女は、働かなくてもどうにか生きてゆけるだけのものをあてがわれる。

この女には勿論、名前が与えられている。

その日はやってくる。やってこなければ慎一自身が生れてこられなくなり、この小説そのものが中断、どころか最初から書かれないことになってしまう。

それに、ここに登場する二人の女はともに、授かった子を産む道を選んだ。というより、意識する間もなく選ばせられた。本人たちが、これこそが女の幸せと思い込んでいる道に従って、腹は大きくなった。充塡されているものが幸せを連れてくると信じている女たちは、この小説を崩壊させてやろうだとか、この物語の書き手をこの世に生れさせずに小説じたいをなかったことにしてやろうだとか、思っていない。それは小説の登場人物だからではなく、堅忍不抜の中絶反対主義者だからでもない。

彼女たちが、彼女たち、なのであって、彼たち、ではないからだ。妊娠したのではなく、させられたのであり、しまった、させられた、と気づく視野も力も持ち合せていないからだ。持つことを奪われているから、結婚や出産を、幸せだと思わせられているからだ。

源伊知の妻、または源伊知の子の母親が、都合よく産気づく。勘違いされると困るが、小説の行きがかり上、このあたりでそろそろ産んでもらわないと話が進まない、という意味ではない。当然、書き手の裁量によって人物が生れも死にもするのだが、ここで言う都合、とは時間の進み方、の別名。こういう考えに対しては、いつ生れるかなんて分らないではないか、都合よく産気づくなどとは、生命誕生という神の摂理に歯向う暴言だ、と反論もあろう。あるいはまた、出産は都合がよくも悪くもない、産む産まないの決断は女性本人の主体性のみによってなされるべきであり、出産の当事者ではない人物、就中《なかんずく》、男性が、作家の技術を振りかざしてつべこべ口出しするなど許されるものではない、と。

ではどうするのか。産みかけている。生れかけている。なかったことにするのか、何もなかったことに？　女二人は妊娠などしなかった、古坂山による地域の支配も、島の男が女を追いかけて本土へ渡ることもなかった、ここに書かれている人間関係そのものが存在しなかった、誰も誰かと出会わず、誰かと別れもしなかった。人間と人間は、関係、などしていない。ただ、人間でしかない。心と心、体と体は、結びつかない。従って誰の胎内にも、誰も宿りはしなかった。これから描かれようとする稚拙で恐ろしい展開は、誰によっても演じられはしなかった。であってみれば、あの日たまたま打ち上げられたファーストへのファウルフライが原因で照一が命を落とすことも、るり子の手に蒲団叩きが吸いつくこともなかった。誰もおらず、何事も起らなかった。

だが実際には誰かがいて、何事かが発生している。いったいなんの因果で、何事も起らない筈の世界にこうも様々な面倒が次から次に生れるのか。

作家の筆？　いま読まれているこの文章、島が流れ怪物が泳ぎ回る無理やりな小説さえなければ？　フライが上がったり蒲団叩きが空中を移動したりはこの物語の中だけのこと。だからこの小説じたいを抹殺すれば、登場人物たちは、やっかいな作り話の檻から解放される、よかったよかった、これでもう自分たちはどこにも生れなくてすむ、と心からほっとして、この世界のどこにも、一度も生きた例《ためし》のない者たちのように、消えてゆける。

「それって、いいと思わないか。」

「私たちがいなくなることが？」

「最初っからいないんだよ。ぜひとも気を悪くして聞いてほしいんだけど、俺も朱里もしょせんは小説の登場人物だろ。本当に生きてる人間の命を奪うのとは違う。血は流れない。俺が筆を止めれば、まるで誰もいなくならないみたいに、みんなでいなくなれる。完璧な消去。」

「完璧って、男の得意技。私はあなたのように私自身を上手に消せはしない。でも、下手に消すのなら。」

「この小説を壊すとしたら、俺じゃなく朱里、だったよな。でもな、下手な消し方だとかえって消えなくなりそうだ。」

「上手に完璧に消えるより、消したくても消えない方がよっぽどいい。消えてほしいものが消えないのは、場合によってはすごくつらくて、現実だろうが小説だろうが、ありとあらゆる人間とか生きものとか空とか土とか水とか、それから自分自身さえも呪わしくなってしまうかもしれない。いなければよかった、生れてこなければよかったって思うかもしれない。そう思うことは、必ずしも悪いことじゃない。自分なんていない方がいいんだって念じることでその人がいまの命を保っていられるなら、徹底的にネガティブになってゆけばいい。でもその人が、いなくなっていいわけがない。生れない方がよかったなんてあり得ない。傷と記憶を消したくても消えないくらいひどい目に遭った人が、生れてくるべきじゃなかった、いまからでも遅くないから消えてしまおうかって苦悩してるとしても、絶対に消えちゃ駄目。つらいけど、自分が遭遇したひどい出来事を、消しちゃ駄目。消せるわけない、上手にも、下手にも……」

「例えば？」

「分ってない。そういうひどい体験は、例えば、なんていう言い方で引っ張り出せるようなものじゃない。」

「俺はそれをあえて、引っ張り出さなきゃならない。」

あえて引っ張り出すなら、それは原爆が、小倉に、落されなかったという事実である。

「やっぱり全然分ってない。どんな文脈であっても、原爆に関して、落されなかった、なんて言い方、常識的にあり得ない。」

「そう、落された。アメリカが日本に二つも落した。人間が人間に落した。だから小倉に落されなかったという言い方は、確かに不謹慎だ。まだこの小説に出てきてないあいつも自分も、不謹慎の申し子だ。」

9

と、ここで俺の話になる。話というより生い立ち。怪物（いやな呼び名だがそうなっているものは仕方がない）誕生のいきさつ。

そうなのだ、何を隠そう「俺」と名乗ったこの俺様は、田所なる作家の筆が作り出した、あの架空の生きものなのである。作られた身であるのだから、誕生のいきさつというよりは、製造過程を詳《つまび》らかにする、とでも言い直すべきだろうが、たとえ架空ではあってもれっきとした存在、それで納得してもらえないなら、少なくとも田所の筆がものする小説に登場する何者か、には違いない。主人公を始めとする人物たちの来歴はそれなりに語られるのだから、登場人物、とは呼べずまた呼んでほしくない俺がこんにちのこの俺となったなりゆきを明かすくらい、絶対に駄目ということもあるまい。それでもなお、いいやまかりならぬ、貴様ごとき畜生が口を利くなど金輪際御法度である、と息巻く人間たちに問う。あなた方はいったい、自分と全く別種の異様な生きものがこうして言葉を操るのが我慢ならないのか、はたまた当小説の筋立が大幅に脇道へそれ、いつ本筋へ戻ってくるかが不安であるあまりに、文句をつけようという腹か。あるいはもっと本質的に、怪物と名のつくやつの自叙伝など野蛮極まりないに決っているから読むだけ時間の無駄、というわけか。どうしても気にくわないというのであれば、少しくらい飛ばし読みしてもらってもいっこうに構わない。いやいやせっかくこうして文章が連なっているのだから飛ばすなどという手抜きのあっていい筈はない、どれほど立派な怪物伝であるかひとつ吟味してやろうではないか、と言われれば、これほどありがたいことはない。もっとも、その堅実な読者連を満足させる、あるいは黙り込ませるだけの豊かな物語であるかどうかを、怪物たるこの俺自身に訊かれても、なんとも答えようがないのではあるが。

生れた時。生れた場所。具体的には分らない。思い出せない。その点では、本筋方面の主人公たちが件の部屋で読む本の題名にも採用されたあの猫と、なんの違いもない。さて、その俺の出生を、どう説明したものだろうか。まず、俺のような姿形をした生きものが、母親の産道を直に潜り抜けて生れてくるとは考えにくいから、おそらくは卵の状態であっただろう。

憶測はこのあたりまで。実はここから先は、割とはっきり記憶している。というより、忘れようとしても、どうしても頭から離れない光景。

初めのうち、視界全体が大きく波打っている。だがよく見ると、何か一つのものなのではなく、うじゃうじゃと縺《もつ》れ合って蠢いているものたち。一様に同じ形。細長く突き出たもの、その根元にはよく動く二つの真ん丸。そこからさらに伸びているのがすなわちいま思えば鱗に覆われた胴体、というわけだ。俺はただそいつらを見、一緒になって蠢いていた。というのもやっぱりいま思えばなのであって、その時はまだ、そいつらと自分自身とを同じ種族として、また全く別々の個体として認識したわけでもなかった。はっきりしていたのはその俺が、つまり俺たちが、ものすごい勢いで、ある一つの方向へ引き寄せられているということだった。行く先にある何かと、俺たちの中にある力とが強く引き合っていた。が、おかしなことには、同時に、強く反発し合ってもいるようだった。

その何かと自分の体との関わり具合が分ってきたのは、細長い口と、その先に開いている鼻の穴からも、俺たちをその方向へ引き寄せてやまない怪しげなもの、要するにうまそうな食い物の気配が流れ込んできたからだった。外から入ってきたくせに俺の体を内側からぎゅるぎゅると刺激して、ますますその方へその方へと引きつける。どこだか知れないところへ向っているのに、まるで自分の体の中心部を目差しているみたいだった。止らない。動いているのはこの体。体を突き動かす何か。動く、流れる、巻き込まれる。進め、進め。呼吸が苦しくなる。口が何かを求めている。匂い、匂いの塊、匂いの源を。動きが速くなって、なのに俺の周りはいっそうたくさんの俺で混み合って身動き出来ない。動いているのに動けないとはおかしな話だが、おかしいかおかしくないかはどうでもよくて、鼻が鳴り口が開き、目の前を邪魔するおかしくもおかしくなくもある話をくわえ、嚙み砕き、砕き切ったあともまだ何かを求めてかちかちと打ち鳴らし、あたりは俺という俺で溢《あふ》れ返り、俺は俺と俺の間に口を捻《ね》じ込んで俺の向うにある何かを探る。

届いた、と思った途端に俺はそいつを、周りの俺たちに負けないように、ぐちゃぐちゃがつがつやり始める……。

……さてどのくらい経ったか、ひょっとして俺のあまりの食欲に怯《ひる》んでありとあらゆる時間が退散してしまってどのくらいもこのくらいも経ってなどいないか、またはあまりに腹減っていたために、食い物と間違えて時間まで、俺は平らげてしまったのか。

重たい目蓋をなんとかこじ開ける。まだ食っている俺。さっきまでの俺と同じように眠りこけている俺。その俺たちのすぐ傍に、ひときわ大きな俺が、体のあちこちを俺たちに食い荒らされ、穴だらけの血だらけで、骨まで見せて横たわっている。飛び散った肉、鱗。骨からぶら下がる皮。

つまりこれこそが、無数の俺を引き寄せた匂いの出どころ、食欲をそそった何かだった。丈の低い雑木林といった場所で、そこらの枝葉にも、大きな俺の残骸がこびりついている。時間のやつ、退散なんかしてなかった。こうやって図太く経過していたのだ。風に揺れる草、雲。俺。俺の体。ひときわ大きな俺と、ここにいる、この俺。

何かの、音。じゃなく、声。すると周りにいる俺の中の一匹が、その声に、グァッ、と応じる。我も我もとグァッ、グァッ、グァッ。この俺も負けずにグァッ。体をうねらせ、どこへ向ってともつかない声を上げ、俺は、とんでもないものを発見した。

それは、無数の俺とか、俺たち、ではない、単独の、単なる俺、だった。この世にたった一匹の俺だった。周りにいるのは、俺ではないやつらだった。俺でないどころか、妙な口と目玉と長ったらしい胴を持つ、見るもおぞましい生きものだった。その中のものすごく大きな一匹を、俺はこともあろうにこいつらの中に混ってむさぼり食ってしまったらしい。こんな薄汚いやつらといつまでも一緒でなければならない理由はどこにもない。

しかし、こいつらと同じものを食ったということはだ、どうやらこの世にただ一匹のこの俺も、このおぞましいやつらと変りのない見てくれの、異様な生きものであるに違いない。そして、俺の腹を満たした飛切り大きなやつというのがつまり――勿論、生きものの中にはそういう習性のやつがいるにはいる。だから、冷静に考えれば、生きてゆくために必要な栄養源だったというだけのことだ。その時の俺も、悪いことをしたなんて思っていたわけではない。いっぱいになった腹を抱えて、自分がいったい何を、誰を食べたのかをのん気に合点したに過ぎない。産みの母親の体を初めての食事としてしまったうしろめたさなどは、ずっとあとになって、作り物の罪悪感としてめきめきと出てきたのだ……

事の真相を全部認識しても、食べたものを吐きはしなかった。腹痛も起さなかった。ただ一つだけ、その後は経験したことのない現象が俺の体に発生した。両の目から、とろとろと水が流れ出したのだ。俺の顔を這って下って口に入り、塩辛かった。俺。俺の体。体以外の俺。

こうして出生後に母親の体を食らって涙で喉を潤して、生きるというのはどうやら塩《しょ》っぱいものらしいと教わった俺は、そういう俺らしくたった一匹で、まだ母親に食らいついているやつらを残して、生れ故郷をあとにしたわけだ。きょうだい、と呼ぶべきやつらが母親を綺麗さっぱり骨にしてからいったいどこへ行ったのか、俺は知らない。この広い世界をうろついていると、時々お仲間を見かけることもあった。俺と同じく一匹の場合もあれば小さく群れていたりもする。あの時一緒に生れたきょうだいなのか、全く別の一派なのか。

話を元に戻すと、体をうねらせて進んでいた俺はふと、またぞろ何かの匂いを嗅いだ。もっとも腹は膨れたのだったから、食欲とは別の力に突き動かされていたことになる。その方角へ向ってゆくうちに体が軽くなり、自由に動いているという実感が湧いてきた。俺は俺であり、俺以外のものではない。

なおも進んでゆくと、土が湿ってき、やがて、俺を引きつけていたものの正体。水、流れ、川。なんのためらいもなく流れに滑り込む、と、今度は涙どころではない、本格的な流れだから、口と鼻から水が入ってきて一丁前に危うく溺れかけた。もう涙は出なかった。出ていたとしても、どれが涙だか、川の水だか。

体はすぐ水に慣れ、流れに乗り、時には逆らい、ゆっくりと泳ぎ、次の瞬間急流に飲み込まれたりしながら、俺の本格的な生活が始まった。

とにかく食べたいだけ食べた。大きさでも泳ぐ速度でも嚙み砕く力でも、俺に敵はいなかった。泳いでいるものはなんでもかんでも、当るを幸いだった。時には陸に這い上がって、草むらに潜んでは、通りかかったやつを頂き。そう、たまには人間も。その頃はまだ、人間たちはいまほどこの世界に増殖してはいなかった。洞穴に住んだり、木と草でねぐらを作ったりし、捕まえた生きものをほんの少しの火で焙《あぶ》って食べる生活。文明とか国家とか社会、なんてものは、まだ影も形もなかった筈だ。人間がいまの人間になりおおせる前、と言って違うのなら、人間がまだその他大勢の生きものの一種類として生き、ささやかに暮し、他の生きものを食い、また食われてもいた頃。俺にとって人間は他の生きものと同じく、ありがたい食い物だった。命を頂戴はするが、必要以上に捕って食いはしない。つまり俺の食欲は、人間たちが使う最小限度の炎と同じ。俺にそう言われても、人間にしてみればたまったものではなかっただろう。何しろ俺は人間を食うが、人間が俺を食ったことは一度もないのだから。満腹でうとうとする俺の目に、子どもを食われた一家のともす灯りが、ぽつりと見えたりしていた。川や山に食い物が少なくなる季節にはその集落へ戻ってきて一人ずつ食ってやったものだったが、そのうち、人間の方で、恐れて住処を替えた。そのあたりにはもう誰も住まなくなった。あの土地には家を建てない方がいい、さもないと例のあれがやってくる……と人間どもは学んだらしい。その頃の俺は川を中心にして、いま考えればずいぶん狭い範囲を餌場にしていたわけで、だんだんと大きくなってゆく体を、その一帯だけでは支え切れなくなってきていた。というより、本来の居場所はここではない、母親を食った時や川を嗅ぎつけた時のように、どこかへ向わなくてはならない……

　本能か、成りゆきか。それとも、誰かの仕かけた計略？　いや、単に川の流れ。いつもは食い物を求めての上り下りを一定の流域でくり返すだけだった川に、俺はある日、思い切って巨体を預けた。すると、まるで川の流れが俺自身の意思であるみたいに、体が下流へと進んでいった。途中、魚を飲み、また浅瀬の獣や水鳥も食べたが、ほんのその場しのぎ、飯と仮眠がすめば、流れの先に何が待っているのか知りもしないのに、性懲りもなく川を下った。浅瀬があり、曲りくねったり、時には、ほとんど流れの感じられない大きく深い淵。

　人間は、どこにだって住んでいた。その頃になると、洞穴で寝起きしたり木や草で簡素なねぐらを作る生活から、石や太い木材を複雑に組み合せた頑丈な建物で豪勢な暮しをするようになっていた。上流域での生活がそんなに長かったとは感じていないが、人間の時計ではきっと、百年単位の経過だっただろう。

　下流へ行けば行くほど、土地は開け、人間は数を増した。その中から時折、水辺で魚を捕ったり野菜を洗ったりしているやつを失敬した。俺の動きは素早かったから、食われる本人は、何がなんだか分らないうちに俺の胃袋と対面していた筈で、万が一、すぐ傍で目撃したやつがいたとしても、ふいに大きな波が襲ってきて、それが引いたあとには、持主を失った釣竿だけが残されている……

そんな俺でも、時には人間の目にばっちり映ってしまったりもした。信じられないものを目にした驚き、恐怖に歪《ゆが》む顔、それらの表情ごと、飲み込んでいった。そういう食い物は、ちょっとだけ苦かったものだ。

……特にあの時は、まいった。

水遊びの母親と子どもがいた。俺は対岸寄りの澱《よどみ》からそっと目玉を出して狙いをつけると、いつものように音もなく近づいた。どちらでもよかったが、たまたま母親の方が、子を水の流れから守る恰好で川に背を向けていた。哀れ、人間は子を思うあまり、我が身に迫る危険には気づきにくいものらしい。そういえば俺たちの母親は、自分が産んだ子に食い殺されると、知っていただろうか。いや、もしそうなら、産むわけがない……

慎重に距離を計り、何回か目標への角度を変えながら、確実にものに出来る瞬間を待った。と、母親が一歩あとずさった途端、川原の石に足を取られたと見えて体勢が崩れた。頂き。一気に接近すると水上に躍り上がりざま、長い口で母親の腰のあたりをがっちりとくわえた。あとは引きずり込むのに合せ、長い口に対して直角になっている獲物を平行に、縦向きにしてするりとやってしまえばいいだけだ。だが、思いもよらぬ突発事が起った。幼子は俺をはっきり認識したのではないにせよ、少なくとも母の身に災難が降りかかったと知って、まだばたばたしている母親の脚に素早くしがみついたのだ。

とりあえず母親を丸飲みにするだけ、子が母にくっついて一緒に俺の糧となろうがはね飛ばされて溺れようが知ったことではない。力任せに母親の体を縦にすると、飲みにかかった。

叫び声を上げた子が、空を飛ぶのを見た。川原へ叩きつけられたか水没したかは知らない。なんとも思わない。なのにどういうわけかあの叫び声だけは、俺の耳に、まるで俺自身の一部のように食らいついて、いつまでも離れようとはしなかった。

その後、狩をする度に叫びが聞えるようになった。何も人間を飲み込む時ばかりではない。あらゆる生きものを自慢の顎でくわえ込んだ瞬間に、決って聞えるのだ。あの時のあの叫びを思い出しているのではなく、全く同じ叫びが新たに聞えてくると言った方がいい。

この俺が、人間みたいな罪悪感に囚《とら》われていたわけではない。せっかくの食い物を叫びに驚いて逃がしたりはしない。だが、口を開いて襲いかかる、するとそいつがわーんと聞える、するとこの俺でも、どうしたって全くの平静というわけにはゆかない。以前と変りないつもりでも、動きに切れがなくなってきたとでも言おうか、地上や船の人間たちにばっちり姿を拝ませてしまうことが多くなった。もっとも、見られたとはいえ、人間は咄嗟《とっさ》の反撃が出来るではなし、俺だって危険が迫ればさっさと逃げてしまうから特に問題はない。あの叫びばかりがいつまでも残った。

　叫びを聞き、姿を見られたりしながら旅を続けたあげく、どうやらここが本来の居場所、餌場、寝床、またどうやら終《つい》の住処と呼んで差しつかえなさそうな、海へと辿り着いた。こんな水の塊があるとは知らなかった。

　はっきりここを目差していたのではなかった。だが流れに乗ってここまで来てみれば、食い物に困ることはあり得ず、また川の深みに身を潜めるこそこそした暮しから解放され、いつまでも泳ぎ、眠り、食らい、をくり返していられるのだ。どこまでもやってゆける。どこまで行こうと、水。いつまで経っても俺は俺。あの叫びも続いていた。

　つまり、俺はずっと俺だけだった。体がある。頑丈な鱗。大きく広がった胸鰭。飛び出した目玉。鋭い歯を宿す長い口。俺だけの持物。あの時一緒に生れた俺以外のやつらは、何度か見かけたが、だんだんと見なくなった。俺のように、十分な食い物を得られるだけの技術を身につけられずに、成長し切れないまま死んでしまったやつも多かったのだろう。もっと大きく見るなら、なんと呼ぶべきなのか俺もその名を知らない我が種族は、この世界にもはやほとんど残っていないのかもしれない。ひょっとすると遥か昔に孵化《ふか》した俺たちこそは、この種族における最後の誕生であったかもしれない。卵からかえった子が産みの母を食べてしまうのが習性なのであれば、その母親は結果的にたった一度の産卵で命を落すわけで、種族として先細りするのは当然と言える。俺は、滅びゆく生きものの、最後の一匹なのかもしれない。滅亡すること、間違いなく死んでゆくこと、どうやらそれだけが、俺の生きる理由だ。

いや、理由などという小賢しいものは、俺の速度で振り切って、置き去り。食欲、狩、叫び声、睡眠。

夢。まだ俺が大勢の中の一匹に過ぎなかった頃の。母親を食った俺の。だが夢の中でも、目が覚めたあとでも、記憶をどう探ってみても、たらふく詰め込んだ母親の肉がどんな味だったのかは全く覚えていない。それにあの時は、食っているのが母親の体だとは意識していなかったし、また生れて初めての食い物であってみれば、自分が何かを食べている事実さえ、分っていなかったのではなかろうか。それでいい。母親の肉の味など覚えていない方がいいに決っている……


ずっとずっと、泳いで、食った。図体からすれば俺より鯨の方がいくぶん大きいくらいだったが、身のこなしと攻撃力では、俺に敵はいなかった。なんにも知らないサメやシャチが俺を餌にしてやろうと偉そうに近づき大口を開けもしたが、勿論返り討ちだ。ただしやつらは俺と違い、たくさんで反撃してくる場合もあったから、たいていは一撃だけ喰らわしておいて、あとは逃げるが勝ち。いかにぶ厚い鱗でも、何十匹もの波状攻撃をまともに受ければどうなるか分ったものではない。それに、闘う以外になんの手段も持ち合せていないのであれば力が尽きるまで嚙みついてやるところだが、泳ぎでは負ける気がしなかった。カジキの類は、確かにどれも速かった。何度か競争したものだが、当然負けは一度もなし。勝った俺自身への御褒美として、カジキたちの自慢の上顎をへし折り、平らげてやったものだ。イルカ、アシカ、ペンギン。魚の群めがけて空から急降下してくるカツオドリを逆に待ち構えてやったこともある。ウミガメは、逃げるといってもたいした速度ではなし、正直言ってやりにくかった。人間を長年食っているうちに、人間的な温情が身についてしまったのだろうか。

人間といえば、海の中がこれだけ食い物に満ちているのだから、人間を含めた陸上生物目当てにわざわざ島や大陸に近づいてゆくまでもないが、もし船に出くわせば、尾を使って転覆させて、というのはやってみた。もっともこれはせいぜいが小ぶりの漁船程度の場合であり、ひどい時は、俺を鯨と間違えた捕鯨船から、さすがの俺でも直撃されればひとたまりもなさそうな銛《もり》をすぐ傍に打ち込まれて、大慌てでだった。

結局のところ、魚と人間とで、味にそれほどの違いを感じたことはない。母親の肉の味を覚えていない俺でも、ペンギンよりマグロの方がうまいとはなんとなく思う。思うが、ペンギンが目の前にいるのにわざわざマグロを探したりはしない。従って食い物の味、あれとこれの違い、あれが食えないなら他のものなど食う気にもならぬ、といった繊細な舌は本質的に持ち合せていないようだ。勿論、ぜがひでも人間でなければ、というわけでもない。

とはいえ、小舟を見れば体が反応し、襲いかかる。人間は人間で、食われまいと必死で抵抗する。自分たちが別の生きものに食われることへのあらがいであり、俺が人間を餌と見込んだと同じく、人間の方でも俺を食糧として狙っている、わけではない。俺の方は、人間の攻撃があまりに激しい時はさっさと諦めて他を探す。だが人間の方は、途中で全て放棄し俺の顎の前に観念したりはしない。結果として無駄な抵抗に終るのだとしても最後まで手足をばたつかせ、危機を逃れようとする。どうしようもない最期の時が訪れたとしても、その顔には、たとえ無表情であるにせよ、いや実際のところ、最期の時を必死の形相や恐怖の顔つきで迎えるのは少数で、ちょっと見には何事も起っていないような、無感動、無反応の、凍った目をしていることが多いのではあるが、それが抵抗の末の諦めだとは思えない。俺が人間の反撃に遭って諦めるのとはどう見ても違う。

その冷たい目で、人間は俺以外の何かを見ているのではなかろうか、と思うことがある。自分を食おうという圧倒的な生きものが眼前に迫っているのに他の何かが見えよう筈もないが、そうとでも解釈しなければあの冷たい目つき顔つきの説明がつかない。もしも他の人間がその顔を目撃したとすればいったいその表情に何を見、どんな意味を受け取るのだろう。例えば、いよいよ死が訪れる時は体の機能が一気に停止し、痛みや恐怖を回避しようとする、そのために無表情となる、というようなことだろうか。さらに言えば、俺が人間を顎でしっかりと、胴が真っ二つになりそうなほど強くくわえ込んだり、また四肢の一部が千切れてしまうような場合にはさすがに顔つきは激烈に変化し、すさまじい叫喚が伴うが、それとは違ってほとんど歯にも触れぬまま頭から一気にぬるりと飲んでしまった場合、息の根が止るまでのわずかな間、人間はいったいどのような目をするのだろう。俺の顎にかかる直前の無表情よりむしろ俺の体内での、俺でさえ見ることが出来ないその目つきこそが、一つの命の終りを最もよく表していそうだ。

神、だろうか。人間ほど神が好きな生きものは他にいない。俺の腹の中で人間は、神を見出すのだろうか。そう考えれば食われようとする時の凍った目つきも、この世界にありながらすでに世界の外側にいる故の、正確に言うならこの世界を作った大きなものをそこに見ている故の無表情、ある種の恍惚状態なのかもしれない。

あるいは、逆だろうか。最期の時を迎えた人間を、神の方がどこかから密かに見守っている。人間には神を見る視力は与えられていない代りに、神の視線に感応し、現世を離脱する準備が整う、だからこそ、あの凍った目になる……

そして耳は、神の声を聞こうとする。だがその時はもう耳の機能など残ってはおらず、声になった神は行き場を失う。食われる者は何も聞かず、食う俺だけがあの叫びを聞く。

どのくらいの期間、海で暴れ回っていたのかは、俺がいままで食い殺してきた生きものの数同様、とても計り切れはしない。いま俺は、深い海の墓場にいる。とはいえまだ命は尽きていない。

海で暮すうちに、狩に失敗する回数が増えていった。追いつける筈のカジキに逃げ切られる。サメの攻撃をかわし損ねて胸鰭の端を食い千切られる。

ある日、あまりに空腹で泳ぐ力さえなく、こうなれば仕方ないとばかりに、潮の流れに完全に身を任せた。俺は流されながら、やがて深く沈んだ。

光の届かない海底。ゆっくり動く深海魚や蟹を、気配を頼りに探しあて、ちびちびと食う。巨大な何かの死骸にありつくこともある。そのうち俺の方が他の生きものたちの胃袋に納まるのだろう。母親は俺の餌になったが、俺は勿論卵なんか産めはしない。俺を食って種族の歴史をつないでくれそうな仲間もいない。この世界に残された最後の一匹、と言えば恰好いいが、しょせん一匹で生き一匹で死んでゆくのだから、俺も含めて生きものなどという存在はどいつもこいつも、たかが一匹だけの、替えの利かない不便なやつ、とやはり恰好よく言っておく。

以上が、いま死にかけている俺の、簡単な来歴だ。空を飛んだり、茶碗にすっぽり入ってしまうほど小さくなったりは出来ない。さらには、どこやらにあるという狭苦しい海で風変りな島を動かすために泳ぎ回りもしない。全ては質のよくない作家の、悪意に満ちたでっち上げに過ぎない。やつは、そんな怪物（やっぱりいやな呼び名だ！）など本当はいないと語るが、実のところ、俺はこうして生きている。自分の筆による物語の中にしかいないと思い込んでいる俺が本当にいると知れば、やつは腰を抜かすことだろう。

いや、待て、それもこれも俺の勘違いで、「俺」というこの俺は、やはりやつの言う通り、やつの物語の中にしか……

単なる真実だった。粒が小さくて硬かった。口の中の小石を吐き出すように福子が語る真実を、慎一は避けようとせずに聞いた。

柔らかい真実など、ある筈がない。

10

古坂山源伊知の運転手だと名乗る男がいきなり電話をかけてきて、源伊知の指令を受けて行うことになったある計略の中身を打ち明け、ぜひとも協力してほしい、成功した時の報酬は計り知れない、失礼だが生活の方は決して豊かとは言えないのではないか、今後のことを考えれば断る理由はないと思うが、と一方的に提案する。何を言われているのか判断出来ずにいると、男はさらに、あなたの秘密は知っている、身辺はしっかり調べさせてもらった、とまるでこちらを敬うように言い、るり子と照一の名を挙げる。照一が全部喋った、と……さらに男は、俺だってこんなことしたくてしてるわけじゃない、脅しておいてこう言うのは変だが、源伊知の計略なんか、いっそ潰れてしまえばいいとさえ思う、いや実際問題としてあっちとこっちの出産がずれれば中止となる、そんなにうまいこと男の子が二人同時に生れてくるなんて、可能性としては低いと思う、思うが、どちらかが産気づいたらとりあえずすぐ動けるように、悪いがあんたには今日から他所《よそ》へ移ってもらう。

握られた秘密の性質上、断り切れない福子は、指定された海辺のホテルへ行く。これまでそこに泊ったことはなく、泊りたいと思ってもいなかったが泊りたくないと思っていたわけでもない。勿論こんな形で泊ろうとは想像もしていない。だがフロントで名前を告げたところ、ここに泊るのに最もふさわしい客であると言わんばかりの丁寧な応対をされる。食事、クリーニングその他、当然費用の心配なし、その代り、と福子が部屋で落ち着いたところを見計らって電話してきた運転手が言う。

その時が来るまで、ホテルから一歩も出てはならない、出ればあなたのためにならない、滞在中、ホテルの外側などというものは消えて、世界がこのホテルだけになるのだ、と考えてもらう方が早いかもしれない。

電話が切れたあと、福子は窓の外を確認する。海の街が見下ろせる。家並。国道。灰色の屋根が低い魚市場。コンテナを積んだ巨大な貨物船が横づけされている岸壁。波戸。海面に消えかかる細い航路。カモメ。動く島……この数年後、いま自分が巻き込まれている事態の果に照一が死に、さっき電話をかけてきた男がるり子の前に土下座し、島が海岸に寄ってくるのを別の高い場所から眺めることになろうとは、思っておらず、運転手はああ言っていたが外の世界は消えてなんかいないじゃないか、と確めて、いったいこれはなんなのだろう、自分はなぜこんな目に遭っているのだろうと、当り前過ぎる疑問に囚われていやになるばかりだが、自分が抱えている秘密をどうやら知られてしまっているらしいことについては、この街に関してならどの木のどの枝のどの葉がいつ落ちるかまで把握している古坂山であるから、不思議でもなんでもない、と一応、結論を下す。

夜、泊っている部屋の中を細長くて波打つ何かが、青白く光りながら通り過ぎてゆく夢を見る。


次の日、連絡なし、動きなし。試しに、ロビーへ降り、外へ出ようとする。フロント係が不安そうに、田所様、どちらへ、と声をかけるが構わず扉を抜けて出る。妙なことに、重たい硝子扉を手で押し開けたのでもなく、また自動扉でもなく、硝子を突き抜けたか、最初から硝子などなかったように感じる。

外へ、出た筈が、外というものが綺麗さっぱり消えている。運転手が言った通りとはいえ、ずいぶん珍しい光景だ。道がない。建物もない。というより地面そのものがなく、従って空も消えている。しかし、これだと外がなくなったというよりは、それまでの街並を形作っていた様々な要素がなくなった、というのがどうやら正確だ。さらに分らないのは、様々なものが消えたあとに何か別のものが出現したかというと、何も現れてはいないという点だ。これはかなりおかしなことではなかろうか。福子はうしろを振り返る。いままでと同じくホテルがありロビーがあり、どうやら古坂山の運転手から女が外へ出ないようにせよとの命を受けている様子の、しかつめらしい制服を着込んだ従業員たちは、外へ出ようとする福子に対して、あいすみません、外の世界は本日、営業を停止させて頂いているのでございますが、とでも言いたそうに見える。敵か味方か分らない。分らないといえば、あの運転手は自分の秘密を知っているのだから一見すると敵のようだが、秘密を脅しの材料に使いながらも、他に漏らしていない点では、その秘密を知らない誰彼よりよほど味方の度合が強い。

そのまま部屋へ戻る。窓の下には、夜になり始めた海峡の街が確かに広がっている。外の世界を消したりまた元に戻したり、古坂山も忙しいことだ。何もかもが消えてなくなるのは、何もかもが変らずそこにあるのと同じだ。

何もないどころでなく、十分過ぎる量の食事と酒が部屋まで運ばれる。きのうは食べる気にならなかったが、忙しく立ち回っている世界につき合ううちに、腹は減っていて、釣る時の重みを思い出しながら、カワハギの肝あえに、アイナメの煮つけ、出されたものは呑まなければ損だと、日本酒。夜景の輝きが増す。これだけ確かな世界がここにあるのだから、さっき世界が消えたのもやはり本当なのだ。テレビのニュースでも新聞の夕刊でも、西日本の海辺のとある街で何者かに風景がごっそり盗まれた、などとは伝えられていない。古坂山は風景ばかりか、報道さえも消してしまったらしい。

自分はまだどうやら消されずにここにいる、と思いながら、普段呑みつけないウイスキーを生《き》でやり、あの秘密と、古坂山と、現れたり消えたりする世界や何かに翻弄され、緊張もしているらしいと自覚し、横になる。自宅の薄い蒲団だろうが広々としたベッドだろうが一人は一人だな、こればかりは二人になったり一人に戻ったりはしないのだな、と順調に、小説の登場人物として眠りに落ちる。

早朝、というより未明の電話。

指示通り、ロビー。フロント係はこちらを見ない。

エントランス。夜が明けていない、だけではなく、またもや世界が消えている。

かつて世界であった帳《とばり》の奥から、車のヘッドライトが近づき、福子の前で停る。電話で告げられた通り、後部座席に乗る。

どうやら電話の主と同一人物らしい運転手が、単純で恐ろしい実行計画を改めて具体的に話す。

何もかも消えた窓の外は、青白く光っている。世界を作っていた舞台装置の残骸なのか、大きな皿を何枚も並べた形の細長いものが車の横に見え隠れする。無駄口を叩きそうになかった運転手が言う。あんたにも見えるんだね？　つまりはそういうことなんだ、あんたにはこれからとんでもない大仕事をしてもらうわけだが、それはね、誰かものすごく悪い人間の命令というわけじゃない、全ては、と外を指差して、こいつのせいなんだ、俺も島にいた頃は気がつかなかった、世の中っていうのは人間の手で作られていて、人間たち自身がいいとも悪いこともやらかすのだと信じていた、だからこそ島出身の者であっても本土という大きな土地であれば努力しだいでいくらでも仕事が出来る、望みが叶うと考えていた、だがいざ来てみると想像とはかなり違っていた、希望が砕かれたわけではない、仕事はあるし女にも会える、ただしそれは努力の結果などではない、努力があったとすれば、自分では決して何も判断せず、また自分の意思で行動を起しもしない、それを徹底してきたことだ、この土地の人間を生きさせるのは、一人一人の努力ではなく、とてつもなく大きな力なのだ、それに従ってさえいればいいのだ、いまのあんたもそうだ、大きな力に巻き込まれて何がなんだか分らなくなる、自分でなくなる、それこそがこの土地での自分というものだ、考えないこと、考えないことだ、分るだろう？　何も考えてないからこそこうやって街そのものが綺麗さっぱり消えてくれて、あとはこいつ任せというわけだ、とまた窓の外の細長いものを指差す。

福子は何も言わない。こんな奇妙な無駄口への応答など、持ち合せてはいない。

青白い夜明け。不思議だ。世界が消えても夜は朝になるのだ。

停車。促されて降りる。呼吸は出来る。空気だけはあるようだ。

奪われてしまった街のどこかにあるらしい医院の、どうやら裏口。金網に覆われた電灯が震えている。裏口だって呼吸くらいは許されているのだろう。大きな力に従う何も考えない忠実な運転手によって連れてこられた自分とか、そういう一人の女を待っている裏口とかのためだけに、空気は残されている。

俺はここまでだ、あとはあんたの仕事だ、と運転手が立ち止る。申し訳ないが、汚れるのはあんたの手だけだ、汚れ仕事は女がやるに限る。

ノブに手をかけるかかけないかで、光を放ちながら音もなく扉が開く。青白い、氷で出来たような廊下。

出来たような？　氷で出来ていない産婦人科医院などあるだろうか。温かみのある出産が、どこかで一度でも行われただろうか。

運転手に渡された地図通りに進む。つまりこの時の院内の径路図は、ほとんど世界地図と同じだ。

詰所の看護婦はこちらを見ない。

新生児室に、鍵はかかっていない。見えない大きな力に従って何も考えずに行動する女を拒むものはないのだ、案外これが世の中というものかもしれない、と福子は思う。

ちょっと違うな。これが世の中というものじゃない。これが、日本というものだ。


――迷うも迷わんもありゃせんわあね。そりゃ、えろうたいていなことじゃとは思うたけどよ、そこまで来たんじゃからやるしかあるまあがね。は？　罪悪感やらそねえな高尚なものを捻くり回しちょる場合じゃないちゃ。赤ん坊が並んじょる、そのあっちとこっちの名札、確めてから、そのうちの一人を抱えてもう一人のとこまで来て、まあ生れたてじゃからおんなじようにぶよぶよしちょって、これならどっちがどっちでもええようなもんじゃわ、入れ替えても分りゃせん、反対に、入れ替えれって言われたのを入れ替えんかったとしても分りゃせんわけじゃけど……ちゅうようなことをほんのちょびっとの間、考えちょったかいねえ……ほんで、言われた通りに入れ替えて、終り。またあの運転手に乗せてもろうて、ホテルじゃのうて家《うち》ィ帰って、そりゃあそりゃあよう眠れたことといね。何しろ伯母ちゃんにとってみたら一世一代の大仕事じゃった。あんたがとりあえず無事に大きゅうなってくれて、やり甲斐があったちゅうもんじゃわ……そういね、あんたは、そねえなことさえなかったらいま頃、古坂山の総領《そうりよう》息子じゃわいね。まあまあ、そねえにびっくりせんでもえかろうがね、とりあえずは生きちょるんじゃけえ。家の名前がどうじゃろうがたいした違い、ありゃあすまあが。るり子が産んで古坂山になった男ん子はどうなったかねえ。いま、どうしちょるじゃろうか。ま、この土地ィ住んじょったら誰が古坂山で誰がそうじゃないかいうんも、もともと見分けがつかんようなもんじゃけど。

そりゃあ、あんたには悪いことしたと思わんでもないけど、やむにやまれん事情なもんじゃけえねえ。うんうん、伯母ちゃんの秘密のことといね。それさえなけりゃよかったんじゃけど、いまさら、照一と、伯母ちゃんとのこと、なかったことにはならんわあね……

るり子がねえ、初めて家ィ連れてきた時によ、ははあ、こりゃなかなか可愛《かわい》らしい男《こ》ォじゃ思うたんよ。二人揃うて来たんじゃから、はっきりとは言わんけど将来一緒になるんかもしれんわ、これねえなええ男ォが義理の弟になってくれたらどんなによかろうか、どんだけ自慢じゃろうか……可愛らしい思うた時点でもっと伯母ちゃん自身を疑《うたご》うてみるべきじゃったかもしれん。若い頃いうんは、自分の幸せと家族の幸せの見分けがつかんもんなんじゃろうか。るり子がこねえなええ人と結婚してくれりゃあそれが自分にとっても何よりの幸せじゃわ、うちは結婚出来んでもええくらいじゃわ、そん時はほんとにそねえな気になっちょったんよ。妹を純粋に祝福しちゃりたいいうだけのことじゃったんよ。考えてみりゃあ、その純粋ちゅうそが曲者《くせもの》じゃったんじゃわ。

照一さんはようモテよる、いう話をるり子がするんよ。いいや、実際に他の女とどねえかなっちょるいうわけじゃあない。照一の家に行った時、子どもの頃からの写真を見せてもろうたらしい。それがいね、中学生くらいから最近まで、まあびっくりするくらいどれもこれも女の人と写っちょるいうんよ。照一と女の人と二人だけのもありゃあ、セーラー服着た子ォらの中で学生帽被ってから、こねえにようけの女に囲まれて困ったわあいうような、はにかんだような、どっか自慢しよるような苦笑いの顔で写っちょるらしい。運送会社に勤めるようになってからもよ。そういね、るり子も照一もおんなじ職場なんじゃけえ、ほとんどはるり子もよう知っちょる先輩とか同僚とか、取引先の事務員さんとか、まあいつの間に、いうくらいいろんな人と写っちょるらしいんよ。中には、この人誰じゃろうかいうような、化粧の濃ォい人とまで。じゃけどよ、そねえな話をする時のるり子は、がっかりしちょるとか不安になっちょるいう風じゃありゃせんかった。むしろ、喜んじょるみたいじゃったわ。口に出して言いやあせんけど、そねえようけおる女の人たちん中で照一は自分を選んでくれた、ちゅう気持じゃったんじゃろういね。

ほんでも姉の立場としちゃあ気が気じゃないわあね。るり子は舞い上がっちょるようじゃけど、このままで行ったらどねえなことになるか分らん、照一はどこまでるり子を大事に思うてくれとるんじゃろうか、遊びのうちの一人じゃいうんなら早めに別れさした方がええに決っちょる……こりゃあいっぺん本人に確めてみんといけん、ほじゃけえちゅうてから職場を直接訪ねるわけにもゆかん、いろいろ考えて、だいたい照一が何曜日にどこそこの取引先に配達があるいうんはるり子の話で知っちょったけえ、はしたないようじゃけど待ち伏せして、問い質《ただ》してみたそ。るり子との将来をどねえに考えよるんか、結婚する気はあるんか、それとも他に女がおるんか、あんたの本当の心はどこにあるんかをるり子の姉としてぜひとも聞かしてもらいたい。

いま考えたらようもそねえなこと出来たもんじゃと思うけど、そん時はるり子のためじゃいうんで必死じゃった。母ちゃん死んでしもうて、父ちゃんとうちら姉妹の三人だけの田所家のことを考えりゃあこそ、根掘り葉掘りじゃのうては気がすまんかった。

待ち伏せして会うた時は照一の仕事の合間じゃったから、よいよの深いところまでは話が届かんかった。照一も、お姉さんがそこまで言うんならもっとゆっくり出来る時にいろいろ話を聞いてほしい、話さにゃいけんことが確かにある、休みの日はるり子に会う予定になっちょる、平日の夜じゃったら、いうて日取と場所を決めた。その日が来るまではもうどねえしてええか分らんかった。話さにゃいけんことというたら、そりゃああんまりええ話じゃなさそうじゃわ、他の女のことじゃろうか、それとも全然別の、例えばお金のことじゃろうか、借金があるんじゃろうか、用立ててくれ言われたらどねえすりゃあよかろうか、やっぱり父ちゃんに相談した方がええじゃろうか、いいやそもそも、るり子になんて言うて説明すりゃあええもんか、本人に隠して相手と会うたんじゃけえるり子に合せる顔もないようなもんじゃけど、もしも照一から物騒な話が出てきたら黙っちょるわけにもゆかん、そうなったらうちの胸の中だけに納めちょくちゅうのは無理じゃから正直に……いいや、正直に言うんじゃったら照一自身が父ちゃんとるり子に伝える方がよかろうか、なんやらえらい難しいことになってきた、こんなことなら初めからなんにもせん方がよかったくらいじゃわ、ほじゃけどもうあとへは引けん、いっそなんもかんもぶちまけてもらうくらいの方がことがはっきりしてええわ……

怖いもん知らずもええとこよ。ほんと、伯母ちゃんはなんも知らんかったわ。約束の日の夕方、待ち合せて、車に乗せられた。運転中、照一はなあんも言いやあせん。こっちからなんか言うた方がええような気もするけど、思い詰めちょるような横顔じゃったけえ、なあんも言えんかった。せっかく話をしにきたそにから、言い出せんかった……

どれくらい走ったじゃろうか、気がついたらどこなんかよう分らん真っ暗い山の中じゃった。車が停った。そこで、そこでなあ、慎……ええか、こりゃああんたが照一の本当の子じゃあないから言えるんよ。そりゃああんたにすりゃあ照一こそが本当の父親じゃって信じて疑いも出来んじゃろ。生れてすぐに入れ替えられたんじゃけえ嘘もほんとものうて、照一だけが父親で古坂山源伊知なんか関係ないと思うちょるんじゃろうけどよ、ほじゃけど入れ替えた張本人が言うんじゃから間違いない、あんたは照一の子じゃあない。照一は父親じゃあない。ええかね、それをよう頭に入れて聞くんよ。その、停った車ん中でね、ええかね、気ィ張って聞きなさいよ、伯母ちゃん、いっぺんしか言わんよ。照一に、殺されるんとおんなじくらい、ものすごおひどいことを、されたんよ。男が女にする、人間が人間にする、ものすごおひどいこと。痛《いと》うて、怖あて、何がなんやら、目が回りよるようで、なのにから、この男が自分に何をしよるんか、自分が何をされよるんか、はっきり分るんよ。分りとうないのに、分り過ぎるくらい分る。なのにから、動こうにも動けん、声も出ん。いやなことされよるそにから、どうにもならん。体が強張《こわば》っちょるばっかり。窓の外は真っ暗で、山やら見分けられん。なのにから、なんか、鳥みたいなもんが飛びよったような気もする、青白うて、しっぽが長うて、嘴《くちばし》みたいなもんが突き出ちょって……見間違いじゃろうね。一番恐ろしい目に遭《お》うたんじゃけえ、そねえな錯覚、したんじゃわ。見えもせんもんが見えてしもうたんじゃわ。

ええかね、いまのことはいっぺんしか言わんけど、あんたにとって大事なことをもういっぺんだけ言うよ。照一は、あんたのほんとのお父さんじゃあない。ほじゃけえいうて伯母ちゃんのされたことが消えるわけじゃないし、あんたにとっちゃ照一以外に父親はおらんのじゃろうけど、あの男の血ィは入っちょらん。ほじゃけえなんなんか、あんたはそう言いたいかもしれん。そうじゃろう、証拠があるんかって思いよるじゃろ。そんなら言うけど、伯母ちゃんがこうしてあんたに話しよる、これが何よりの証拠よ。ものすごおひどいことされた女が自分の口でそれを喋りよる、これ以上の証拠はありゃせん。もう一つの証拠は、さっき言うた通り、伯母ちゃんが生れたてのあんたらを入れ替えたいうこと。いま話したことが嘘じゃったら秘密握られることもない、ほじゃから脅されて赤ん坊同士を入れ替えるなんちゅうことをするわけもあるまあがね。古坂山の血筋のあんたが田所の息子になっちょる、うちが一番憎んじょる男の息子になっちょる、甥になっちょる、それが証拠よ。

あの男はなんも言わんで、また街なかまで戻って伯母ちゃんを降ろして帰ってった。

……ほんでそのあとも、るり子と平気でつき合いよるらしい。そりゃあ、このままでええわけがないと思うた。あねえな男と妹がくっついてええいうことがあるかね。言わにゃあいけん、どんだけ言いづろうても、るり子のためじゃ。ほじゃから、いきなり全部打ち明けるんでないにしても、なんとなくいう振りして訊いてみたんよ、あんた、あの人でほんとにええんか、なんか他の女の人と写真に写っちょるてあんたも言いよったろうがね、いう風にね。るり子は、心配せんでもええ、こう言うたらなんじゃけど自分はあの人から愛されちょるんじゃから、て、嬉しそうに言うそ。ほんとに大丈夫かね、将来のこと考えちょるんじゃったらいろんなことをよう確めてみんと……何度も何度もしつこう言うたもんじゃけ、しまいにあの子、怒ってしもうた。姉ちゃんは、せんでもええ心配をなんでそねえにするんか、おおかた妹が幸せそうなんが許せんのじゃろ、ほんなら姉ちゃんが先に恋人作って結婚すりゃあええわあね。と、まあこねえな調子で、照一のことを少しも疑うちょりゃせん。幸せな人間ちゅうそは始末が悪い。取りつく島もない。このままじゃったらなんも知らんまんま、ほんとに結婚してしまうかもしれん。

なんでそねえなことする気になったんかよう分らんのじゃけど、こうなったら父ちゃんに、あんたからしたら祖父いうことになるけど、その寿六に、なんもかんもみな話すしかないと思うた。他に頼るもんもおらん、誰にも頼らんでるり子を照一から守る方法も考えつかん、こういう時は一番近くにおる男に助けてもらうしかない、こねえな大ごとは女一人の判断やら行動やらじゃあどうにもならん、実の父親じゃったら、うちのされたことを外へ漏らさん形で解決出来るんやなかろうか。そりゃあね、反対に藪蛇《やぶへび》になってから、ひょっとして血ィ見るような結果になるかもしれんて心配もしたけどいね、これだけどうにもならんのじゃから最悪のことも覚悟しちょらんといけんちゅうような、踏ん切りがついたいうんか自暴自棄いうんか、やけっぱちな気分じゃったわ。

迷うたよ、迷うたけど、話す時はひと息じゃった。これまでもこれからも二度とないじゃろういうくらいの気合で、絶対誰にも知られとうないことを、父ちゃんに話した。自分が泣くかと思いよったけど、泣くどころやなかった。興奮しちょった。これで完全に物事がええ方向に運ぶ、いうように信じ切っちょったんかもしれん。恥かしいやらいうんはどっかに行ってしもうて、悪いやつからこの家と妹を守るために正しいことをしよるんじゃ、これはすごいことなんじゃ、ここまで正直に打ち明けるんじゃから父ちゃんが絶対なんとかしてくれる、なんとかしてくれる、大黒柱なんじゃから、男なんじゃから、男なんじゃから……

……ほじゃけど、ねえ、話しよるうちに、だんだんと気持が萎《な》えてきたんよ。黙って娘の話を聞きよる父ちゃんの目が、冷とうなっちょるのがはっきり分った。初めは、事が事じゃから何がどうなっちょるんかすぐには呑み込めんで戸惑っちょる、そういう目じゃと思うた。いま福子が言いよることはほんとなんじゃろうかって疑うちょるんじゃ、そりゃ無理もないわ、いきなりこんな話されたら誰でもびっくりするに決っちょる……じゃけど話し終る頃には、どうもそねえなことじゃあなさそうなんに気がついた。父ちゃんの凍ったみたいな目つきはね、このうちを、実の娘を、汚いと思うちょるんに違いなかった。蔑んどる目じゃった。自分で自分を正しいと信じちょる人間がその反対側におる人間を見る目じゃった。上から下を見ちょる目じゃった。そねえな筈はない、父ちゃんがこねえな目をする筈があるか、たぶん必死になって喋ったもんじゃけえ面喰ろうとるんじゃろ、そうじゃ、うちの見間違いじゃ、そねえ言い聞かしよったらよ、父ちゃんが言うたぞ。

お前の方から、誘うたんじゃあるまあなあ。

父ちゃんが何を言いよるんか、最初はよう分らんかった。いまうちが話したのと全然関係ないことをなんで父ちゃんは言うんじゃろうか。そしたら父ちゃんがまた、

色目、使《つこ》うたんやないんかて訊きよろうが、答えんか、ああ?

急に胸が苦しゅうなって、戻しそうになった。父ちゃんが何を言いよるかが分ったけえよ。戻すのを堪《こら》えて、千切れるか思うくらい首を横に振った。ほじゃけど言葉は出んかった。父ちゃんの勘違いじゃ、そねえなことあるわけないじゃろ、みなあの照一が悪いんよ、そねえ言いたいのに、息も出来んくらい苦しゅうて、声にならんかった。

分った、もうええ。このことは、ここだけのことやぞ。ええか、るり子には絶対喋るな。

父ちゃんの方から、話、打ち切った。なんぼ伯母ちゃんが説明しようとしても、その話はなしじゃ、いうて取り合わんかった。伯母ちゃんはそねえにして、一番頼りになると思うちょった父ちゃんに、誤解されたまんまになった。

は？　理由？　なんのね？　ああ、あっちの話かね。さあそりゃあ伯母ちゃんにもよう分らん。あの運転手の男も分っちょらんようじゃったねえ。なんであんたら二人を入れ替えんといけんかったんか、そねえなことが古坂山にとっても他の誰にとっても、どねえな得になるんか損になるんか、おおかた金の話なんじゃろうけどねえ。もし、金じゃないいうんなら、なんじゃろうか。金より大きい理由て、なんじゃろうか。

うちが照一にされたことは、結局誰にも、理解もなんもしてもらえんかった。それでも、うちには家族しかおらんかった。嫁に行くあてもありゃせん。言うてみりゃ、田所に骨を埋める覚悟、ちゅうようなことよ。もうちいと知恵がありゃあよかったんじゃけど、そん時はもう、どねえすりゃええんか分らんかった。知恵のない女が生きよう思うたら、とりあえず家族に寄っかかっちょくしかない。ほんでも、父ちゃんがうちを誤解しちょるのがどうにも我慢ならん。誤解いうより、軽蔑、じゃね。色目使うた言われたんが悔しゅうて、いや、これもまあ、いまにして思えばいうことでしかのうて、そん時はただ、父ちゃんはなんで実の娘にそねえなこと言うんじゃろうかって、不思議じゃった。父ちゃんがそねえな調子じゃから、残る味方はるり子しかおらんのじゃけど、あの子は、照一、照一言うてから、周りが見えんことなっちょる。うちがほんとのこと言うたっちゃ、聞く耳持つわけない。いいや、もしるり子に話、聞く気があったとしても、とてもとても、ほんとのことなんか話せるわけがあるまあが。

田所しか頼るところがない、その田所の実の父親と妹は、うちのことをなあんも分っちょりゃせん。うちの気持を思うてもみん。どころかよ、福子ちゅうこの一人の人間に気持ちゅうもんがあるんも無視して、娘を疑うたり、姉を無視して結婚しようとする。こりゃいったいどういうことじゃろうか。ほんでうち自身はそねえな田所のことを、憎んじょるようでもあるし、やっぱり頼りに思うちょるんでもあって、はてさてどうしたもんやら。

照一がうちに何をしたかを思い切って言うたあと、父ちゃんはそれまでと違う目でうちを見るようになった。急に他人行儀になったとか突き放すとかちゅうわけじゃあない。いやなこと言われるんでもない。ほじゃけど、一見するとなんの変ったところもないちゅうんが、かえって怖かった。なんかの拍子に父ちゃんが、うちをじいっと見よることがある。その目がよ、自分の娘を信じちょらん、娘を悪い人間、汚れた人間じゃと思いよる目ェなんよ。お前の方から誘うたんじゃあるまあなあて言うた、そん時の目。怖いとか厳しいとかいうんやのうて、自分と全然関係のない、絶対に関わりとうない人間を見よるような目。見とうもないもんを、仕方なしに見よるっちゅうような。それでも父ちゃんの目には違いない。違いないんじゃけども、いままで通りじゃありゃせん。ちゅうようなことを、るり子に言うことも叶わん。

そねえな風に悩みよるうちに、るり子から、照一が父ちゃんに改まった話がある言いよる、どうやら結婚のことらしい、ちゅうのを聞かされた。その話をした時のるり子と、聞いた時の父ちゃんの嬉しそうな目を、うちは、ねえ、慎、なんべんなんべん、なんべん生れ変っても忘れることはないわ。あねえに幸せそうな親子いうもんがあろうかいね。るり子は、姉ちゃん、うちほんとに結婚出来るんよ、そう言うて、どこにも一点の疑いも持っちょらん。なんも知らんのじゃから当然のこととしても、父ちゃんの方も、るり子に負けんくらい心底から嬉しそうな目ェしちょる。うちがおる前で、うちが見たことないような、いかにも父親らしい顔して笑いよる。

そん時、うちにははっきり分った。父ちゃんは、うちが言うた照一のことをるり子には、やっぱり喋っちょりゃせんいうことがよ。うちはね、ひょっとしたら父ちゃんが喋るんやあるまあかと思いよった。福子がこねえなこと言いよるが、嘘に決っちょるよなあて、るり子に話すんやなかろうか……むしろ、うちはそれをどっかで期待しちょったんじゃわ。自分の口からはとても言えん、それじゃったら父ちゃんの口からるり子の耳に入れてもらおう、聞かされたるり子も、父ちゃんと同じように、照一じゃのうてうちのことを恨むか分らんけど、そん時はそん時、なんぼでも恨みゃあええ、それと引替えにるり子がほんとのことを知って目を覚ます方がええ、一番悪いのはうちじゃのうてあの男なんじゃいうことが、いずれはよう分る筈じゃ、そねえな風にどっかで思うちょったんじゃわ。ほじゃけど、るり子の喜ぶ顔からしたら、父ちゃんからなあんも知らされとらんのに違いない、父ちゃんは自分の腹一つに納めるつもりじゃわ。ちゅうことは父ちゃんの頭の中じゃあ、妹の恋人を姉がやきもち焼いてたらし込んだいうんが結論なんじゃろうか。それえなばかなことがあってええもんじゃろうか。ほんでも、るり子の幸せそうな顔見ちょったら、これがなんぼ間違《まちご》うた結婚じゃいうても、ほんとのこと打ち明けて話をぶち壊す気には、どうしてもなれんかった。どっからどう見ても間違うちょるのにからどうしたらええんか分らん。ただもう、満足そうな父ちゃんが照一とおんなじくらい憎うて憎うて……

うちは気がどねえかなっちょったんじゃろう思うわ。その、おかしげな気持のままで考えたんよ。父ちゃんじゃろうが照一じゃろうが憎い相手をひどい目に遭わす手はないもんか、ほんでるり子の幸せも邪魔せんですむような方法はないもんじゃろうか。矛盾しちょるじゃろ。るり子は照一と結婚するんこそが幸せじゃって思い込んどるんじゃから、その照一をとっちめるようなことすりゃ、るり子にほんとのことが知れて結婚が駄目んなって、うちが妹の幸せを潰す形になる、ほじゃけど根本的には照一と一緒にならん方がええに決っちょるんじゃからむしろ駄目になる方が幸せかもしれん。で、もしそねえなったら照一が何を言い出すか、何をしでかすか。

いいや、照一じゃあない。あねえなケダモノのことはもうどうでもええ。るり子も、あねえなのと一緒になって幸せじゃいうんなら、どうしてもそねえしたいいうんなら、もう勝手に結婚すりゃあええ。うちは人間なんじゃからケダモノに構うこたあない。問題は、問題は父ちゃんじゃ。父ちゃんに対する自分の気持じゃ。父ちゃんを照一と同じように人間じゃあないと思えりゃあどんだけ楽じゃったか。あねえなひどいこと言われて、あねえな目ェで見られても、父ちゃんは父ちゃんじゃ。その父ちゃんがうちを軽蔑しちょるとなると……

いよいよ照一が結婚の申し込みに来るいう三日ほど前、うちは、前の時みたいに、照一を仕事の出先で待ち伏せした。ハンドバッグに出刃一本入れてね。別に照一をどうこうしようういうんやない。用心のため。まあ確かに、刺し違えるような気でおったかもしれん。今度は車の中じゃなしに、人目につくんも承知で立ち話じゃった。

うちは言うてやった。あんたがるり子と結婚するのは構わんけど、条件がある。あんたに、田所の婿養子に入ってほしい。うちらは姉妹じゃから跡継ぎがおらん。うちがこねえなことを頼むのはおかしいし、悔しゅうもあるんじゃけど、田所家のこと、妹のことを思うたらそうしてもらうんが一番ありがたい。あんたも長男じゃから勇気のいることじゃろうけど是非にもお願いしたい。もしいやじゃいうんなら、るり子になんもかんも話すがええか……

いいや、なんも、突拍子もないことじゃあないんよ。うちはうちなりに、いろいろ考えてのことじゃった。表面上は、跡継ぎがおらんいうんを口実にしたけど、実際のところはよ、養子にならんとあのことバラすぞ言うたらるり子を諦めるんやなかろうかいう期待も、あったかもしれん。は？　ああ、そうじゃね、ほんとに二人を別れさそういうんなら養子の話なんか持ち出さんで、単に、別れんとバラす言うて出刃ァ突きつけりゃええだけじゃろういね。そうせんかったんは、心の深いところに、ほんとの気持を隠しちょったからじゃわ。父ちゃんはうちの言うことを信じてくれんどころか、蔑むような目ェで実の娘を見よる、うちのせいじゃあないのに、悪いんは照一じゃのに、うちが色目使うたて疑いよる。これじゃあまるで、父ちゃんと照一が手ェ結んでうちをいたぶりよるようなもんじゃわ、男らが示し合せてうちを陥れたんもおんなじじゃわ、それじゃったらこっちも好きにさしてもらう、あのろくでもない照一を、田所の人間にしちゃる、この家に極悪人を迎え入れて、田所の家を、父ちゃんがうちを見る目ェの通りにほんとに汚いもんに変えちゃる。田所は悪い男に乗っ取られるんじゃわ、なあんも知らんるり子には気の毒じゃけど、知らん方が幸せいうこともある、ほいで、外から来た悪い男との間に子が出来りゃあ、いよいよこの血筋が呪われる、呪いの跡継ぎいうことじゃわ、そうやって田所の子孫が次の代もその次の代もどんどん呪われりゃあええ、そねえな風な気持じゃった。

うちの話を聞き終った照一は、なんじゃ、そねえなことでええそか、そんなんでどっちの方面も丸う収まるいうんなら簡単じゃ、あんたとのことは俺にとっても重荷になっちょったんじゃけどこれで万事解決いうことやな。平気な顔でそねえ言うた。この男はいったいどねえな料簡《りょうけん》で生きてきたんじゃろうか、どんだけ女をばかにするつもりじゃろうか思うたけど、ほいでもよう考えりゃ、照一だけじゃあない、父ちゃんだってうちを蔑んどる、ばかにしとる、いいや、結果的にはるり子のことも軽う見ちょる、じゃからこそ何食わん顔でこの結婚を進めようとしよるんじゃ……もっともっとよう考えりゃあよ、父ちゃんと照一がうちら姉妹をばかにするんじゃから、世間の女ちゅう女たちゃあ、みな、身近な男たちにばかにされよるいうことやなかろうか、みんなそのことに気づかんで、気づいたにしても気づいとらんふりしてからやり過しよる、そう言えるんやなかろうか……

うちと話をしたその日の夜、照一はるり子を電話で呼び出して、二人で話し合《お》うたんじゃろういね、遅うに帰ってきたるり子が、照一さんが田所の婿に入りたい言いよる、父ちゃんしか男手がおらんところへ養子に来てくれりゃあ、田所の家としてもありがたいけど、なんで急にそねえなこと言い出したんか、父ちゃんも姉ちゃんもどう思う？　うちはびっくりしたことよ。そうじゃろうがね、男が突然そねえなこと言い出したらいろいろ心配するんが普通じゃろうがね。照一は自分の親とうまくいっとらんのじゃろうか、それとも借金があってそれを田所に肩代りさそういうんやなかろうか、いうて不安になろうがね。ほじゃけどあの子は、田所としてもその方がありがたいて、まるでうちが照一にこの話を持ちかけた時とおんなじこと言いよるわあね。こういうのを血は争えん言うんじゃろうか。相談された父ちゃんも最初は驚いちょったけど、うちの方を、ちらっと、例の目つきで見たかと思うたら、もう穏やかな父親に戻って、そうしてくれるんならなあ、言うて照一の提案に乗り気なような風なんよ。うちの方を見たんからすると、ひょっとしたらうちと照一がなんか手打ちみたいなことしたんやなかろうかって、まあはっきりとじゃのうても、なんとのう気がついたんやなかろうか。ほじゃけど、うちが田所の血を極悪人の血で汚しちゃろうと企んじょる、そこまでは思いもよらんかったろういね。

るり子が妊娠したて聞いた時は、ええぞええぞ、田所の血がどんどん汚れてゆきゃあええんじゃわ、うちは独り身のまんまで、その汚い男らあの血筋が泥水みたいにたれ流しに続いてくのを眺めちゃろう、ほじゃから、るり子に男ん子ォが生れりゃなおええわ、この家に汚い雄がもう一匹増えるんじゃけえ……

じゃから、運転手からあのことを頼まれたんは、さすがに因果なことよ。照一にされたことを種に脅されて、悪巧みに引っ張り込まれてよ、よりにもよってその汚れた田所の子を古坂山に差し上げることになろうとはねえ。

は？　いやほじゃけえさっきも言うたろうがね、なんで古坂山が赤ん坊をすり替えんといけんかったんか、伯母ちゃんはなあんも聞かされちょりゃせん。あの運転手も知らんかったんやなかろうか。古坂山のことじゃけ、よほどの魂胆があるんじゃろうけど。慎、あんたは古坂山の血筋なんじゃけえ、なんで実の父親がそねえなことさせたか知りたかろうが。伯母ちゃんだって知りたい。ことの真相を突きとめるんは、まあ言うたらあんたの役目じゃわ。名目上は田所、ほんとのところは古坂山、ろくでもない男らあにまつわる生れなんじゃけえ。悪巧みの理由が分ったところで、なんもええことはないかもしれん。知らん方がよかった思うかもしれん。いまうちがした話にしてもよ、知らずにおる方があんたにとっても幸せじゃったかもしれん。ほじゃけえるり子もずうっと黙っちょったんじゃろう。ほじゃけど、なんぼ知らん方がええことでも、知らにゃあならんいう場合もある。聞かにゃあよかった、知らん方がよかった思うことほど、ほんとは知らにゃあいけんそ。古坂山に直接訊くんがええんか、じゃなかったら誰を頼りにすりゃあええか、伯母ちゃんには分らん。ろくでもない父ちゃんも、照一も、もう死んじょる。残っちょる田所の男は、田所じゃあないあんたしかおらん。男の仕事じゃ思うて、覚悟して、ひとつやってみんかね。

11

　果してそんな真相究明が男の仕事と呼べるのか、また男の仕事とはいったい何によって定義されるのか、男である慎一にはよく分らない。中学三年生。朱音と朱里は高校二年と一年。男の仕事がどんなものなのか意識することも出来ないまま、年上の女二人にとりあえず、福子の話を全部打ち明けてしまう。母のるり子には言わない。

「あなたはるり子さんに直接訊くのが怖くて、その代りに、血のつながった私たちに――」

「怖いと思ってたかどうかは、分らない。」

「あなたが自分の中の恐怖心を自覚してるかどうかは関係ない。事実を言ってるの。るり子さんに訊いたとして、物事が必ずいい方向に行ってたとは限らないけど、いい方向に行かないのが、決定的に悪いことだとも言えない。あなたは、るり子さんに確めるべきだった。火葬場で運転手の男がどこまで話したか、すり替えの理由を言ったかどうか。その時、どう思って、何を考えたか、なんでそれを言わずにあなたを叩き続けることになったか。その話を信じたのだとしたら、なぜ信じてしまったのか。違う、そんな話をされるずっと前、あなたを我が子として育てている最中、何かおかしいと感じなかったか。例えば『源氏物語』の中で天皇がそう気づくみたいな。光源氏もあとで同じ目に遭うわけだけど。」

四十代も後半になった光源氏は、妻である女三の宮が産んだ子を抱いて、これは自分の血を引く赤ん坊ではないと気づき、はるか三十年近く前の父、桐壺帝《きりつぼ》のことを思う。父の后《きさき》である藤壺《ふじつぼ》中宮と源氏との密通によって生れた子を見て、父は何も言わなかったが、いまこうして自分が気づいているように、あの時の父もこれは自らの息子ではない、息子の息子なのだ、と気づいていたに違いない……

「そういうの、私、ほんとは嫌い。女性が産んだ子を男が勝手に抱いて勝手に自分の子かどうか判定するなんて。実際、人間はそんなに敏感じゃない。というより自分の子かどうか判定する時点で十分に鈍感。そもそもが、産んだ女性本人だって、これが自分の子だって本当に見分けがつくわけ？　生れたての赤ん坊を、一度見えないところへ連れていって他の子と取り替えたって、ほらこれがあなたの産んだお子さんですよって言われれば、それがその人にとっての我が子になる。これが自分の子だっていう情報を受け取る、それが愛情と子育てにすり替る。るり子さんだって、あなたを我が子だと信じた。気がつく筈はなかった。その程度ってことね。お腹を痛めたただの血を分けただの親子の絆だのって言っても、生れたての複数人の中から自分の子どもを見つけ出すなんて、人間には出来ない。あなたが産んだんですよ血がつながった本当の親子ですよ、誰かにそう断定してもらって初めて愛情が芽生えるなんて死ぬほど間抜け、だけど、その寂しい、作り物のつながりのおかげで生きてるのでもあるんであって。るり子さんだって人から言われるまで気づかなかった。あなたが五歳になるまで。やっぱり、その程度。るり子さんをあなたが叩いて、福子さんとこに逃げ込んでほんとのことを教えてもらったのだって、せいぜいが、その程度、でしかない。だからるり子さんに、ほんとの子じゃないんだってね、そう言えばすむだけ。なのにあなたは、それをお姉ちゃんと私に打ち明けた。」

「母に直接訊くのは、俺には出来なかった。朱里がさっき言った通り、怖かったんだと、思う。真実そのものも怖いけど、当事者に直接確めるのも同じくらい怖い。それに、もし赤ん坊のすり替えに伯母が関わってたと話してしまえば、なんでそこに自分の姉が出てくるのか、母はわけが分からなくなる筈。そしたら俺は、伯母が父にされたことを話してしまうかもしれない。いや、話さなきゃならなくなる。そんなこと出来ない。父と母と伯母の関係は、その程度、じゃないからな。」

「私が言ってる、その程度は、当り前だけどレイプのことじゃない。親子関係っていう幻想のこと。」

「朱里は、自分の親と自分自身の関係をほんとに、その程度、と思ってるのか？」

「その程度、であればどれだけいいだろうと思ってる。親子なんて、仲がいいにしろ悪いにしろ、血がつながってるにしろつながってないにしろ、空が晴れてるか曇ってるかと同じくらいの、その程度、のことであるべきだ、そう認識すべきだって思ってる。ほとんどの人間はまだそういう認識じゃない。親子をひどく大事なものだとしか捉えられてない。親子関係を重視するのって、人類の怠慢でさえあると私は考えてる。あの頃、お姉ちゃんも私も、そういう親子重視の幻想から逃れられてなかった。つまらない価値観に縛られてた。」

「ほんとにつまらないって、朱里自身が認識してるのか？」

「そう認識する努力はしてるつもり。」


福子から聞いた秘密を本の部屋で打ち明けた慎一は、まるで本棚から一冊残らず本が消えてしまったように感じる。あらゆる小説がなくなってしまった部屋で、自分の無残な出生が嘲られているかのように思え、少しだけ後悔する。だからといって、本に書かれた物語たちがしっぽを巻いて逃げ出すほどの驚くべき話を語ったなどと、自惚《うぬぼ》れているわけではない。現実の本棚は、中身が消えてしまうどころか背表紙がぎっしりと並んで、こちらを無言で見つめている。そこから悠然と一冊抜き取り、開き、架空の世界へ飛ぶ、とはならない。母に確認する勇気もなく一人で抱え切れもしないとんでもない真実を、架空ではなく現実を、伯母に託された男の仕事なる難物を、叩き殺すか生け捕るかしなくてはならないからだ。

こうして、本の部屋で、本に書かれてある豊かな物語以外の余分な物語を、並み居る文豪たちが物した作品に対抗するように語った慎一と、聞いてしまった朱音、朱里は、いわば歴代の優秀な文学を冒瀆《ぼうとく》してしまったことになるわけだが、自分たちが幼稚な犯罪者であると自覚していない三人は、まず朱音が口火を切って下手な隠蔽工作に出る。

――そんなん、嘘に決っちょるわ。

――俺もそう思う。でも……

「そう思うっていうか、とにかくわけが分らなくて、二人に喋ったあとも、嘘だとかほんとだとかっていう判断が出来てなかったな。だから、嘘だって断定してくれた朱音の言葉に縋ろうとした。でも……」

――でも、伯母ちゃんがなんでそんな嘘つかんといけんのかも分らん。な、どう思う、俺、お前らの父さんに似ちょるか？

朱里が口を開きかける。

「覚えてない。どっちにしろその時、私は何も言わなかったし、お姉ちゃんが私に言わせなかった。」

――嘘なんじゃけえ、嘘なんよ。それでええやろ。似ちょるも似ちょらんもないやろ。だいたい、なんでるり子さんのほんとの子とあんたが、入れ替えられんといけんの？　悪いけど、そんなん福子さんの作り話やろ。

――ほやけど、母さんも運転手の男からその話、聞かされとる。

――聞かされただけやろ。なんもかんも大人の勝手な作り話に決っとる。

その後、朱音はこの話になる度に、くり返しくり返し、嘘だ嘘だと主張し、妹と慎一、それに本棚を埋める数々の物語を沈黙させる。嘘にしても本当にしても、自分たちの口から出るいろんな話がここにある物語を凌ぐことなんか、永久にあり得ないと分っているみたいに。

だからこそ棚の中の名作たちも、我が身をおびやかされはしないのだと分って、騒がず、静止していられる。朱音は、嘘だ嘘だの呪文を唱え続ければ、いつか嘘と本当が入れ替ると信じている。つまり——

「つまりお姉ちゃんはあなたの目鼻立ちに、源伊知を発見してしまった。」

「朱里は違ったのか。」

「源伊知に似てないところの方が少ないくらいの、いまのあなたを、こうやって見てるんだから、あの頃の私があなたをどう見てたか、思い出しようがないし思い出したって仕方がない。思い出してしまうのはお姉ちゃんのこと。というより、あなたを悔しそうに見てるお姉ちゃんの目。自分とあなたの血のつながりをはっきり把握して絶望してる目。」

「朱音は、不幸、だったかな。」

「絶望してるからって、不幸とは限らない。お姉ちゃんはものすごく大変な時間を過して、最後には——だけどあなたを愛してたのは間違いない。だから、不幸なんかじゃない。不幸じゃない。」

「悪いけど、俺には朱音が、少なくとも朱音の身に起ったのが不幸な出来事だと、どうしても思える。これは、男である俺が、女性である朱音に不幸のレッテルを貼るっていう、朱里が一番嫌いな、最悪の構図かもしれない。それをあえて進めれば、俺はやっぱり、朱音はとんでもなく不幸だった、不幸なまま死んでいったんだと思う。」

「お姉ちゃんがあなたを好きだったことまで、あなたに不幸って決めつけられなきゃならない理由なんてない。」

「じゃあ、俺と朱里はどうなんだ。気持は、全然通じ合ってないのか。恋愛か友情かなんて分け方をしたいんじゃない。血のつながってない恋人同士に負けないくらい、気持も結びついてる、結びついてたんじゃないか？」

「ひどい。どうしてそんな、追い詰める言い方するの。」

「分ったよ。それじゃあ、朱里は俺のことなんて好きだったことは一度も、一瞬もない。俺は朱音の気持を知っていながらずっと妹の方が好きで、姉が死んだあとでつき合い始めた。」

「あなたが死ねばよかった。いまここで殺したい。殺さないのはあなたのためじゃなく自分のため。」

「殺さないでいてくれてありがたいけど、とにかく、死んだ朱音への気兼ねと、姉弟間のセックスへの抵抗感がない交ぜになってなかなか関係が進まなかった。でも、体が結ばれたあとも、朱音の不在を、いわば恒星にして、俺たちはぶつかり合わずに、体と違って気持は交じり合わずにすんでる。交じり合うことが出来ない。つまんない惑星だ。恒星がなくなったあとの惑星は間抜けだよ。」

「お願いだから、いや、お願いなんか死んでもしたくないんだけど、人間を人間以外のものにたとえないで。よりによって星なんていう、大きくて摑みどころのないものと重ねるなんて、絶対にしちゃいけない。そんなものじゃなく、もっと自分を見て。私たちを見て。自分の、自分たちの、私たちのしてきたことを見て。星なんていう誰も幸せになれない比喩なんかじゃなくて、作家の力をもっと有効に使って、あなた自身が作家になったことをちゃんと後悔出来るくらいのとんでもない文章を――」

「生きてきたことを後悔するんならわけないんだけどな。駄目だ、ここで反論はさせない。朱音がどんな目で俺を見てたか、もう一回確認しときたいんでね。」

福子の話を嘘に決ってる、と強く否定して、憤ったままこちらをじっと見た時の朱音の顔を、つまり自分が朱音をじっと見つめていた時間を、慎一はあとになっても思い出した。

本の部屋で会う時、朱音は前よりも明るかった。よく喋り、笑った。難しい小説の話題で慎一を振り回した。不自然なくらいだった。慎一の出生についてはだんだんと、どちらからも持ち出さなくなった。朱里は、二人から少し離れるようになった。

「意図的に離れたりはしてない。お姉ちゃんとあなたに気を遣って、二人だけの時間を邪魔しないようになんて、これっぽっちも思ってなかった。お姉ちゃんとあなたが、二人切りになりたがってただけ。私は、そういうあなたたちみたいには、なっちゃいけないって思った。なりたくないって思った。」

二人は床に腰を下ろし、肩をくっつけ合い、一冊の本を膝の上に広げたりした。慎一は、中学の同級生からは嗅いだことのないにおいを朱音に感じ取った。濃いのに、澄み渡っているにおい。もっと吸い込みたくて近づく。朱里が部屋を出てゆく。目を合せて笑い、どちらからともなくもっと顔を寄せそうになるが、やはりどちらが先にというわけでもなく視線をそらし、顔を離し、肩と肩を剝がして距離を取り、そこで安心したようにもう一度笑う。慎一は言葉に出して訊きはしないが、いま朱音も自分と同じように、ごろごろとよく動く目や、その両目にもどかしげに押えつけられている横に張った鼻あたりに、自分自身と似た面影を、見たくもないのに見てしまっていると考える。だから姉妹の顔を見る度に、似ていない、似ていない、と頭の中で、口に出すよりはっきりとくり返す。共通点は、目鼻が大きいということだけだ。他は全然違う。全く似ていないわけでもないが、そんなことを言い出せば人間同士は全員似ていることになってしまう。ほら、目尻の角度が、鼻の穴の形が違う。眉は似ても似つかない。唇の厚さだって、顎の締り具合だって違う。きっと違っている、と言い聞かせる傍から、もう相手の顔にはっきり自分が浮び上がる。

肩はくっつけた。指先にも触れた。

朱音が死ぬまで、それ以上は進まなかった。

朱音だけでなく他の死にも遭遇し、というより死へと導き、そういう死そのものを葬ったあとで関係が始まった時、朱里は、視線で追うだけでなく、手指の先で慎一の顔立を探った。体が結びついたあとも、そうやって指で確めなければ相手がいなくなってしまうと怖がってでもいるように。

「そう、私とあなたより、お姉ちゃんとあなたの方が似てた。私はあなたの顔に、お姉ちゃんを見てた。」

「ひどいよな。」

「悔しい言い方だけど、あなたとお姉ちゃんを重ねるつもりなんかなかった。言ってて実感するけど、つもりはなかったって、最悪の言い方。悪気がないのは、悪気があるよりずっと傍《はた》迷惑。自覚がないってことだから。私もそうだった。あなたを愛してるつもりで、本当はお姉ちゃんのことばかり思い出してた。」

「俺の顔を指で探りながら、朱里自身の中にもある朱音の要素を、古坂山の骨格を、探してたってことか。」

「私は、お姉ちゃんの要素で作られてるわけじゃないし、古坂山の骨格じゃなくて、私は私の骨格で出来てる。私が触ってたのは古坂山じゃなく、あなたの顔。私は私の心で、あなたを愛した。あなたからすれば、血のつながった者同士っていう事実が、古坂山っていう名前が、私たちを邪魔してるって思えたでしょうけど。思えたでしょうけどって言い方で、あなたが私をどう見てどう思ってたか勝手に決めつけようとするのもほんといやなんだけど、あなたが戸惑ってるのは分った。血縁の近い者同士の恋愛っていう禁断の前で苦しんでた。私も同じだったけど、でもその禁断を打ち破るだとか古坂山の血の因縁を乗り越えてやるとかって思ってたわけじゃない。何が禁断で誰がどこの血筋かなんてどうでもいい、どうでもいいんだから、打ち破るだとかって力む必要もない。ないのに……」

「そう、それでいい。言い淀《よど》んでくれて助かるよ。俺と朱里とのことはもっとあとで書く方がいい。それで、と、次はあいつのことだな。」

誰が何を知っているか。何かを知っているその誰かが、知らないこととは何か。

誰でもが知っている事実もあれば、たった一人だけが知っている出来事もある。本人にとっては間違いなく我が身に起ったことだが、他に誰も知らないのであれば、大変な事件が起ったのだといくら叫んでみたところでどこにも届かない。どんな美声で、大声で、誠実に伝えようとしたところで、誰も知らない出来事なのだから、伝えていないのと同じだ。あるいは、誰にも理解出来ない絵空事を怒鳴っているのと何も変らない。何も起ってはいない。

「福子伯母さんが父さんに何をされたか、母さんはいまだに知らない筈、だと思うけど、運転手は火葬場で全部喋ったのかもしれない。であったにしろ、母さんは俺にそれを隠してる。俺も、伯母さんから聞いたことを母さんに確めてはいない。これだと、何も起ってないことになってしまいそうだ。」

「福子さんがあんな目に遭って、赤ん坊がすり替えられて、それから私たち自身にもそのあとあれだけのことがあったんだから、何も起ってないことになんてならないけど、福子さんが誰に何をされたか、るり子さんが知ってるとして、あなたに直接言ってないのは、言いたくないからであって、その意思は尊重されるべきだと思う。何かが確実に起ったんだって承知の上で、何もなかったように振る舞いたい場合だってある。というより、そういう振舞いを、世間とか他者とか常識とかによって強制されてる。」

「伯母さんは自分の口から妹に事実を告げてないにしても、他の誰かが知らせたかもしれないっていう風に想像してた、かな。誰かが何かを知ってる、という事実を誰も知らない、ということを自分だけは知っている、そういう認識そのものが、何も知らない証拠ってことか。知っているつもり、知らないつもり、知っているふり、知らないふり。もし仮に、何かを本当に知っているのだとしても、知らないふりをし続けないといけない。逆に、自分はなんにも分っていないつもりであっても、無意識のうちに真実を捉えているのかもしれない。いや、無意識なんていう言い方は通用しないな。当事者であり語り手であり登場人物である以上は、全然知らなかったとか、無意識のうちに、なんて言い方で片づけられるわけがない。」

「どんな言い方であってもどんな方法であっても片づけられないし、でも、片づける必要がないのでもない。片づけられる方が、楽でしょう、それは。人間として安全に生きてゆこうと思えば、片づけられることだけじゃなくて片づけようがないことも、どんな手段を使ってでも片づける必要がある……私たちはあの時、そうやって片づけた。だから結局、何も片づかずにこうして生き残ってしまって。生き残ってしまってなんて、生きてる人間が言うべきでないのは分ってる。生れてきて、生きてゆく自分を、生き残ったなんて表現するのは自分自身を貶《おとし》めてるだけ。貶めて安心したいだけ、なんだけど……」

「言うべきでないことを言って、貶めて安心して、それは確かに恰好悪いけど、恰好悪いっていう言い方が駄目なら恰好いいでも恰好つけてるでもいいんだけど、とにかくどうにかして生きてゆけてれば、いいんじゃないか？　生きてることじたいが理不尽で本当に恰好悪く思えるとしても、それはそれでいいんじゃないか？　俺の場合は、言うべきでないんじゃなくて、書くべきでないことだ。自分のためにも他人のためにも、どう考えたって書かない方がいいことを、こうして書いてる。書くべきでないことこそ書いておかなければ、なんて、妙な義憤に駆られてるんじゃない。義憤とか正義とか使命感とか罪悪感とか、そういう大事な要素で、小説は書けない。書いたっていいけど、そんなの、すごくすごく大事な小説が一本、仕上がるだけだ。それよりも、どこまで行っても仕上がりそうにないことを、仕上げられそうにない手つきで、書かなきゃならない。」

「書くべきでないって、あいつのこと？」

「あいつはひょっとすると、登場人物でないくせにこの物語に登場してくるのかもしれない。」


その年、桜の見頃も近くなった三月の下旬、予報とは裏腹に午後から急激に気温が下がったのを人々はよく覚えていて、あとあとまで語り種になった。太陽まで凍りつく勢いで、夕暮前に空が白く、埃《ほこり》っぽくなり、雪だった。

誰もがその日をよく覚えていたのは異様な天候のためばかりではなかった。いつもは当主である古坂山源伊知だけが乗り、他にはせいぜい源伊知の妻が使う車に、夫妻以外の人物、しかも十代と覚しい若い男が後部座席に乗っているのを見た者が複数あったのだ。運転手は、十年以上前に前任者が急死したあとで雇われた源伊知専属の男であったから、この車はいまも飽くまで源伊知のためのものであるには違いない。ということは、突然現れたまだあどけないと言っていい男というのは——

雪の中を走る車と珍しい人物を確かに目にし、正体を察した人々は、見ないふりをしなければならなかった。古坂山家に発生する出来事は、それと分っていてもなるべく直視しないこと、声に出して言わないこと、ましてや深く関わろうなどとしてはならない。どれほど口の端に上ってもおかしくない、世の中の常識からして告発すべき事柄であったとしても。だからこの時も、見知らぬ少年を乗せた車は、誰の目にも一度も留らなかったのと同じように市内を走行し、街は雪と車で沈黙した。

降り続けた。名残の雪などではなかった。街全体が雪の下に沈み込んだ。電車は動かず、道路は凍りつき、車が坂道をひとりでに滑り下りていった。人々は家の中で耳を澄ませ、外の世界で何かが軽やかに止ったり壊れたり死んだりする音を聞き逃すまいとしていたが、屋内が安全だとは限らず、すぐ傍の水道管が破裂する音に驚き、凍ってはいない畳の上で足を滑らせた。触れると指先が張りついて剝がれなくなってしまいそうなのでドアノブにもなかなか手が伸びず、身動き出来なかった。人間の意思や記憶までがところどころ凍結するので、閉じ籠《と》もった家を舞台としてけんかや離婚が増えた。手をこまねいてばかりではいられないと、家の内外の様々な箇所を解かすために沸かした薬缶《やかん》の湯の残りを、記憶の切れ端にかけてみると、表面が緩み、下から骨組のようなものが顔を出した。絡まり合った文字の集まりだった。なので、遠い記憶だと思い込んでいたものは、あとから言葉で作り上げたものに過ぎないのだということがよく分りましたと、新聞の読者欄に投稿があった。紙面にはもう雪が降らなかったので、掲載された文字たちは偽の記憶に化ける機会を失った。

というような不潔な投稿などまだ誰も書かず、街じゅうが凍りついていた間も、海峡は動き続けていた。高い場所から見下ろすと青黒い血流だった。何もかもが動きを止めた風景の中の潮流は、息つく暇なく死んで死んで死に続けているかのようだった。船は死の海に引きずり込まれたくないばかりに、最初から死んだふりで音を立てずに行き来した。カモメは眼球から先に凍った。

この異常な春の中で、いつもは沖を流れている島は、本土に接近する度合が明らかに増えていた。これまでも近づきはしていたが、いつもと違い、場合によっては波戸の先端に引っかかる恰好で丸一日以上も動かなかったりした。沖へ戻ったら戻ったで、また近づきたいらしく、頭なのか尻なのか、とにかく島の一端がじれったそうにもじもじと揺れた。怪物の泳ぎっぷりも心なしか島に気を遣うといった風で、本土に近づく手助けをする感じでかいがいしく、獰猛《どうもう》なところは引っ込んでいる。

これについては島の研究を長年行ってきた学者、マスコミ、あるいは市役所や警察といった公的機関などがそれぞれの立場から、海流が変化した可能性があるとか、異常な天候によって島の植物や地質が急変したためとか、島の地温が下がり、本土に近づくことで自らを守ろうとしているのだとか、いくつもの見解が示されたが、一番多いのは、本土に近づくのだから、その本土側にこそなんらかの変化が生じていて、島は飽くまでそれに誘発されて動いているのではないかという見方だった。極端な寒冷は天候の異常に過ぎないが、寒さと雪を原因とする大きな出来事が本土で起ろうとしている、すでに起っている、逆に、その出来事の余波として春が凍りついてしまったのかも知れない、もし天候の異常以外に何も起っていないのだとすれば、島は本土ではなく、寒さそのものをもたらしたもの、つまり空に向って上昇していったっておかしくないではないか、との意見などは、さすがに論評の対象にすらならない与太話とも言えようが、そもそもこの島じたいが年季の入ったとんでもない与太話でもあるわけだから、いまなぜこんな動き方をするのか、真剣にであろうが不真面目にであろうが、説明出来るわけがない……

「ちょっと来い。」

なんでだ、なんで俺が、そう、勝手に怪物と名づけられた俺が、またぞろここでしゃべらなくちゃならないんだ？　俺はそんな島なんか知らないし、狭苦しい海峡も嫌いだ。深い海でつつがなく老いさらばえる、どうやら俺に子はいないようだから、あの母親と同じく小さな我が子たちに自分を食わせることは出来ずに、他の生き物どもにさしてうまくもなさそうなこの身を差し出す、これまで食ってきた他の種族に今度は俺自身を分け与える、骨になる。

生きるのは少しばかり塩っぱかったが、骨になるのは、これはこれでちょっと寂しい結末であると言えなくはないけど、この世界の肉という肉を散々頂戴してきたこの俺が、最後は肉も血も忘れてしがない骨になると思えば、なんだかカラリと身軽な気分でもある。それで十分なんだよ。

「待った、そう物分りよく死んでもらっちゃ困る。」

やめろ、しっぽにかけたその手を離せ！　さもないとこの世での最後の食事に貴様を平らげてくれるぞ！

「間違えてるぞ。俺はお前のしっぽなんか摑んでない。お前が勝手にそう思い込んでるだけだ。人間から力ずくで引き留められるほど立派な存在だと自惚れてるんだよ。お前はしょせん、俺がここに書いてる物語の中にしかいない、ひ弱で悲しい生き物だ。」

「ね、そいつほっといて、話を進めない？」

どっちなんだ、え？　俺は引き留められてるのか、ほっとかれようとしてるのか。

「どっちでもない。ただここにいればいい。というよりここにい続ける以外にない。お前は俺の物語の外には出られない。その証拠にだ、俺は自分を、俺、と呼ぶし、お前も、俺、と自称する。」

あ……いいやだまされんぞ。俺は、俺で、俺以外のものじゃない。俺を、俺と呼ぶのは、俺の意思だ。

「無理しなくていい。ただし無茶はしてもらう。さあ、気を取り直して、極寒の春に戻るぞ。

何も俺たち人間の価値観に倣うことはない。その自慢のぎょろ目で好きなように物事を見ればいい。」

何をどう見ようが人間の作る世界からは出られない、だろ。

「俺の手の内を出られないからこそお前がお前でいられる。もし本当に俺の物語から離れてしまえば、お前は生きるどころか、満足に死ぬことだって、殺されることだって出来やしない。分るか。」

簡単に、分ると言いたくはないが、どうやら貴様の言う通りらしい。だって、そっちが持ってる御大層な鉤《かぎ》かっこを、俺は持ち合せてないんだからな。だから、かっこの鉤針に引っかかる心配なくどこまでも泳いでゆけるというわけだ、貴様の作る世界の中を、な。

春が寒かったって？　どの春のことだ。そう、いまこの俺が狭い海から見上げてる、世にも風変りな春のこと。まるで、季節じゃない何者かが神様から臨時に季節を一つ承りました、とでもいうようないかさまな春の隙間から、それまで嗅いだことのないにおいがこの海に流れ込んできたのを、俺は確かに感じていた。体が反応して、冷たい海の中でのたうった。初めての感覚だった。俺があんまり激しく暴れるものだから、俺の動きにつられるというかわいそうな習性の例の島も、においを発する何物かを求めて岸へにじり寄っていったものだ。

海に注ぐ河口あたりまで来ると、島を置き去りにして川を遡った。大昔に、たぶんここじゃない別の国のもっと大きな川を、生き物を食いながら下っていった頃を思い出した。してみるといまのこの妙な感覚は、生きるために食い物を探すのとは逆の、生きることを求めない力によるものなのだろうか。生きているのに、生きようとはしない。一方、俺を呼ぶにおいも、いきいきしているとも言えるし、凍りついた世界にあってこれほど強くうったえかけてくるのだから、もはや完全に死体となって腐り果てた何かかもしれない。

「なかなか鋭い分析だ。あの年のとんでもない春の原因であるあいつは、まさしく、生きること死ぬことを手中にしてると言ってよかった。」

どういうことだ。

「お前は、生き物だが、生殖の経験がない。自分と同じ種族の、自分以外の個体と番《つが》ったことがない。」

耳の痛いことを言いやがる。俺の種族は、俺が生れた時点でもうほとんど滅びかけてたらしいから、仕方ないじゃないか。

「何もそれがいけないと言ってるんじゃない。性交しない、得られる筈の子孫を残さないというのは、生命として一般的に見れば不運、不幸だが、お前はとても一般的とは呼べないやつだ。だから、子を作って生命をつないでゆく環境に恵まれなかった代りに、生命と反対の、つまり死のにおいに気がついたというわけだ。お前が死ぬ原因の一つである、あいつのにおいにだ。」

今度はそっちが間違ってるぞ。俺はこうして生きてるじゃないか。殺されてなんか――そうか、そうだった、俺は物語の中にしかいない。いつ生れていつ死ぬか、いま喋ってるからといってそれが生きてることになるのかどうか、自分では決められない。全く、いやな世界だ。

「生きるにしろ死ぬにしろ、いやじゃない世界なんてどこにもない。ほら、とりあえず、川を上っていってくれ。」

細い支流に枝分れしていたので、せっかくの巨体を与えられている身分としては不本意極まりないなりゆきではあるが、

「まあそう言うなって。」

狭まる川幅に合せて体を縮め、時には陸に這い上がり、これまた思いもよらぬことだが両方の鰭であるべきものを翼を真似て震わせ、ほとんど虫と変らぬ小さな存在として空中を移動したりした。巨大生物としての誇りを捨てさせるほどの故の知れない力が、あのにおいが、俺をどうしようもなく惹《ひ》きつけていたのだ。

……俺はいま、ほとんど蚊と同じほどにまで小さくなって、いよいよにおいの源にまで近づいている。


古坂山知鶴男《ちづお》は、ふと耳鳴りを覚え、女の体の傍で動きを止めた。父が送り込んできた、どこの誰とも分らずそのためにかえってある程度の素性は知れる女が、驚いたようにこちらを見つめているが、構わずに音に意識を集中し、どうやら耳の中ではないと踏み、頭の周りで掌を二、三度往復させた。この寒いのに蚊がいるのだろうか。手を下ろした頃には、予想したことだが、やはり自分の性器が全く役に立たないと分った。勿論、あれしきの音が原因

で出来なかったわけではない。すると、逆に、音が気になってきた。あの音はなんだったのだろう？

しなかったからといって金を返せとは言わない、ただし分っていると思うが出来なかったことは誰にも喋るな、もし喋ったら金を返す返さないの話ではすまなくなる、と言い渡して女を帰したあと、ホテルの窓から、到着した日に降り始めた雪が三日続き、やんだあとも白いままの夜の街を見下ろした。

黒い海峡の上を、青白い光が飛んだ気がし、同時にさっきの音が蘇った。

だが十五年前、実の伯母が同じホテルから街を見下ろしていたとは気づかない。

雪が日々解けてゆく間、人々はあの日の夕暮時、誰も知らない少年を乗せた源伊知の車を、見たとまではっきり口には出さないものの、雪と一緒になって何者かが春を凍らせにやってきたことは確からしいと、目交ぜして素早く語り合った。どうやらこれで、いつにない島の動きも説明がつきそうだ。しかし島を引き寄せるとはよほどの力だ。さすがは、古坂山の跡取りだけのことはある。

噂《うわさ》は、声に出して言われない分だけ、静かに確実に、潮の干満のために一日四度も方向を変える海峡の流れとは違って、一つの方向へ集められてゆく。古坂山の息子が戻ってきた。なんでも、ゆくゆくは経営者となるのだから子どもの頃に親許から離して厳しい環境に放り込み、いわゆる帝王学を、他人の手で叩き込んでもらう方がいいとの源伊知の考えにより、東京の、古坂山とは縁戚になる家に預けられ、ひどく金のかかる私立の学校に通っていたとのこと。だが、わざわざ遠方で成長させたのは、将来を考えてとの厳しい親心ばかりでなく、もっと別の理由があるらしい。加えて言えば、少なくとも大学を出るまでは東京に預けっ放しにしておくとの源伊知の方針に背く恰好で地元に戻ってきたのはなぜか。それは単純に、夜遊び、暴力、酒といった分りやすい問題を起したためだ。古坂山のことであるから地元と同様、東京においても常識と非常識は転倒していて表沙汰にならなかっただけであり、彼を預かった家の方ではそうとうに手を焼き、このまま大学卒業まで置いておくことはとても出来ない、義務教育が終るのをきっかけとしてそちらにお返しする、ということなのだそうだ。

雪が完全になくなった四月、人々が口に出さないためにかえって街じゅうに、古坂山の総領息子のよくない噂が広まり、慎一が高校に入学してからも、同じ学校にそれらしい生徒はおらず、慎一とは別の高校の、それぞれ三年生、二年生になっている朱音と朱里に訊いてもいないと言う。どころか、どこかの高校に入学したという話じたいが皆無、なのに古坂山の跡取りが帰ってきた帰ってきたと、そればかりが、声にならない声として、雪に代り春の街を覆っていた。

中学まであった給食が、高校からはない。学校の購買を使ったり、行く途中のパン屋で適当に買うからと慎一は言ってみたが、るり子は毎日弁当を作った。文字通り、髪を振り乱しながら彩りよく詰めた。愛情ではなく、当てつけ。母親なのだから作るのが当り前なのだと、母は自分で自分を追い込んでいる。血のつながらない息子であればなおさら、やらねばならないではないか、と言い聞かせてでもいるように。古坂山の息子が戻ってきたことは、二人の間で話には出ない。

当てつけの仕返しとばかりに、慎一は一粒も残さない。そのくらいしか、出来ることはない。思いつかない。本当は、確めなければならないことがいくつもある。福子を通じて息子が何もかも知ってしまったと、母が気づいているのかどうか。そもそも、二人の赤ん坊をすり替えたのが姉なのだと、母は知っているのだろうか。死んだ祖父と父、母、伯母、古坂山源伊知、それぞれが何を知っていて何を知らないのか、全てを知っている人物が果しているのかどうか。確めなければならない。確めたくはない。

だがどう見ても、父にも母にも似ていない。似ていない気が、するだけ。大丈夫、大丈夫、何も起っていない。何も変らない。何も。

「そうやってやり過せると思ってた。思うしかなかった。眠れなくても、学校の授業に全然ついてゆけなくても、そんな、眠るだとか勉強だとかよりずっと大きなものを抱え込んでしかもそれはいつまで経っても大問題のまま、解決しない。そのままずるずる、行けるんじゃないかって……」

「ずるずる行けるわけなんかないって、あなたが一番よく分ってた筈。」

「ほんとのところ、あの頃の自分が何をどう考えてたか、考えてなかったかなんて、朱里にだって思い出せないいんじゃないか？　あの時はたぶんこう思ってたとか、こんな感情だったに違いないとか、あとからいくらでも理屈はつけられる。辻褄《つじつま》を合せられる。おまけに俺はこうして書き進めてる。こうだったに違いない、そういえばあんな風に過してた、そうやって思い出せば思い出すほど、事実から遠くなる気がする。」

「何かを思い出すのって、そういうことじゃない？　はっきりしてるのは、やり過せなかったってこと。じゃないな、私は、やり過してしまった。お姉ちゃんを、自分の意思で、犠牲にした。」

「あれは朱里の意思なんかじゃない。源伊知と、源伊知みたいな人間を産んだ古坂山がやったことだ。朱里はそうやって自分を責めるけど、それこそ古坂山の思う壺――」

「責めてない。全然責めてない。どうして私が自分を責めてるなんて話になるの。女性が自分の意思でって言った途端に、それは自分で自分を責めてることになるわけ？　男性の意思はポジティブだけど女性の意思はネガティブ？　あれは、私の意思だった。この私しか行使出来ないことだった。たとえ、源伊知が関わっていたとしても。」

前ぶれもなく、福子は痩せていった。検査のあと、悪いもんが出来ちょった、と何か花でも咲いたように言った。るり子は泣いて、慎一は、こういう時、男は泣かない方がよさそうだと言い聞かせ、泣かなかった。福子はやはり、小さな花みたいに笑っていた。

その花びらが一枚一枚、見えない力によって順調に取り外され、福子は病院のベッドの上で品よく、折目正しく小さくなっていった。日頃は重い調子で喋る医者が、しかし見事に萎《しぼ》んでゆくもんですなあ、と口を滑らせたため、居合せたるり子が、久々に蒲団叩きの頃の瞬発力で白衣の胸ぐらを摑みかけたが、母の身長に追いついていた慎一は、楽に止めることが出来た。

——るり子、先生の言うた通りよ。姉ちゃんはうまいこと萎んでみせちゃるわ。そら綺麗なもんいね。あんたらが抱えちょる面倒なもんはぜーんぶうちが背負うちゃる。そのうちが萎み切っておらんことなったら、あんたらが心配しよるあれもこれも、なんでものうなるいね。ほじゃから、先生、うまいこと萎ませて下さいよ。間違うても、もういっぺん膨らまそうとなんかせんで下さいよ。

医者は日頃の重々しさを取り戻し、威厳の塊である立派な禿頭で何度もゆっくりと頷き、それを見て我に返った母と一緒に乱闘未遂を謝る慎一の視界の隅では、体が萎んでかえってくっきりとしてきた伯母の目が、見たことがないほどいたずらっぽく光っていた。やっぱり伯母は母に、何も喋らないまま死ぬのだ。

「あの時、ちょっとだけ思ったのは、父にものすごくひどいことをされたっていうのが、伯母さんの作り話なんじゃないかってこと。そのくらい伯母さんの目は子どもみたいにきらきらしてた。でも、そうじゃなかった。何もかもを吐き出して死んでゆくからこそあんな目になってたんだな。あんな純粋な目じゃなくて、もっと恨みの籠もった目で、古坂山源伊知の息子である俺を、睨みつけてくれればよかったのに。」

「それはあなたの、男性の願望でしかないじゃない。ひどい目に遭った女性である福子さんがせめて最後の最後にひと睨みしてくれれば、福子さんを傷つけたこの世界に、男性という罪作りな種族の一人として罪悪感を背負って生き残ることが許されるっていう意識でしかない。あなたがその時見た福子さんの目がどんなだったか、私には分らないけど、これは福子さんの心理とか死を間近にした恐怖とかを実感出来ずに言うことだからほんとに勝手だけど、血のつながらない甥であるあなたに洗いざらい、作り話みたいな真実を喋って子どもみたいな目をするしかなかった福子さんは、福子さん本人には悪いけど、かわいそうな最期だったと思う。そうね、その点では、あなたの言う通り、睨みつけるべきだった。あなた一人に向ってじゃなく、女性を一人ひどい目に遭わせておいて、人間どころか虫一匹捕まりもしないこのふざけた世界全部を、見てるこっちがつらくなるくらいの冷酷な目で、睨むべきだった。福子さんは萎んでいなくなっちゃったけど、死に損ないのこの世界は全然萎まない。」

13

――慎、覚えとらんかいね、あんたがまだ子どもの時、朝早うに釣りに出たもんじゃけえ、周りが明るうなる頃にはあんた、眠とうなってしもうてから、海の傍で竿持ったまんまうとうとするもんじゃけえ、こっちははあ、気が気じゃなかったこといね。地べたにお尻つけてしもうて、伯母ちゃんは眠とうないんかね、言うもんじゃけ、説明しちゃったそ。伯母ちゃんはいろんな経験してから、眠る暇もありゃせんかった、そのおかげで眠らんでも平気なんじゃろういね、あと何年か経ってあの世からお迎えが来りゃあ、なんぼなんでも眠れるじゃろう、ぐっすりゆっくりするんはそん時の楽しみに取っちょこう思うわ、鍾でしかけを沈めるみたいにぐっすり眠るんはどんだけ気持よかろうか。伯母ちゃんがそねえ言うたら、あんたが、ふうん、伯母ちゃんは苦労が絶えんのじゃねえて、寝ながら答えるもんじゃけえ、大笑いしたことよ。さあて、伯母ちゃんもやっと、ぐっすりゆっくり出来そうなわ。

それが福子の、この世での最後の言葉であったかどうかは分らない。母と伯母が、残り少ない時間の中でどんな会話をしたか、母からも、慎一は聞いていない。

病気で、病院で死んだのだからまさかとは思っていたが、福子の額に傷はなかった。ただ、棺が大き過ぎる、というより伯母の体はあまりにも小さく萎んでいたので、伯母の死を知ってから初めて涙が出そうになった。棺に囲われ、葬儀の場にいさせられている伯母がかわいそうだった。どうして死んだ本人が自分の葬儀に出なければならないのだろうと思った。まるで額に傷の死に方であるかのように、伯母をここまで萎ませた何かが憎かった。読経の間中びくともしない参列者が憎かった。

丘の火葬場まで来るともう駄目だった。涙だった。喪服代りの制服の肩に手を当てた母が、

——あんたは伯母ちゃんにかわいがってもらいよったけえねえ。

明らかに周りの人たちに向けて、殊勝な息子をいたわる風を作った。

それが、特にいやではなかった。そうでもしなければ、母も間が持たないのだろう。

「でも、どうだろうな。あれは母の、精いっぱいの皮肉だったかもしれない。何もかも知ってて、言ったのかも。」

「福子さんが誰に何をされたか、るり子さん、知ってるってこと?」

「いまだに確めてない。」

だが、伯母の骨揚《こつあ》げをする気にはどうしてもなれず、母や他の参列者が金属製の箸で骨壺に詰めてゆく様を、ずっと見つめていた。驚くほど乾いた、簡単な音だった。

駄目だ、これでは駄目だ。こんなのだと、伯母の言っていた、ぐっすりゆっくり、にはならないだろう。こんなに軽くてばらばらな伯母は、海底に向って真っすぐ沈んでゆくことなんか、もう出来ないのだ。あんな目に遭った伯母は、その事実を知りもしない人たちの手で弄《いじ》くり回されたあげく、暗い墓穴に、ハゼの子一匹いない地面の下に、ずっとずっと、骨として仕舞われていなければならないのだ。まるで人に見られてはならない、不吉で汚いもののように。照一にされたことが原因で人間の世界から追い出されてしまったかのように。

だが、骨になる前であったとしても、あんなに萎んでしまったのでは、たとえ海に沈んだにしろ深いところで落ち着いて眠るのは無理だっただろう。慎一自身、ただ泣くばかりで、どうすればいいか、どういう弔いなら伯母があんな軽薄な音を立てずに眠れるか分らず、どうやら平均的な日本人としてそれが適当だとされているらしいやり方で骨になり、壺に閉じ込められてゆくところを、見ているしかなかった。

納骨までの間、福子の骨壺は寿六と照一の位牌《いはい》のある仏壇の前に置かれていた。福子を根っこから叩き潰し、また実の娘を冷酷な目で見るばかりで助けようとしなかった男たちの前に、伯母だけでなく母をもだました二人の男の前に、据えられていた。我慢出来なかった。なのにどうしようもなかった。伯母が最後まで真実を自分の口では妹に伝えず、寿六もどうやら伝えなかったらしい、そのことに倣おうと決めたわけでもないのに、あのぎょろりといたずらっぽく光った目が浮んできて、どうしても母に本当のことを言えなかった。

「言おうとしてたのかもしれないけど、伯母の目を思い出すと声が出なくなった。あのぎょろ目は、結果的には、お前の口からは言うな、言うとお前のためにならないぞっていう合図だったわけだ。結果的にっていうのは、朱里に言わせればすごく卑怯な見方なんだろうな。伯母が言えなかったんだから、無理にでも、たとえ伯母が言ってほしくないと思いながら死んだのだとしても、母に真実を伝えなきゃいけない……伯母の話が本当なら、俺は母とも伯母とも照一とも血がつながってないわけで、その点では関係ない部外者とも言えるんだから、あとはどうなるかなんて気にせずに、真実を告げて、母を苦しめて、母の照一への思いを打《ぶ》ち壊して、ついでに伯母のプライバシーと尊厳を踏みにじったってよかったんだ。これはあとづけとか強がりで言ってるんじゃないよ。そこまでしてでも母に真実を突きつけなきゃいけないのに、いまだに出来てない。母が本当は知ってるんじゃないかって思うのも、もしそうなら重たい事実を打ち明ける面倒が省けるからだな、きっと。」

納骨の日、全部終ったあと、母と別れて海へ行った。日差も波も強かった。梅雨が明けたばかりの新しい海峡だった。この日、この時にしかない海だった。どこにも一度も存在したことのない、伯母がもう釣糸を垂らすことのない海だった。涙は出なかった。

ポケットから、丸めたティッシュを引っ張り出した。紙をほどき、釣針の鉤元《ちもと》をつまんだ。針の形を迷った時はとりあえずこれを使っておけばいいと教わった、ソデ型だった。

伯母の遺品を、処分するもの、母が引き取るもの、と分けてゆき、釣道具は慎一が保管することになった。道具箱一つと、竿三本に、古いリールだった。

この針も、その道具箱にあったものの中から持ってきた。納骨の最中も、これでいよいよ、絶対に一緒にいたくないだろう二人の男と離れられなくなってしまう伯母のことよりも、針先がティッシュを突き破ってズボンの生地に食い込まないかと気になっていた。

波戸の内側の海面に落した。驚くほどよく光って、一瞬、沈まないのではないかと思えた。すぐに見えなくなった。

空の針に間違って食いつく魚がいれば、どれほど面白いだろう。もし本当にそんなことが起ったなら、いままでのよくない出来事が全部引っくり返って何もかもを取り戻せる。必ず取り戻せる。そんな妙な魚なんかいないからこそよけいに、全部を挽回出来る。出来ると思った。

慎一は釣りをやめた。伯母を弔うために波戸の内側に沈めた針を、わざわざ拾い上げて、それまでにない大物を狙うのは、もう少し先のことだ。

またか？　しんみりした調子のあとが俺の出番で大丈夫か。

「なんだよ、この話の先行きを一応心配してくれてるのか。それはそれでありがたいけどな、大丈夫か大丈夫じゃないかはお前に判断してもらわなくてもいい。そっちの都合がどうだろうが、俺が動かしたいように動かす。誰がどこでどんな目に遭うかに、俺はほとんど興味がない。現に、お前にはこれから、とんでもない経験をしてもらう。」

深海で安穏にくたばりたいんだがなあ。

「この話はお前がいなければ成立しない。同時に、俺がこの話を書いていなければお前は存在しない。一つはっきりしてるのは、初めから何もなければよかったのに、という点だ。俺が何も書かなければお前はそもそも生れてこなかった。お前が存在しないんだから、もともとこの話じたいが存在しないことになって、この話が存在しないということは、お前はそもそも生れずに……」

だってさ、俺はここにこうして、深海なのか話の中なのか知らないが、とりあえず立派に存在してる。それを仮にも、存在しないことになるなんて、はっきり言うのはあんまりじゃないか。

「人間の言うことはもっと冷静に聞くもんだ。いいか、もともと存在しないっていうのはたとえ話だ。いまこうして曲りなりにも存在してるお前が、深海か海峡かどこかで死骸になって蟹とか魚の餌になるのと、もともと存在しなくてくたばることもないのとは、全然違う。それは実際の世界だろうが虚構の世界だろうが変らない。」

なんだ、そうなのか。脅さないでくれ。

「その代り安穏とは行かないぞ。」

人間が勝手に書く、わけの分らない話の中にいて、空を飛ばされたり茶碗に押し込められたり蚊みたいに小さく唸ったり、さんざんこき使われて、殺されるわけか。

「悪いな。」

思ってないだろ。

「分ってるなら言うなよ。」

確認なんだけど、俺だって、俺という存在であるからには、何もしないでただ成行きに従うっていう気にはなれない。抵抗は、させてもらう。というか、抵抗そのものも、そっちの作る話の範囲内というわけか。

「その筈だけど、これぱっかりは話が進んでみないと、どういう結末になるか分らない。書き手である俺の掌の中に全てがあるとしても、俺が自分の掌の大きさや形、どこにどんな膨らみや皺《しわ》があるかを、完全に把握しているとは限らない。他人の掌を自分のだと思い込んでる可能性だってあるし、いま見えてる掌も表面を皮膚に覆われてて、肉も骨も血も、俺の目にはまだ見えていない。そんなの、本物の掌を見ていることにはならない。」

俺には掌なんていう小難しいものはないよ。

「小難しい、か。俺の掌にはあの頃、どんな皺があって、どんな皺がなかったのかな。」

皺じゃなくて、傷なんじゃないか？

「皺だよ。掌に傷があるなんて、磔《はりつけ》にされて掌に釘を打ち込まれた罪人くらいだ。そういう特別な傷を負った誰かがいてくれれば、俺もお前も救われるのかもしれない。あの土地の人間に傷があるとすれば、掌じゃなく、額だ。ほら、話の中に戻って、道案内、頼むよ。」

まずは貴様が動いてくれないと、俺の出番もない。


あの夏のことを、慎一はよく覚えている。忘れようにも忘れ方が分らない。というより、慎一にとっても世界にとっても、夏と呼べるのはあの夏しかなかったのだ。慎一たちが、三人ではなく四人でいられた夏は、あれが最初で最後だった。

いや、あれは、四人一緒だったことになるのだろうか。ともに過したにしては、短い時間だった。なのに何もかもが、いつまでも続いてゆきそうだった。時間という小さな箱の中にいて、外の世界はなくなって、過去でも未来でもなく、いましかなかった。

いまだけではない時間などあるだろうか。連綿と続く？　続かない。続くわけがない。続かなかった。

どんなに巧妙な、悪質な嘘でも、ついてみなければ嘘にならないように、どんなに短い時間にも始まりはある。

嘘みたいな始まり方。高校生になった年の夏。七月の授業中。突然、臨時の校内放送のチャイム。一年二組、田所慎一、至急、職員室まで。

瞬間、怪訝《けげん》な顔になった教師が、ざわめく教室内を静めながら、早く行くよう促すので、わけも分らないまま、誰もいない廊下、階段、踊り場。

会うのは初めてだが、間違いない。父にそっくりの目鼻。

——お、早かったな。

慎一の肩に手を回して階段を下りながら古坂山知鶴男は、面倒臭そうに、しかも素早く説明してみせる。無理やり東京から連れ戻され、いまは家でブラブラしている。親父には毎日説教を喰らっている。ここまで来てわざわざ呼び出したくらいだから、お前が誰で、自分がどういう生れか知っている。親父が教えてくれた。今日、自分がここへ来ているのは真実を知った証拠だ。知らない方がいいこと。親父にとっても息子に知らせたくないこと。知られたくないこと。どうしてそれをわざわざ教えたか。あとで話す。

——ん？　呼び出しの校内放送でびっくりした？　そんなもん、あったか？

たったいま、呼び出した、と言ったじゃないかと口に出そうとし、あった放送をなかったように、なかった筈のものをあったように装うのも、この土地の全部をどのようにでも出来る古坂山お得意の力であるらしい、とこの時は一応、納得した。

上履きから靴に履き替えるように命じ、

——心配すんなって、今日のことに、親父は関係がない。ほんとはうんざりするくらい関係あるんだけど、とりあえず、大丈夫。お前に、身の危険はない。

高校には通っていないというだけあって、学生服ではなく、ネクタイはしていないものの会社員のような紺の上下にカッターシャツ。汗ひとつかいていない。

白く暑い無人の校庭を斜めに突っ切る。どこかで、小さな子どもが泣き叫んでいる。

――親が、あいつに襲われたんだな。

意味が分らず、でも足は止められず、歩きながら振り向く。灰色に固められた校舎。墓石、と連想する。つまらないたとえだと思う。いったい何をやっている、何をされている、どこへ連れてゆかれる、という気持は、全部校庭に放ったらかしてゆく。

蟬、桜の木の緑、濃い影、汗、止ってしまったに違いない時間。まるで、水の中にでもいるようだ。

なのに、起っていることが自然だと感じられる。不思議なことが起る傍から、なんの不思議もなくなってゆく。

門の外に停められた黒くて大きな車の後部座席にいる制服姿の朱音と朱里を見て、ああ、なんだ、どこに行ったかと思ったらこんなところに、と納得する。

二人が窮屈がるので助手席に納まり、しかし運転席に着いた知鶴男にはさすがに驚くが、

――俺の話、聞いてたか。心配すんなって言っただろ。

心配するな、と言いたいためだけに運転しようとしているようだ。うしろの二人はにやにやしている。どうやら本当に、大丈夫なのだ。水の中の生き物のように柔らかく、ゆっくり

と笑った知鶴男が、車を実際に出したあとも、慎一は無免許運転の車に乗っている不安や、姉妹がなぜここにいるのかより、このどうしようもなく柔らかな笑顔は、いつか伯母が母から聞いたという、どれを見ても女の人と写っている父の顔そのものなのだと意識する。逃れようのない自分のその意識を、父の顔で当然だ、逃れられなくて当然だ、と改めて言い聞かせるでもなく、受け入れている。するとさらに意識が自然と、おかしな方へおかしな方へと進んでゆく。

どうやらいま、父が運転する車に乗っている。父と車で出かけるのは初めてだ。幼い頃に経験しているのだろうけれど記憶にはない。母は、今日は一緒じゃないらしい……

どうしても父にしか思えない知鶴男の運転は、異様なほど滑らかで安定している。滞りがない。慣れている、という感じとは違い、慎重でありながら迷いはないように見える。

——お金は?

うしろから朱音。朱里だったかもしれない。

——なんの?

慎一がそう訊き返すと、三人同時の大笑いが起り、笑える話はもう十分だというように知鶴男が、

——誰の前で、金の心配してんだよ、なあ。

なあ、になんとなく頷きはしたものの、何が、なあ、なのかよく分からないし、分からなければならないとも感じない。

暫くは住宅街の細い道を、運河の小舟のように滑ってゆく。学校からそう離れてもいないのに、見たことのない家並。大きな家が多いが、朱音、朱里のあの家ほどではなく、せせこましく建て込んでいて、道路を走っているというより、建物の方が車をよけてくれたところをぎりぎりですり抜けてゆくようだ。ようだというより、きっとその通りだ。でなければどこかにぶつかっているだろう。

家並が途切れ、周りを夏草に覆われた、細い道。かろうじて舗装路だが、このあたりにこんな草むらがあったのもやはり慎一は知らなかった。だんだんと雑木になり、差し出された枝葉が上空を塞ぐほどの深い木立。うしろを確めると、朱音と朱里はさっきからずっとそうであるのか、にやにやしていて、その向うには、下草の間に、いま来た道が延びている。何分か前まで住宅街にいたとは信じられない。通過してうしろに延びてゆくのに、そうやってうしろへうしろへ続く道こそが自分の進むべき方向だったかもしれないが、停めてもらって、降りて、歩いて帰ろうとまでは思わない。もしうしろが行先なのだとしたら、いま向っている場所こそが、帰るべき地点になりそうだ。なのに、そこにはまだ行ったことがない。慎一は思い出したように、ではなくさっきの会話の続きで、

——金が、必要やったっけ？

うしろの二人が、当り前でしょう、みたいなことをぶつぶつ言うのを打ち破って、

——これからどこまで走るのかは分らない。逃避行と言うべきか、それともすごく穏やかな誘拐か、どっちにしても金が必要だけど、でもその金の心配なんかいらない。俺たちを誰

だと思ってる、なあ。

またしても、なあ、だ。俺たち、というのは男二人を差すだけでなく、血がつながっているようでいないうしろの二人を含んでいるのだろう。四人は、つながるところでしっかりと血がつながっていて、思わぬところでつながりが切れ、つながっていない血によって親が同じであったり、父親が二人いたりする。つながっているにしては関係が希薄で、つながっていないとは考えられないほど近く感じられもする。

意外にも、朱音、朱里と知鶴男は、本の部屋でこれまで何度か会っているらしい。

——俺はここの生れだけど東京暮しだから、本を読むと安心するんだ。

慎一には意味が分らないが、うしろの二人はまだ笑っている。

——ここの人間たちの変な言葉が俺はいやだ。嫌いだ。小さかった頃には喋ってた筈なのにな。初めは、親父の言葉だけが変なんだって勘違いしてたけど、みんな同じ言い方をしてるってすぐに分った。なんでそんな言葉なんだろうって単純に不思議。だから、人と話すより、本に書いてあるまともな言葉を読む方がいい。ここの人間たちの喋る言葉に、俺は耐えられない。グチャグチャでガシャガシャで、我慢出来ない。俺たちの身に起ってる面倒なあれやこれやは、全部ここの言葉のせいなんじゃないかって思えるくらいだよ。もし、東京で使われたり本に書かれたりしてるのと同じ言葉遣いだったら、俺たちはこんな風にならずにすんでたんじゃないか。偏見か？　差別か？　差別されてるとしたら俺の方だ。だから、こんなことになってしまった。

こんなこと、がどんなことなのかは話さず、慎一よりずっとあの部屋に詳しいと言わんばかりにまくしたてた。慎一がまだ手を出していない難しい小説をいくつも制覇していた。

――外国の小説の方がいい。つまりさ、もともとは日本語じゃない。それをわざわざ翻訳してるもんだから、なんか、不自然な感じで、俺はたぶんそこが好きなんだ。東京でもここでも、どこの日本人でも喋らない日本語。誰も交さない、誰に向っても言う必要のない、本の中だけの言葉だ。

なんでそんな難しいことを考えながら本が読めるのだろう。

――喋ることとじたいがいやなんか。

言ったあとで、まずかったと気づいた。謝るのも怖くて黙った。無言を面白がってか、知鶴男はふんと一つ、軽く笑って、

――本音を言えば、東京だろうがここだろうが、口をききたくない。俺がいくら喋っても、誰もまともに受け止めようとしない。そうしてるうちに、俺の方も、特に話を聞いてほしいとは思わなくなった。言葉は、紙の上に乗っかってるくらいで丁度いいんだ。

――じゃあ、いま、こうやって話すのも、ほんとは、いやなのか。

知鶴男の喋り方を真似ても不自然には感じない。うしろの二人も、今度は笑わない。知鶴男は答えずに、

――間に合うかな。

――どこに。

――間に合うかって言ってるんだから、どこに、じゃなくて、何時までに、だろ。

――何時までに、どこに……

何時までだったのだろう。どこ、だっただろうか。車のうしろに延びてゆく道を辿ってゆけばよかったのだろうか。

時計を探したが、なかった。周囲はあい変らず不自然なほど豊かな緑だった。姉妹は、眠ってしまったのか静かだった。

誰も時計のありかを教えてくれないので、葉っぱでも数えてみようかと視線を動かす傍から枝は過ぎ去ってゆき、窓を下げて手を伸ばしても、ほんの葉先にさえ触れなかった。車体にも、草も葉もかすりもしていない。この車は絶対に安全だ。車じたいが時計だ。

校庭を突っ切った時は蟬が鳴いていたのに、と思い出したくらいだから、もう鳴いていなかった。だが、蟬が鳴いたり鳴かなかったりするとして、泣き叫んでいた小さな子どもはどうなっただろう。

――あの声、聞いたか。

うしろに言ってみたが、二人とも答えなかった。

――間に合わなかったかな。

知鶴男が呟く。

慎一ははっとして、自分こそわずかな時間、眠っていたかと驚いたが、視界が開けたのは、海だった。左手に広がっている。対岸は見えない。海峡ではなく、響灘《ひびきなだ》に沿って北へ向っているらしい。右手には、壁のような樹木の緑。

――あそこだよ、あそこにお前たちを連れてってやる。

指差しているのは水平線らしかった。線の向うに、行くというのだろうか。

――お前たちが行きたいって言っただろ。

朱音が、

――行けるんやろ。もう戻ってこんでええんやろ。ほやけど、間に合うかねえ。

だからいったい何に、何時に間に合うようにだよ、と言おうとして、声は出なかった。いまさら、このドライブが怖くなってきた。進路を変えるつもりで助手席からハンドルに手を伸ばそうとする。知鶴男は慌てることなく見事な技術で、決して邪魔する慎一をよけようとするのではなく、ごく柔らかな手つきのまま、海岸線に連続する穏やかなカーブを黙らせ、置き去りにする。慎一の体も知鶴男の腕の動きに合せて揺れる。うねった道路がそうさせているのに、まるで知鶴男の手が道をカーブさせてゆくかのようだ。

――読んだか、あの部屋にはそういう小説があるんだ。夕日を追いかけて、地球の自転の速さを追い越して走ってゆけば、太陽が西の空から昇ってくるって話。

うちらもおんなじことしよるん？　とうしろのどちらかが言う。太陽はまだ真昼の位置で、水平線に届くにはかなり時間がありそうだ。

――太陽の先回りをしてやるんだ。絶対、夕日にはさせない。

――あっ。

叫んだのがどちらなのか分らなかった。振り向くと、姉妹とも沖を見つめている。

あの怪物の体が波間に見え隠れしている。知鶴男は速度を上げながら焦《じ》れた声で、

――くっそ。太陽を待ち伏せしてる場合じゃない。このままじゃ、追いつかれる。

――あれ、なんなん？

あれがいったいなんなのか、これまで目にしてきた慎一にも分らない。

――あいつだ。全部あいつが原因だ。俺たちが、きょうだいみたいな、きょうだいじゃないみたいな境遇なのは、覚えとけ、全部あいつから出たことなんだ。

――それ、どういう意味なんか。

答える代りに知鶴男が一段と大きくハンドルを切ったので、それに合せて道路も、仕方なさそうにぐんにゃりと曲ってみせ、ハンドルを戻したと思うと、さっきまでの右手の緑が消え、車は海の真ん中の、いまにも沈みそうな低く細い道を走っている。皿のような鱗を光らせ、ぶ厚い目蓋に囲まれた目玉の怪物が、車に寄り添う素振りで追ってくる。

――あいつがおるけえ、俺らが生れてきたんやないんか。

そうそう、とうしろの二人。

――女は黙ってろ。みんなあいつが仕組んだ。親父がやったこと。親父の前から古坂山がやってきたこと。古坂山の、男がやってきたこと。俺たちが生れてきて生きてること。生きてさえいればいいのか？　生きてることは無条件で素晴しいか？　そう思えれば、どれだけ

いいか。でもさ、生れてきたことそのものに抵抗したっていいじゃないか。自分で自分を足蹴にしてやるんだよ。そうすれば親父を、親父みたいな男たちを否定してやれるんだ。俺にとってはうんざりの妙な言葉を喋るこの土地の、男たちがやってきた好き勝手を、俺たちの血で洗い流すんじゃないか。

福子が照一に何をされたかまで知鶴男は知っていそうだ。誰から聞いたのだろう。いや、知らない方がよくてそれでも知っておくべきことは、わざわざ誰かの口を通さなくても、いやでも耳に入る筈だ。そんな大事なことを、他のどんな方法で知るというのだ。

――血ィ、流さんといけんのか。

――流したくなかったけど、生れてきてしまった以上、もう遅い。

14

――生れてきてしまったって、変なこと言うなあ。

だが慎一自身にも、生れてきてしまったと口にした知鶴男の何がどう変なのか、はっきり認識出来てはいない。認識といえば、知鶴男の名をどうやって知ったのだったか。

――落ちとったんやない？　と朱音が言い、

――落ちとった落ちとった、と朱里が言う。

落ちていた、というのが知鶴男の名を差しているかどうかは怪しい。慎一自身はたぶん、名前を落した経験なんかない。

ない、と思っているのに、車のうしろを見る。通ってきた海原の中の道が、ずっと先まで延びている。海は道端まで迫って、不思議と乗り上げてはこず、まるで完全な内陸を走っているようにさえ感じられる。触れ合っている海と陸は、なんの関係もない。遠くには、さっき確かに通ってきた緑の壁が続いている。海ではなく、山の中の湖だったらどうしよう。帰り道は分っているのだろうか。知鶴男に訊いてみようとするが、潮風で喉が塞がれている。なんだ、やっぱりただの海なんじゃないか。しかし、そうだとすると、海が道にまでは上がってこないにしても、車が潮気に当って錆びてしまわないだろうか。そんな話を、いつか聞いた。伯母が言っていたのだった。使ったあとのリールや竿は真水でよく洗うからかえって心配はない。問題は電化製品だ。海に浸したわけでもなく、釣道具と間違えて海岸に持ち出したわけでもないのに、錆びるのが早い。しかしこればっかりは水をかけて塩分を洗い流すわけにもゆかない。車なら水は平気だが、それでも洗った傍から見る見る錆びてゆくそうだ。このへんを走ってる車をよく見てみなさい。茶色く染まってゆくのが分るから。音を立てて錆びてゆくから。

カワハギに餌をかじり取られた丸裸の針は、海の中で、いつまでも銀色に光ってはいられない。錆び切って粉々になってしまうまで、どのくらい時間がかかるのだろう。浮いてきた錆を餌と間違えて食いつく魚が、きっといる。

この車だって、走りながら錆びてゆく。

――だから、俺を誰だと思ってるんだって。太陽に追いつくんだぞ。錆に追いつかれるわけがない。

――太陽が錆びとったらどうするんか。あんだけ燃えとったら、錆びとるかもしれんやろうが。

おかしなことを言っている自覚はあるが、おかしなことを言うのがおかしなことだとは思わない。

怪物が、車の右側を泳いでいたかと思うと、道の下を潜り抜けて左側を、体をうねらせてついてくる。ずいぶん鈍い動きに見えるのに遅れない。車の方が怪物についてゆくのか。

――全部があいつのせいって言いよったけどほんとか。反対なんやないんか。俺らのせいであいつが……

――それがいけないんだ。それがいけないんだよ。なんであいつに気を遣わなきゃならない。あんなのがいるから全部めちゃくちゃなんだ。島は動くし、俺は戻りたくもなかったこっちに呼び戻されて、親父の言いなりだ。殺せ、いいか、もうお前しかいない。殺すんだ。

――殺さんと、こっちが殺されるんか。

――違う。お前が殺されるかどうかなんてどうでもいい。自分の命なんか構うな。じゃないと殺せるものも殺せなくなる。ああ、駄目だ、夕焼だ。お前の言う通り錆びてきたらしい。せめて、錆を落さなきゃ。

——そんなことせんでも、太陽に追いつけばええだけなんやないんか。

——あ、言われてみれば。お前、頭いいじゃん。

さっきそっちが言ったんじゃないか、と口に出そうとしたが、車の速度が急に上がり、黙った。怪物はいまや、下を潜り抜けるだけでは足りないとばかり、車の前に延びる道路に巻きつきながら、やはり先導しているつもりのようだ。速度が増したのも、どうやらそのためらしい。知鶴男は頬を強張らせたまま、自分が握るハンドルに自分で翻弄されている。運転させられている。

——引き返した方がええんやないか。

——だから、やってるじゃないか。俺はこんなに、ずっとずっと引き返してる。

——どこに引き返すんか。

——どこかに辿り着いたら教えてくれ。

——いつ着くんか。

——着かない。太陽の動きを止めない限りは。

言い切った知鶴男の声に驚いた怪物が、身を巻きつけていた道を離れて海中へ消え、車が停る。知鶴男はまだアクセルを踏み続け、ハンドルにしがみついている。

なのに、全部が静止していた。海面も、細かい波の棘が立ったまま動かない。振り向くと、朱音と朱里は上半身を重ね合せて眠っている姿勢だが、顔を互いの肩のあたりにくっつけているので表情はよく分からない。動こうとしない世界を恐れて、姉妹で姉妹の体の中に逃げ込もうとしているのだ。確かに、海でさえ、凍っているよりまだ硬そうだから、避難先といったら身近な人間の体の中くらいかもしれない。自分が隠れるとしたら……隣の知鶴男は前を向いたままだ。

だが、太陽が真上にあると気づく。追いついたのだ。真昼にしては色が変だ。赤黒い。暗い。錆だ。錆に覆われている。遠くで沈んでゆくから赤かったのではない、もとから錆びついていたのだ。剝がれ落ちた太陽の表面、燃えさかる形のまま固まった炎が降ってくる。海の方も止っているので炎は消えず、波の上に重ねられてゆくばかりだ。

——俺たち、間に合ったみたいだな。

間に合ったからどうだっていうんだ。道はまだ先へ先へ続いてるじゃないか。早く太陽を追い越してしまおう。太陽……こんな面倒なもののない世界はどこだ。それに、あいつを殺さなきゃならないんだろう。あの怪物を。

そう言おうとしているのに声が出ない。言っているつもりなのに、自分の言葉に自分の声が追いついてこない。いつかの感覚に似ている。ひょっとすると、そうなのかな。そうじゃないかとさっきから薄々感じてはいたけど、やっぱりそうなんだな。薄々感じたのはさっきからではなくたったいまだし、本当はもう何日も前から気がついていたらしい。いつかの感覚は、いまの感覚だ。真っすぐ前を向いた知鶴男は、まるでそっちに愼一がいるみたいに、

——いいか、殺されるんじゃないぞ、殺すんだ。間違えやすいから気をつけろ。

お前が殺せばいいじゃないか、と言ったつもりがやっぱり駄目だ。知鶴男は愼一の事情に

詳しいらしく、

――力の無駄遣いはするな。出る時が来れば、またそのうち声は出る。

硬く閉ざされていた海を突き破って躍り上がった怪物が、もう少しで太陽に嚙みつきそうになる。だが、錆びているとはいえずいぶんと高いところにあって、いくら怪物でも届きそうにない。その距離こそが、何よりも慎一は怖かった。

今度は知鶴男が眠ったのだろうか、またそのうち声は出る、のあと、黙ったままだ。朱音も動かない。

朱里だけが、恐ろしい目で笑った。


体が揺さぶられ、目の前に母の顔。自宅の蒲団の中。蟬の鳴く早朝。

大声を上げたらしい。

――何、言うた？　誰か、人の名前、言わんかった？

――言うも言わんも、わーって叫びよったんよ。名前って、誰の。夢に出てきたんかね。

知鶴男たちの名前ならまだいいが、伯母の秘密を口走らなかっただろうかと不安だった。

――支度しなさい。制服、着なさい。学校やないけどね。

母の言葉の意味が分らなかった。

着替えをすませた慎一を、まるで息子が初めて制服を着たように隅々まで、母は長いこと見ていた。

――あんた、福子伯母ちゃんから聞いて知っちょるやろうけど。

慎一は、こうして知鶴男の葬儀の朝に母が告げるまで、伯母が、古坂山源伊知の息子なのだと自分に教えた、ということを母にも伝えていたのだとは知らなかった。知らなかったことにいまさら驚いた。だが思い出してみれば、お互い口に出して言わないものの、どうやら相手はそれを知っているらしいと、慎一も、たぶん母も、どこかで勘づいてはいたようだ。

――うちの、ほんとの息子の葬式なそいから、変なんよ、全然悲しゅうない。いいや、変やないんかもしれん。これが当り前じゃろういね。たぶんそうじゃわ。ほじゃけど一応血がつながっちょるんじゃけえ、行かあにゃいけんわ。

――なんで僕まで行かんといけんの。

制服を着る前にどうして訊かなかったのかと、どうでもいいことを考えた。

――源伊知が、そうせえって言いよるらしい。

――そうせえ……

――息子の葬式に、息子本人が参列せんでええことがあるかって。

――……ほんで、その、古坂山の息子は、なんで、死んだん?

寺へ行くタクシーの後部座席で、知鶴男という名前を母から教えられ、その男が運転する車に乗っていたのはやはり夢だったかと、改めて確認する。

うしろの座席には、朱音と朱里がいた。学校で呼び出しの校内放送があった時から、もう夢だった。蟬の声、車、緑の壁、海峡とは違う広い海、細い一本道、怪物、錆びている太陽。

錆びた表面が剝がれ、剝がれ続け、核の部分までが完全に崩れ落ちてなくなってしまう。いつか来るその滅亡まで、夢でしかない。

だが、広い無人の校庭を斜めに通り過ぎたのは、確かにこの現実の世界、ではなかったのだろうか。知鶴男が運転する車に乗った。記憶に残っている。では、それはいつだ。きのうか、もっと何日も前だったか。あるいは、いま？　いま、あの時の車に乗っている。いまこそが、あの時、でもおかしくはない。現実としか思えない夢。夢の真似をする現実。

「その二つは結局、そんなに違わなかったのかな。」

「お姉ちゃんと私は絶対そんな車に乗ってない。生きてるあいつの顔を見たこともない。」

「太陽は錆びてるかな。」

「前にも言ったけどそんな、星なんていう大きいばっかりで誰も幸せにしないもののことなんかどうでもいい。夕焼だとか錆びてるだとか、クソほどどうでもいい。それから、ここにあなたが書いてきたことも。海峡だとか怪物だとか流れる島だとか、あー、ほんっとどうでもいいこんな話。どうでもよくなかった事実を、早く書いて、終らせてくれない？」

「もちょっといろいろ書くつもりだったけど、そうだな、残り時間も少なくなってきたことだし。」

――あれ、見える？

窓の外を、例によってついてくる珍しくもない怪物を、慎一は指差す。

――何がかね、は、なんのことかね。

茶碗の中のあれを見た頃はまだよかった、戻りたくはないがいまよりはよほどましだったと、慎一は一人で思う。

「それは、一人で、でしょうね。なんにも知らなかった頃の方がよかったなんて、何をどう間違ったたって私は絶対に思わない。」


渋滞がいつ頃、どこでどのようにして始まったのか、るり子にも慎一にも、この土地に長く勤務するドライバーにさえ、おそらくは分っていなかった。幹線道路を走っている時から速度が落ちていると慎一も感じていたが、それでも車列はまだどうにか流れていて、海の中や夢の中と勘違いしてあい変らずついてくる自分にしか見えないらしい怪物も、いつも通りの異様な存在、という性質を出るものではなかった。だいたい、こんな小さな地方都市の渋滞などたかが知れている筈だ。というより、この街で大規模な渋滞など見たことも聞いたこともない。ほんのわずかな車の連なりを、職業柄、感覚で察知したらしいドライバーも、初めのうちは無線で営業所と連絡を取りながら、空いている道を選んで走っているらしかったが、そのうち、

――おかしいのう、変やのう……まあ、仕方がない、仕方がないか。こういう時じゃけのう。

どの道へ出ても、街じゅうでいやがらせをし合ってでもいるみたいに車が並んでいて、寺へ行くにはそこを通るのが一番近い県道へ出た時には、もはや歩いた方が早いのではないか

というほど混んでいた。

――降りようか、どうしようか。

母が呟くと、

――いいや、奥さん、古坂山のお弔いでしょう。ほじゃったら、仕方がないわあね。車じゃろうが歩きじゃろうが、混んじょるもんは混んじょりますいね。仕方がないですいね。古坂山のことですけえ……

こっちが夢なのではないか、と思いかけていた慎一は、このドライバーの、仕方がない、によって思い出す。というより頭を押えつけられる感覚で強烈に、しかも自然に意識する。

「正確には、意識させられる、でしょう。」

この街では何もかもが、仕方がない、仕方がない、なのだ。夢であるか現実であるかは仕方なさの結果でしかない。渋滞は、順調に、厚ぼったく街を塞ごうとしている。母はそれでもまだ、ドライバーと降りるか降りないかの問答をしながら、女ものの小さな腕時計に目を落している。車から降りようが降りまいが、夢だろうが現実だろうが、この街は、時間までも古坂山の手の内に納まっているのだと、知っている筈なのに。

緑の壁の際や海原の細い道を走る実の息子のハンドル捌きを知らない母は、ドライバーの手に、お釣りはええですから、と札を捻じ込んでおいてから、

――早う降りなさい。遅れたら恰好がつかん。

二人で、いまや巨大な駐車場と化した道を歩いてゆきながら、

――どうしても、僕も行かんといけん？　母さん一人じゃいけんの？

――あんた、冷たいんじゃね。

――ほやけど、僕が行かんといけん理由は……

――まあ、あんたからすりゃあそうじゃろう。ほじゃけど、こう言うたらなんじゃけど、うちの実の子ォで、しかも古坂山の息子いうことはよ、血はつながっちょらんにしろ、よう考えたらあんたの兄弟いうことになろうがね。

――いいや、よう考えたら兄弟でもなんでもないと思う。母さん、そういうんが、そういう考えなんがようないんやと僕は思う。福子伯母ちゃんのこととか、今度死んだっちゅう母さんのほんとの息子のこととか、なんか、もう、わけが分らんけど、ほやけどこれだけは言える。古坂山じゃけえ仕方ないとか、僕とそいつが兄弟とか、母さんがほんとに産んだ子じゃけえ葬式に行かんといけんとか、そねえなんがようないんやと思う。

――あんた、何をそねえに……

――腹を痛めた実の子かなんか知らんけど、母さん、もし僕が今日死んじょったら、どっちの葬式に行った？　腹ァ痛めたいうんがそねえに価値のあることなんか？　そねえに偉いんか？　お父さんを火葬しよる間に本当のこと聞かされるまで、僕を自分が産んだ子じゃと思うとって、人から違うって言われりゃあ狂うたように蒲団叩きで叩いた。産んだか産んでないかがそねえに大事なら僕を殺して死んだ息子を生き返らせりゃええ。そねえなこと出来るわけないとは言わさん。出来んでもやりゃあええやろ。やってみたら出来るかもしれんやろ。どうしてもどうしても産んだことが大事で、どうしてもどうしても生き返らせるんが無理なら、もういっぺん産みゃあええ。そしたら今度は僕が、ほんとの息子として生れてくるかもしれん。そんなん、もう僕とは言えんけど。

うしろから押されてよろめき、体を立て直そうとするところをまた押されて、押され続けて、そのまま膝を突くが、うしろからさらに押してくる人の流れを今度は利用して、流れに乗って、立ち上がる。渋滞で動かなくなった無数の車から出てきて寺を目差す人たちは、車列の間に流れ込んで広がり、もう母の姿が見えない。喪服ばかりが先を争っている。引き返そうにも次々に人が流れてくるので、押されて歩き続けるしかない。果してどこへ向っているか、そっちに何があるか、分ったものではない。寺？　葬儀？　人の流れから抜け出せないので顔だけ、空へ向けてみると、空以外のもの。

青白いあの怪物が悠然と浮んでいる。巨大な鯉のぼりに見える。じっと動かないようでいながら、見えない川の、上流に頭を常に向けて泳ぎ続けているといった風だ。よく見ると、周りに何か小さなものが群がっている。怪物と同じ形をした――

おい、間違えてもらっちゃ困る。俺は卵も子どもも産んでない。母親をがっついた時みたいに俺を食う我が子なんか、一匹もいないぞ。

「そう言われればそうだけど、細かいことは気にするなって。こうでもしないと話が前に進まない。」

進むも何も、車が渋滞してるじゃないか。だいたいがだ、子どもを産んだか産んでないかの違いは、細かいことなんかじゃない。俺にとっては食うか食われるかの大問題だ。

「母親をがっついたと言ったが、あれは本当にお前の、お前たちの産みの母だったのか。」

なんだって。全然関係のない、アカの他人だったとでもいうのか。

「訊き方を間違えた。お前は母親を食ってしまったことを柄にもなく気に病んでるみたいだが、誰が誰を産んだか、誰を産まなかったか、誰から生れたか、生れなかったか、それがそんなに大事か？」

怪物、畜生であれば親子の血縁なんかどうでもいいとでも？ 誰が誰から生れたかばかりを執念深く調べ上げる習性の生き物ならではの言い種だな。我が子でもないそんな小さなやつらに食われるのはごめんだ。ほらほら、どうだ、簡単に振り切ってみせてやるぜ。

――逃がすな。言っただろ、殺せって。

知鶴男の声が響くが、いまのところ殺し方も分らない慎一は、体の周囲に群がった小さな生き物たちを身を捩《よじ》って振り払いながら泳ぎ回る怪物を、その蠢く天体を、人の流れに押されながら眺めるしかなかった。

――あいつを殺せないんなら、もっとひどい殺しをやらなきゃならないぞ。覚悟はあるか？

あの怪物の代りに、誰を殺せっていうんか、と訊き返そうとして、声が出なくなるが、喋りたくても喋れないのは夢だからではない。腕を強く引っ張られたからだ。

——あんた、なんしよるんかね。空、ぼけーっと見上げてから。しゃんとしなさい。はぐれんようにしなさい。

「俺は空を眺めてるうちに母に捕まった。はぐれ損なったわけだ。空を飛んでたあいつのせいだ。あんなのが空にいなければ、母と本格的にはぐれられた筈だ。知鶴男の葬式だけじゃない、申し訳ないが朱音や朱里からも、この街からも、それだけじゃなくて、いっそ自分自身のこの面倒な人生からもはぐれて、何もかもから綺麗に逃れられたのになって、いまになってやっと思う。正直、死んだ知鶴男が羨ましかったよ。分ってるって、死んだんじゃなくて、殺された、だよな。」

「いまになってやっとっていうのは、こうして喋ってるいまのことでしょ。だったら、逃げおおせたことになるんじゃない？　小説って、攻撃しながら書くもの？　強い男が拳を振り回しながら？　そうすればいつか、小説なんか書かなくてすむようになる……確かに、男の理屈で言えばそうかもしれない。男なら言葉なんか捨てて拳だけを頼るべきだ、なのかもしれない。もっともらしい繊細な手つきで、周到に、緻密に、一点の非の打ちどころもない小説を工程表通りに順調に仕上げてみせるのなんてやめて、言葉をかなぐり捨てて、武器を取って、世界中の言葉っていう言葉を片っ端から叩き壊す方が、男らしくて、時代遅れで、不器用で、つまりは男の美学ってことで、それで死んじゃえばなおさら、恰好いいってことになる。」

「いまのところ死んではいないけど、でも……」

「そう、分らない。私たちがほんとに生きてることになるのかどうかなんて。」

「少なくとも生きてるふりだけは、必死でしてきただろ。力いっぱい生きるのなんて無理だし、そうするのがどれだけ正しい道だって言われてもごめんだ。だけど、生きてるふりならいくらでもしてみせる。骨と肉と古坂山の血で出来てるこの生きた体を出し抜いて、といっても勿論、肉体じゃなく魂が大事だ、なんていう高尚な話じゃなくて、生きてるふりした小説くらいはなんとか手練手管で……でも、生きてるふりは出来るとして、死んだふりはどうなんだ。」

「死んだという事実に関しては、誰も、ふりなんてしてない。あいつも、それからあいつも、怪物も、殺されたでしょう。」

「おっと、そこであいつやあいつと、怪物を、並べちゃっていいのか。」


喪服の流れが寺への階段を、まるで下ってゆくように途切れずに上っていった。この時点でも慎一は、果して本当に寺へつながっているのか、だとしてそこで実際に知鶴男の葬儀が行われているのかどうか、疑っていた。あれが全部夢の中の出来事だったとは、どうしても信じられなかったからだ。葬儀というからには、ゆうべのうちに通夜はすんだのだろうか。

――それは、そういうことらしいわ。

――そういう、ことって？

――人に見せとうない、いうような、ことらしいわ。もうお骨に、した、らしいわ。

それ以上何を訊いても母が答えようとしないのが、息切れのためではないのがよく分った。実の息子、というより息子の骨に向って上ってゆく母に、慎一は従った。平地でさえ流れに逆らえはしないのだから、階段を湧き上がってくる人波はなおさらだった。波に乗せられ、運び上げられてゆく。男ばかりだった。

「男ばかりいるところに、女性であるるり子さんが行く必要なんかなかった。」

「実の息子が殺されたのであっても？」

「誰が誰を産んだか産まなかったかがそんなに大事かって、私の台詞盗んで説教垂れたじゃない、別にそのくらい盗んだって構わないけど。あの事件は実の父が実の息子を殺したんであってそこにるり子さんは直接関わってはいない。知鶴男を産んだ人、というだけのこと。腹、痛めて産んだのがそんなに偉いのかって、あなたがるり子さんに言った通り。殺された人間が、たまたま自分の産んだ人間であったというだけのこと。我が子として愛情を感じて育ててきたのでもなんでもない。その人間と血がつながっているっていう情報によって、親子関係をあとから認識したに過ぎない。愛情を感じたことのない実の息子の知鶴男と、実の子だって錯覚させられていたとはいえとりあえず五歳までは愛情を持って育ててきたあなたであれば、どっちが大事か、比べなくてもるり子さん自身にだって分ってた筈。ほんとのところ、産みの母であるという理由を周囲から突きつけられて、一秒だって愛情を感じたことのない人間の葬式に、いわば参列させられた、参列する気にさせられたるり子さんは災難。」

「葬式なんてそもそもが、愛情とか悲しみとかで成り立ってるものじゃないだろ。」

「だったら引き返せばよかったのに。」

だが流れに押されながら、上るにしろ無理やり下るにしろ母を置き去りにする気にならなかったのは、どこをどう見渡してみても本当に、参列者の中に母以外の女を見つけることが出来なかったからだ。階段いっぱいに広がった男たちの黒い波が、一人一人は沈黙して、どこか仕方なさそうに歩を進めている。なのに全体は大きな流れの威圧感だった。自分たちの作る人波と、長く急な階段に疲れた男たちは、始末に負えないほど、強力に、あとからあとから湧き上がってくる。

階段の下の道にも、寺へ向う男たちの流れは続いている。いまにも溢れ返り、ばらばらな方角へ崩れて散ってゆきそうなのに、この道以外の地面とか世界とかが消滅した、でなければ外の世界などなくていま見えている光景が世界の全部なのだと、最初から勘違いしているかのようだ。その黒い流れの向うには、渋滞で動けなくなった車が連なり、人影と違って動きがなく、たまたま停車しているというより、二度と走行しない廃車の群に見えるが、遠くへ離れるに従って緩やかに解け、動き、海岸沿いの国道は平常と変らず流れている。あんな風に、人が車を自由に動かせる場所があるのが不思議だった。だが、なんのことはない、そのさらに向うは海峡だ。満潮に達して流れが一旦止ったとしても、やがて、今度は反対方向へ動き出す。流れる、動く、ただそれだけだ。

慎一は母に腕を摑まれたまま、流れに逆らわず上ってゆくしかなかった。ゆくしかなかったから、いまは仕方なく、慎一の方からも母の腕を取り、体を支えてやった。ありがとありがと、母は足許に目を落して、男たちに流されながら言った。

母がそんな風に礼を言うのは珍しかった。自分でも驚くほど慎一は気恥かしくなり、そういえば上にいたあいつはどうなっただろうかと空を見た。

いったい誰のどんな差し金か、分る気もするが、とにかく俺にとっては理不尽極まりないことに空を漂うハメ、だけではすまず、気づけばその時、何十匹もの小さな俺、ではなく俺によく似たチビどもにすっかり取り囲まれてしまっていたのだ。どこからどうやって、いつ頃こいつらがやってきたものなのか、さっぱり思い出せなかった。遥か遠い昔のことのような気もするが、ほんのいましがた現れたからこそ何がなんだか把握出来ないのかもしれない。尾鰭に食いついた一匹を振り払ったと思うと、もう胸鰭に別のやつが食いつく、そいつを投げ飛ばす前にもう次のやつが、という具合できりがない。俺がこいつらくらいだった時に母親を栄養源として食うことが出来たのはなんといったって相手が死んでいた、もしくは死にかけていたからで、いまの俺にとってはこんな小さなやつら、物の数ではない。俺の体のどこにかじりつこうとしても、痛くも痒くもない。だがこうも大勢で来られたのではさすがに煩わしい。鱗に傷一つ負わせることさえ出来る筈もないのに攻撃をやめようとしないところを見ると、あの頃の俺のように空腹に駆られているものらしい。

ということは、こいつらは俺の腹から出てきたのだろうか。しかし、俺と名乗っているくらいだから、俺はまず間違いなく雄なのであり、卵や子どもを産み落す機能など備えている筈もない。当然ながら産んだ記憶もない。となれば、遠い昔に腹をすかせた小さな俺が食らいついたあれも、実の母親ではなかった、という線が出てくる。生れたばかりのやつがとりあえず食い物にありつくのなら、よくよく考えれば何も母親である必要はない。同族でありさえすればいい。あるいは、同じ種族かどうかはそもそも問題ではなく、腹を満たせそうな肉の塊であればなんでもいいのかもしれず、俺の場合はたまたま、母親なのかそうでないのか分らないあの巨体だった、という可能性はある。だがそれだと、いまのこいつらがわざわざ空高くまで俺を追ってきた理由が説明出来ない。食べられそうな肉ならこの世界のあちこちにうようよいるではないか。何がなんでもこの俺でなければ空腹を埋められないわけとなると……

　まとわりつくやつらを振りほどきながら俺はなおも考えを巡らす。本来ならこんな面倒な相手は自慢の速度で引き離してしまえばいいだけなのだが、海の中と違って、逃げようとしても体が言うことを聞かない。こんな小わっぱども相手に、逃げるまでもない、と安心しているからなのかもしれないのだが。

　で、考えを巡らせてみるとだ、俺は大事な何かを忘れてるんじゃないだろうか。こいつらがこうもしつこくつきまとう理由、その原因、きっかけとなった出来事。忘れている、と言ったが正しくは、理由と呼べそうなある要素をしっかりと想像していてその上で、まさかそんなおかしなことあるわけがないので忘れたフリをしている、に過ぎない。

要するに、俺はこいつらを、産んだのではなかろうか。我が種族はやはり、肉の塊であればなんでもいいのではなく、産みの親を最初の食事とするように出来ている、だからこいつらは俺を食おうとするのだ……この考えは確かに、全くばかげている。それでも俺が確かに産んだのだとすると、想像し得るのは、俺は雄である前に雌だった時期があり、産卵を経験し、雄に変化するとともに雌であった頃の記憶をなくしてしまった、という展開だ。現に生き物の中には、雌雄両方の機能を持つものや、途中で性が切り替るものもいる。我が種族もまた、普段は雄だが子孫を残すために一時的に雌となり、産卵が終ると同時に雄に戻り、前の性といまの性を混同しなくてすむように、雌だった頃の記憶をすっかり消してしまっているのではなかろうか。なぜそんな性の切替えが起るのか、これはあくまで推測だが、我々は全体の数に占める雌の割合が少ないのだ。そこで肉体に備わった生命力が苦肉の策として、雄を雌に変える方法を編み出した、という説はどうだろう。俺は俺自身を、何者にも代え難い、また代えられたことのない唯一無二の存在だと認識しているわけだが、そんなものはまさしくただの認識に過ぎない。いまの俺が覚えていない俺、一見すると俺でないような俺というものが、この体に、体そのものの形状を変化させて、宿っていたかもしれない。もう一匹の俺と言うべきか、はたまた全く違う一匹が俺を乗っ取り、卵を産むという大仕事のあとでまたもとの俺が、もとの容れ物としてのこの体に復帰した、と言えばいいか。中身がせわしなく入れ替るのだとしても、脳はただ一つなのだから、もう一匹の俺、または俺ならざる別の一匹の記憶がどこかに残っていたってよさそうだが、これっぽっちも思い出せない。やはり、性の切替えなど空想でしかないのだろうか。

事実がどうあれ、こいつらにはうんざりする。我が子である実感など微塵もない。愛情は感じない。となると、やることは一つ……。


慎一が母の礼を一人で恥かしがっている間に、空に浮んだあの怪物は、周囲を飛び回っていた小さな生き物に襲いかかった。勝負は初めから分っている。次から次へと飲み込んでゆく。だが仲間がやられても、小さなやつらは怯んだり逃げたりの素振りを全く見せず、無謀で、健気《けなげ》で、悲壮な攻撃をくり出して休むことを知らない。一匹が敵の顎にかかって飲み込まれる、その隙を突き、生き残っている数匹でいっせいに尾や胸鰭に噛みつく。いや噛みつこうとするが、哀れ、歯が立たず、次の餌食となり果てる。

そうやって小さな生き物の方は、ついに最後の一匹になり、相手の巨体を嘲るように逃げ回りつつ一矢を報いようと懸命に粘っていたが、さすがに体力がなくなってきたらしく、動きが鈍り、それまでであればすんでのところでかわしていた顎についに捕えられ、丸飲み。

初めからおしまいまで、闘いに音はなかった。あったのかもしれないが、この黒い服の人いきれに紛れてか、聞えなかった。ものの十分も続いてはいなかったようだ。残った怪物は、また宙に真っすぐ悠然と留まっている。まるで、真下の寺の、古坂山の血筋でない古坂山の息子の葬儀が終るのを待ち構えているかのように。

石段を上り切っても隙間はなかった。ここもやはり男ばかりで、母は目立ちそうなものなのに、誰もがこちらを、意識しているのかいないのか、注目されも咎められもしなかった。人の流れは門のところでくびれ、境内へ出ると広がるが、奥へ向っては石段よりもさらに窮屈だった。腕章をつけた下足係が、人も靴も捌いた。

祭壇。喪主である源伊知とその妻、古坂山の親族。焼香。参列者は遺族に言葉をかけるでもなく一礼だけして、無数の後続に場所を譲る。

遺影は、おかしなほどピントが正確で、笑顔だった。直接会ったことは一度もなかったが、ここに写真があり、夢で見たのと同じ顔なのだから、古坂山知鶴男なのだろうと思った。夢と写真だと、どちらが実物に近いことになるのだろうか。

母は遺影の前でも、古坂山夫婦に礼をする時も、動作に滞ったところはなかった。慎一は夫婦の方を見ないようにした。源伊知がこちらを見ている気配は分った。源伊知の妻がこちらへ深く頭を下げ、源伊知は横を向いた。源伊知の妻は全部知っている、こちらが産みの母が誰かを知っていることも知っている、と慎一は思った。

あの青白く光る怪物は、何かを諦めたように海峡へ下りた。

15

明け方、電話の音は夢ではない。母が出たのが意識の隅で分る。もしもし、もしもし、ま

あなんかねえ、朝っぱらからいたずらかねえ、と切ったらしい。と、またすぐ鳴って、母は、今度は何か話してから、

――慎、慎一、慎一、どうしてもあんたと話したい、言いよる。

――誰？

――どっちか分らん、お姉さんか、妹さんか。

朱音の声は震えていたが聞き取れた。

――殺して。絶対にあいつを殺して。

――どうしたんか。家か、家からかけよるんか。

――頼むから、殺して。

朱音の言う「あいつ」は、知鶴男が殺せと言った「あいつ」と同じだろうか。家を出ながらそんなことを考えているのが不思議だった。

早朝のバスはすいていた。いや、果してバスに乗ったのかどうかさえ、あとになって思い出そうとしても、はっきりとは覚えていなかった。朱音、朱里の家まで歩いていった筈はないし、こんな時間帯に乗ったことはないと思いながらバスの窓の外、まとっていたものを剝ぎ取られ中身を暴かれるように朝日を浴びて浮び上がる街並を眺めていた記憶はあるものの、一番よく覚えているのは、姉妹の家に辿り着いて何が起ったかをある程度理解するまでの間、殺せ、殺せ、あいつを殺せ、と頭の中で響き続けていた声だった。知鶴男か朱音なのだろうが、どういうわけか祖父の寿六のようでもあり、間違いなく福子だと感じられる瞬間もあっ

た。複数の人間が同時に言うのではなく、いつも一つの声しか聞えず、細くて消え入りそうだった。殺せ、殺せ、ばかりで他の言葉はなかった。なのに慎一は、一言も聞き漏らすまいとした。いつか、殺せ、以外の言葉が聞えてくるかもしれない、からではなく、殺せの連続にただすがっていた。殺すための朝だった。

玄関の扉は鍵が開いていた。屋内にも朝日は差していた。青白い光を探そうとしている自分に、慎一は驚いた。

かすかな音がする居間を覗くと、母親の睦子がソファーに座り、膝に載せた箱から、ティッシュペーパーを抜き取っては手放し、をくり返していた。慎一は声をかけたつもりだったが、睦子は視線をわずかにずらしただけだった。

島はいま、海岸に近づいているだろうか。

どこかで何かが崩れる音がした。家の中はカーテンが引きちぎられていたり、花瓶が割れていたりした。床に落ちても花の色は鮮《あざや》かだった。花の種類は慎一には分らなかった。それを生けた誰かと花瓶を割った誰かは別人なのだろうと考えた。

またどこかで、子どもが泣き叫んでいる。前に聞いたのは知鶴男と出会ったあの夢の中だったようだが、別の夢だっただろうか。夢の泣き声を覚えていたり、夢ではないところで聞いたりするのは、なんだか気味が悪い。小さな子どもが泣いているとしたら、どんな夢だろう。どうして泣くのか。現実の世界でいやな目に遭った誰かが夢で泣いているのか。いやな体験をしたのは、そんな夢を見ている自分自身だとも言える。夢の中なら闇雲に泣けるだろうか。声を聞いたのは間違いないとして、現実の世界にいて夢の世界からの声が聞えたり、逆に、夢を見ているのに音や声だけは現実世界から聞えてきたり、するものだろうか。だったら花瓶が割れて散らばっていたのも夢ではないのか。この家の中をほとんど意味なく歩き回っているいまこそが夢なのだ。もうじき目覚めるのだ。花の名前だってすぐに思い出せて、なんでこんな簡単なことを夢の中では綺麗に忘れてしまえるのだろうか、と自分で自分がおかしくなるだろう。なんでこんな簡単なことを、なんでこんな簡単な――

音。叩くような、何かが崩れるような。夢も現実もなく、ただ、人の気配。二階へ上りかけていた足が止り、引き返す。

ティッシュの音がまだしている居間とは反対側。床に、染み。黒く見えるがたぶん赤いのが本当。本の部屋の前。殺せ、あいつを、殺せ。

――……朱音?

扉の向う。慌てて何かを落す、いや積んである本を崩す音。

――あいつ、もうおらん？　お姉ちゃんは？

慎一の方から扉を開けようとするが、

――あ、ちょっと待って、いま、こっちから……

向うで何かが軋《きし》み、重たいものが倒され、硝子が割れる。

扉が開き、たぶん恐怖のために目を大きく見張った、朱里。それが朱里なのだと思いたくはなく、でもどうしようもなく本人だと分る。明らかにまともでない、夢ではないいまのこの家の状態を実感し、面倒だな、来なければよかったなと強く意識しているがそれもまた、何もかももう遅いからこそ逃げ出したいのだと自覚してうんざりする。もう一つやっかいなのは、朱里がどうやら泣いているらしいことだ。涙をこぼしているわけではないが、目は間違いなく泣いている。あの子どもみたいに声を上げて泣いてくれた方がまだ、こちらは何もせずに呆然《ぼうぜん》としていられる。なのにこれだと、声をかけなくてはならない。

――どうしたんか。なんがあったんか。

――お姉ちゃんは？

――見とらんけど。

――見たか見とらんかは訊いとらん。お姉ちゃんは、どこにおるん？

――ほやけえ、さっきここに来たばっかりやけえなんも分らん。お前のお母さんはあっちに……

――あいつは？

また、あいつ、だ。今度のあいつは、いったい誰だ。

――源伊知は？

――知らん、見とらん、見とらん。

――なんも見とらんのやね。

本が散乱、本棚は倒れている。硝子の欠片。

――これ、どうなっとるんか。なんでこんなことに……

朱里が声を上げて泣き出した。さっき泣いていると思ったのは勘違いだったかと思うくらいの本当の涙だった。朱里の足の爪先から血が出ている。近づこうにも、本と本棚と硝子で動けない。だからそのままで朱里は話し、慎一は聞いた。

いきなり訪ねてきた源伊知は、知鶴男の死について問い質そうと詰め寄った朱音を張り倒し、逃げたらお前らも知鶴男とおんなじようにしちゃるけえの、と言っておいてから、

——訊かれたんじゃけ、答えちゃろういや。知鶴男、知鶴男か、あれはのう、結局、運よ、運の問題よ。いいや、運が悪かったんやない、よかったそいや。よ過ぎた。ほじゃけ、わしの息子にした。お前ら、よう知っちょろうが、ああ？　お前らが知っちょるちゅうそを、わしはよう知っちょる。田所んとこの慎一がここへちょくちょく顔出しよるいうんもなあ。慎一がお前らに、自分と知鶴男のこと喋ったいうんもなあ。ああ？　なんでそねえなことまで知っちょるんか、別に不思議はあるまあが。なんちゅうたて、わしは、わしなんじゃけえ。

そのわしから見てもよ、運のよさじゃあ知鶴男にかなうもんはおらんかった。将来古坂山を継ぐ人間に一番大事なんは、運がええいうことよ。まず、なんちゅうても男に生れてきたいうことが、女に生れるんと比べてどねえに運がええか、お前らも女じゃけえそこんとこはよう分ろうが。男が羨ましかろうが。まあ分ろうが分るまいが、男と女ちゅうそはそねえなもんじゃ。わしはとにかく、運のええ男を探しよった。古坂山を継ぐんにふさわしいどえらい運に恵まれた男をのう。いままでの商売いうたら、政治家様お役人様に頭下げて回って、

ようやっと販路作って、それを広げて、守って、同業者を蹴落して呑み込んでのくり返しで、そのためには手段を選んじょる場合じゃあない、どねえな手ェでも使うてきた。なんでそねえに危ない橋渡るんかいうたら、結局はよ、このわしに運がないからじゃわ。ほじゃからそねえな汚い力に頼らんといけんことになる。運がないいうんは情ないもんよ。つらいもんよ。ほじゃから跡継ぎは、運さえ持っちょる男じゃったら誰でもええ。それが古坂山の血ィ引いちょろうが引いちょるまいが関係ありゃせん。血の問題なんかどうでもええ。

田所ん家ィに生れた知鶴男の運のよさいうたら半端なもんやない。あいつの産みのお袋よ、そねえな女のことはどうでもええようなもんじゃけど、その田所のるり子が、まだこまい頃によ、下関から、ほんの一時期、九州の小倉へ行っちょったことがあるいうんを聞いた。そりゃ、仕事やら生活やらの理由で九州とこっちと行ったり来たりするんはなんも珍しいことやない。問題はちゃ、その時期のことよ。それが丁度、昭和二十年の八月頃ちゅうやないか。そうちゃ、原爆よ。アメリカが長崎に落したやつは、ほんとじゃったら小倉に落ちとる筈じゃったいうんは知っちょろうが。それがなんで急に変更になったかいうのには、いろいろ説があるらしい。空が曇っちょったいうんじゃけどよ、それが自然の雲じゃった言う者もおりゃ、その前の空襲で出た煙がまだ残っちょったいう話もあるらしいし、なんやら広島に新型爆弾が落ちて、それで、なんでか知らんが次はこのへんがやられるらしいいうて、そねえな噂があってから、それで油じゃなんじゃ燃やして煙幕張ったいう話まである。どれがほんとなんかは知らん。まあどれも、都合がよ過ぎるいうたら、よ過ぎるわなあ。そもそもが、原爆なんちゅうどえらいもん使ういうそにから、たかが雲一つんことで落せんようになるて、そねえなことがあるんかのう。嘘みたいじゃわ。嘘みたいな雲じゃわ。ほんでその、素性の知れん雲のおかげで、るり子は原爆を免れた。しかもよ、そのすぐあとにまた、下関に戻ってきたいうやないか。まるで、大きい爆弾が落されるんかどうか調べるために出かけていって、落ちんかったのを確認して戻ってきたみたいじゃわ。その話、聞いた時、なんかしらんが、とんでものおありがたあい気がした。なんともいえん、厳かな気分になった。人間の歴史ん中でたった二回しか使われとらんものすごおおっそろしい爆弾の、そのうちの一回を喰ろうちょっても不思議じゃあなかったるり子の上に、原爆は落ちてこんかった。その日、そん時を、まるで見計らったみたいに九州に引っ越した田所一家は、間違いのう小倉におったのに、その日、そのおっそろしいもんはとうとう降ってこんかった。こねえな不思議なことがあるか。こねえに奇跡的な話があるか。雲でも煙幕でもない、田所の力でおっそろしいもんを追い払《はろ》うたもおんなじじゃ。こねえに運のええ人間ちゅうそはそうそうおるもんやない。そりゃ探しゃあ他にもおったんじゃろうけど、そういう人間がおるいう話を聞いたんは田所のことが初めてじゃった。この運のよさ、他人には真似の出来ん奇跡をなんとか古坂山のものにしたい。おう、るり子の上に福子いうんがまだ嫁入りせんでおるにはおるが、こりゃあ遠目に見ても体がごっつうてから、ほんで釣りなんぞを趣味にして結婚する気もないらしい。いくら古坂山のためじゃいうてもなんでもかんでも受け入れるいうわけにもゆかん。そねえな箸にも棒にもかからんようなんに手ェつけようとは思わん。むしろ結婚しちょるるり子の方がいろんな手間が省けてええわ。聞きゃあそのるり子のとこへ照一いうんが婿に入っちょる。しかも二人ともうちの系列に勤めよるいう話じゃ。接点はある。なんとかならんか……

運命いうんは不思議なもんじゃわ。どねえかしてるり子が手に入らんか思いよるうちに、うちのやつが妊娠した。ほしてなんとまあ、るり子も丁度同じ時におめでたじゃいう。しかものう、狭い街のことでから、通いよる産婦人科までおんなじじゃっちゅう。こりゃあええわ、とっても偶然とは思えん、神様の思し召《おぼしめ》しじゃ、運命の針がわしの方へ向いてきたんじゃわ。生れてくるんがもし男の子なら……いいや、二人とも男の子に決っとる、それを、入れ替えりゃあええだけじゃ。初めはるり子にわしの子を産まそうて思いよったけど、そんな面倒、せんでもええ。それによ、るり子があの時期、小倉におったんはるり子の意思じゃのうて、寿六いう親父の仕事の都合じゃろ。ほしたら根本的に運がええそは、るり子じゃのうて田所一家じゃいうことになる。るり子はその田所の家に残って婿を取ったんじゃから、純粋な田所の人間のまんまじゃ。その田所家の跡取りなんじゃから運のええ子どもに決っとる。その子がほしい。日本一運のええ血筋の子どもを、古坂山の子にしたい。生れて年数が経ってから養子に貰い受けるんやなしに、初めっから古坂山の子じゃいうことにしたい。問題は、赤ん坊の入れ替えを誰にやらすかじゃ……

まあなんからなんまで運命じゃ思うたことよ、その、箸にも棒にもかからん福子いうんがよ、こともあろうに結婚前のるり子の亭主、照一と出来ちょったいうやないか。男になんぞ興味ないいうようなおとなしい顔してやることはやっちょる。こりゃ丁度ええ、弱みを握った。それに義理の弟になるいう男を自分のもんにする度胸は、弱みとおんなじように使える。こいつにやらそう。なんも難しいこたあない、使えるもんはみな使やあええ。というよりこの街ん中でわしが使うことの出来ん人間のおるわけがない。わしの狙い通りに動かん人間のおるわけがない。やらしゃあええだけじゃ。

ほじゃけえ、やらした。どこ探してもおらんような運のええ血ィが、古坂山のもんになった。

ほじゃけどなあ、ほじゃけど、駄目じゃった。抜群の血筋じゃと思うたんは、早とちりじゃった。知鶴男が東京でわるさしよったなんちゅうことはどうでもええ。預け先、叩き出されてしもうたけ、こっちに戻したんじゃけど、そのくらいの方がむしろ跡取りにはふさわしい。手に負えんいうんは勲章よ。そねえなことやなしに、あいつには、どうしようもない欠点があった。あれは、男やなかった。ナニが役に立たんそじゃ。裸の女ァ見てもなんも反応せん。わしがあてごうた女がそねえ報告してきたもんじゃけ、本人に確めた。ほしたらよ、なんとかかんとか言うてごまかすんならまだかわいいけどよ、あいつは開き直ってから、僕は女も男も嫌いですよ、全然勃《た》ちませんよ、それのどこがいけませんか、てぬかしよった。わしゃ、怒るの通り越して力が脱けてしもうた。運のええ血ィが古坂山の血として続いてくれるんじゃろうと思い込んじょったわしはばか見たいうことよ。跡継ぎを作りきらん息子なんぞ息子じゃあないわ。全部失敗じゃ。おじゃんじゃ。田所の運のよさに目が眩《くら》んで赤ん坊を入れ替えさせまでした自分が恨めしいやら情ないやら……

　砕けた硝子や散らばった本を、初めから割り振られた作業をこなすように丁寧に片づけながら、朱里は話した。

　――知鶴男も、あいつにやられた、ちゅうよりこの土地で生きる人間も死んでく人間も、全部、古坂山の掌から出られん。は、お姉ちゃん？　探しても、探しとらんのと同じ、たぶん。

　――なんか、それ。朱音は……朱音も、か？

　――うちが、お姉ちゃんを、たぶん、殺した。

　――どういう意味か。

　――意味もなんもない。意味も理由もない。

　――あいつは死んで、ようやっと古坂山のもんになった。生きてなれんもんは死んででも息子になってもらう他はあるまあが。人間、そねえして生きて、死んでく。お前らはよう生きちょる方じゃわ。島の血ィなそいからのう。島のもんでも、あの兄弟は二人とももうおらん。兄貴の方はもうだいぶ前じゃ。島から出てきて、仕出し屋の配達風情がええ気になって、意気揚々いうような目ェしちょったらしい。島からこっちへ来たもんがそねえな人間らしい生き生きした顔しちょったら、全部わしの耳に入る。調子に乗っちょるやつは、見せしめのええ材料じゃわ。それからだーいぶ経って、今度は弟よ。こいつは我慢し切れんで、照一とるり子に、息子同士が入れ替っちょるんを言うてしもうた。ああ？　ああ、そりゃ確かに命まで取らんでもえかろういや。たったそれだけのことでなあ。ほじゃけど、島のもんが勝手を言うたりやったりするのはどうにもこうにも放っちょくわけにはゆかん。この睦子みたいにおとなしゅうしちょったら死なんですむのに、よけいなことするんがようない。島のもんだけやなしに、田所の寿六もそうよ。古坂山の力に従《したご》うておとなしゅうしちょきゃええそにから、親心いうんは始末が悪い。赤ん坊入れ替えの件で家に怒鳴り込んできたもんじゃけ、あねえなことになったんじゃわ。なんもわしが直にやったんと違う。わしがあっち向け言うたらあっち向く、こっち来い言うたらこっち来る、殺せ言うたら殺す、そういうやつはこの街にいくらでもおる。わしにあなせいこうせい命じられて、誰がいつ何をやったか、わしにも数え切れん。ほじゃけど知鶴男だけは……ほんとに跡継ぎのつもりじゃった。せめてもと思うて葬式は盛大にしてやった。ほんとの息子じゃ思いよった。ほんとの息子じゃった。それが、顔に傷ゥして目ェ瞑《つぶ》っちょる。見とられん。わしの失敗の証拠みたいで、とっても見とられん。ほじゃけ、すぐ焼いてやった。

さあてと、知鶴男が死んでもわしのあとは誰か、男に継いでもらわんといけん。せっかく運のええ血筋やったあいつが男やなかったんじゃから、仕方ない、運のよさじゃ知鶴男にゃかなわんが、実際に血ィがつながっちょるんが一人おる。なあ、お前らといちゃつきよるくらいじゃから、慎一は知鶴男と違《ちご》うてほんとの男じゃろうが。あいつしかおらん。わしがいきなり言うても従わんじゃろう。どねえすりゃあえかろうか。しかしまあ、とりあえず、慎一をここまで呼び出してくれんか。お前らの言うことなら聞くじゃろう。これで、古坂山の血が元通りになるいうことよなあ。

16

朱里は部屋を片づけながら慎一に、次のように語ったとされる。

――知鶴男の代りにあんたを跡取りにするって、あいつが言うもんやけ、うちはどうしようかと思うた。いっそのことあんたをここに呼んだ方がええんやないかって、一瞬考えた。だって、そうやろ、血ィつながっちょる実の親子なんじゃけえ。それに、ほんとのところ、知鶴男がどねえな死に方したんか知らんけど、もし殺されたんじゃとして、ほんであんたのことも息子に出来んてなったら、源伊知が今度は何するか分らん。ほじゃけ、うちはもうあんたを差し出そうって決めた。あんたを犠牲にしてでももって思うた。なのにから――

ちょっと待った、語ったとされるってなんだよ、とされるって。それに、俺の出番はもうないのか。

「大事なとこなんだからもう少しの間黙っててくれないか。とされるっていう言い方はこの場合、確かにかなり変だけど、よくよく考えれば変じゃないんだ。そのあたりのことはいずれ。出番は、あるって。お前はまだ生きてるんだから。」

それって、いずれ殺されるってことだろ。その女の言う通りだ。貴様が何もかも、他人の苦しみまで全部背負って犠牲になればよかった。そうすれば俺もこんな目に遭わずに……いや、違うか、貴様が犠牲になって消えてれば、そもそも俺は存在しなかったことに……しかしだな、存在してるからこそ、貴様が犠牲になってくれればって心底思えるわけで、そう思ってるのは本当で、であればいまからでも遅くないから自慢の顎で貴様をガリガリやってしまえばいいだけなのに、まるでそれをやってしまったらこの話の最初っからこの俺自身が存在してないみたいに……

「ねえ、こいつ。」

「分ってる。あの頃の朱里に、また喋ってもらう。」

——なのにから、お姉ちゃんが言うんよ。呼ばん、絶対呼ばん、て。そん時はまだ、源伊知も笑《わろ》うちょった。うちは、うちは……なんも口出しせんかった。出来んかった。

——ええから、あいつを呼べ言いよろうが、ああ? そうやないとあいつのためにもお前らのためにもならんのぞ。あの、男のなり損ないの知鶴男の供養にもよ。だあれのためにもならん。お前らにゃ、そねえ思えんかもしれん、女じゃけのう。ま、それでええそいや。女が無理して、男のやり方、理解しようとせんでええ。ほじゃけど、どうしてもあいつを呼ばんいうんやったら、もっともっと女にゃ理解出来んようなことをやらあにゃいけんことなるがのう。いいや、男にも、神様にも理解出来んようなことを、やらあにゃいけんのやがのう。ああ？　お前らにゃあ、そねえな大層なこと、出来んじゃろうが。そねえなこと、しとうなかろうが。されとうなかろうが。女はわざわざ危ない橋、渡らんでもええ。わしら男がちゃあんと渡ってみしちゃる。面倒は男に任して、女は楽しちょきゃえかろうが、ああ？

——楽なんか、しとうない。

——なんて？

——苦しいんも楽なんも、しとうない。

——そんなら、はあ、お前は死んじょるも同じじゃないか。

——同じやない。同じやないようにすりゃあええ。

「……そのあと起ったことを、あの時もそのあとも、朱里の口から聞いたけど、どうもよく分らないんだよな。分ってる筈のことを、俺が都合よく分らない風に装って、自分で自分をだまして、というのも話の内容があんまり残酷だから、なんだかよく分らない形でしか記憶してないだけなのかもしれないんだけど。」

本と硝子の片づけの続き。

——一度居間を出たお姉ちゃん、戻ってきた時、手に庖丁、持っちょった。

――さあ、それねえなもんでうまいことやれるかいのう。言うちょったろうが、スズキは口ィゆすぐようにしてから、糸、切るけえなあ。庖丁よりよう切れるけえなあ。

――ほじゃけえソデ針にしちょきて。使い慣れんもんを恰好つけて、無理して使うもんやない。無理して大物、狙《ねろ》うたら、あべこべにハゼ一匹釣れんちゅうようなことになる。やれることだけやっちょきゃええそにから、まあいま時の若い子いうたらどねえかねえ。

俺はどうすりゃいい？　とりあえず、手出ししなくていいんだな？　じっとしてればいいんだな？　というより海峡の流れに乗ってウロウロか。出来れば深い海で二度と目を覚まさずにぐっすり休みたいんだがなあ。

――駄目だ。殺せと言った筈だ。頼むからあいつを甘く見るな。眠らせるな。殺せ。庖丁を持ってきただとか、そんなことはどうでもいい。道具を持ってることなんか忘れろ。そうしないと道具をうまく使えなくなる。それから、その言葉、ガシャガシャでグチャグチャで、聞いてられない。太陽の炎でその言葉と声、全部焼き払ってやりたいよ、ほんと。

深い海の底なら何もかも腐って、錆びて、綺麗になくなってくれるんだがなあ。

――ちゅうよりかは、台所の方から戻ってきたお姉ちゃんが、源伊知にうしろから近づいて、ほしたらいきなりあいつが、うわって叫び声、上げたもんやけ、お姉ちゃんが背中を刺したんが分った。いいや、初めは何が起ったかと思うた。あいつが、目には見えん誰かに殴られたようなやった。

――そりゃあうちがやっちゃってもええんじゃけどよ、ほんとに人の目に見えんことなったもんが、目に見えるもんを殴るいうような器用なこと、出来ゃせん。見えるか見えんかはそねえに大きな違いじゃあないんかもしれんけど、伯母ちゃんは、赤ん坊すり替えの片棒を担いだ、ちゅうよりか一人で全部担いだ手前があるもんじゃけえ、やっぱりなあんも出来ゃせんそいね。

――叫んだあいつが倒れた、その向うに、庖丁持ったお姉ちゃんの手が見えた。

――まだだ、油断するな。とどめを刺せ。完全に殺せ。死体にしろ。

噛み砕いて飲み込んでやってもいいんだけど、あいにく俺は現実的な存在じゃない。この作家の力を借りないと自由に泳ぐことも出来ない。待てよ、てことはここで起ってることは全部この田所って作家の手の内を――

――そんでも、あいつ大声で、なんかよう分らんこと言いながら起き上がった。血ィ出ちょったけど、傷、全然深《ふこ》うなかった。固まっちょるお姉ちゃんの手から庖丁、捥《も》ぎ取ってから、逆にお姉ちゃんに突きつけて、今度ははっきり聞える声で言うた。

――ええ、くそ、まあええ、上等じゃ。おう、上等、上等。それでこそわしの娘じゃ……おう、そうじゃ。ほんなら、言うた通り、どこの誰にも理解出来んこと、さしてもらおう。お前でええ。わざわざ田所の息子、呼ぶことはないわ。のう、お前もそのくらいの覚悟があったけえこうしたんじゃろうが。わしの息子、お前に産んでもらおう。お前に産ましちゃろういや。名誉なことぞ、ああ？

本の片づけ、いつまでも終らずに、

――うち、あほやけえ、立ち上がってから、ほんとあほやけえ、それまで座っちょったソファー、持ち上げようとした。それで、あいつ、殺しちゃろうと思うた。ていうか、重とうて、よう動かせんで、それでやっと、自分が持ち上げようとしよるんがソファーなんじゃって、そん時初めて分った。

――スズキは口、ゆすいだろうかのう。

――あいつ、庖丁持っちょるんと反対の手でうちを打った。


「そのあとだよ、分らないのは。」

「でしょうね。分らないだろうし、分ってほしいとも思わない。あの時の私の行動を誰かに理解してほしいなんて、死んでも思うわけがない。」

「死んでも、なんて、まるで男みたいな言い方だな。」

「死んだのは、私じゃなかった。」


――あいつ、お姉ちゃんの髪摑んで、のけぞらせた喉許に庖丁、当ててから、こいつ殺されとうなかったらわしに逆らうな、そう言うてから、うちに、本の部屋に入っちょけ、終るまで出てくるなって言うた。


「分らないとしたら、ここ？　そう、自分でもここが分らない。あいつは、お姉ちゃんに子ども産ませるって言った。つまり、殺されとうなかったらって言ってはいても、殺すつもりはなかった。本当に本当にひどいことをしたけど、だからこそ、殺すわけがなかった。」

「源伊知は朱里を従わせるためにあえて、というか咄嗟に、殺されたくなかったらって言ったわけだろ。もし朱里が言うことを聞かなかったら、ほんとに朱音を刺してたかもしれない。

それで、それで……」

「殺したお姉ちゃんの代りに、私がひどい目に遭ってたでしょう。だから、私は。」

——どねえすりゃええか、分らんかった。

——伯母ちゃんの納骨の日に、波戸の内側に沈めてくれた、あの針じゃけどね。

——分らんかったのにから、分らんかったけえ、うちは、あいつの、言う通りにしてしもうた。この、本の部屋に入って、入っただけやない、自分で扉、閉めて、本棚で塞いだ。

——せっかく沈めてくれたのに悪いんじゃけど、あれをあのまんまにはしちょけん。海の底から拾うてこんといけん。そういね、あの針がよかろういね。何しろあんたが伯母ちゃんの墓石代りにわざわざ選んでくれたもんじゃけ、効くじゃろう思うわ。ハリス、しっかり結ぶんよ。

——おう、それでええ。そこで暫くおとなしゅうしちょけ。お前、本が好きなんじゃけ、本でも読んじょけ。心配せんでもええ、こいつ一人で十分じゃ。お前は無事よ。誰かが無事でおるためには他の誰かが犠牲にならんといけんわあ、なあ？　こいつの子宮が駄目じゃったらしようがない、次はお前っちゅうことになるがなあ。

俺の仲間、というか、兄弟というか、地球のどこかに一匹くらい残ってないかなあ。

「違う。あなたが理解しようがしまいが、全部本当のこと。私に、そんなこと出来るわけないって思う？　本棚で扉を塞ぐなんて出来ないって？　お姉ちゃんを助けようとしないなんて？　あなたがどう思おうと関係ない。私が、私自身をどう思うかも。私だって、私を理解出来ない。出来るわけない。出来ちゃいけない。本の部屋に入ってろって言われた私は、抵抗もしないで、そう、お姉ちゃんが殺されないために、殺されずに、ひどい目に遭ってでもあいつに命だけは助けてもらうために……お姉ちゃんをあいつにくれてやりさえすれば、お姉ちゃんも私も死なずにすむ。何より、何よりも、私が、とりあえずあいつに、ひどい目に遭わされずにすむ。お姉ちゃんがあいつの息子を産まなかったら、その前に、お姉ちゃんが産むか産まないかとは関係なく、私もそういう目に遭わされるのかもしれないけど、でもとりあえず、そう、とりあえずいまは何もされない。何かされるのはお姉ちゃん一人。お姉ちゃん、お願いだから、頑張ってあいつの息子を、私たちの弟を、自分で産んで……」

「もういい。朱里が、そんなこと考えてたわけない。いまのいま、たったいま、ここでそう言ってるだけじゃないか。そんなことを、その時の朱里が、考えてたわけが……」

「分ってると思うけど、女性である私が一番我慢出来ないのは、男性が、この場合で言えばあなたが、女性である私が何を考えてるか、何を考えてたか、考えてなかったかを、勝手に決めつけること。決めつけることで男性が男性になって、決めつけられることで女性が女性になること、女性にされてしまうこと。あなたが自分でどれだけ私のことを思いやってるつもりでも、同情して配慮して、違う、たとえあなたが私を本当に愛してるのだとしても、その愛が、私にとって必要なものなのだとしても、考えてたわけがないなんて、二度と言うな。だからといって私があの時、本当にそう考えてたとは、確かに限らない。ただ、間違いないのは、私はなりふり構わずあいつの手から庖丁を奪ってお姉ちゃんを助けようとはしなかった。自分の身を危険に晒してでもあの状況をなんとかしようとしたわけじゃなかった。」

「それは、そういう時は、たぶん……」

「そう、そうなればたぶん、誰でも同じようになる。どうしようもなかった。仕方なかった。そうじゃなく、抵抗すべきだ、不利な状況を打破すべきだ、被害者を助けるべきだっていうのは、その場にいなかった人間ののどかなたわごとでしかない。それでもまだ、正義に駆られた人たちは、ソファアーを持ち上げようとはしたのだからなんとか出来たんじゃないか、向うは一人だし、銃ってわけじゃなくて刃物なんだから、どうにか逃げられたんじゃないか……私に最大限気を遣った絶妙な表情でそう言うでしょう。そんな大変な目に遭えば誰だって逃げようとする筈だ、多少なりとも抵抗する筈だ、ほんのちょっとでもいい、何か、ソファアーじゃなくて別の物を投げるなりなんなり、たとえ状況を劇的に好転させられはしなくても、せめて、せめて何か、何事か、出来たんじゃないか。そう言うでしょう。私にも、分る。

いま、私が強くそう思ってるから。なんであの時、ソファーを持ち上げようとするなんて間抜けなことしか出来なかったんだろう、なんでもっと意味のある行動を取れなかったんだろう、なんでもっと、なんでもっと、なんでもっと……そう思えば思うほど、自分にこう言ってやらなきゃならない、なんでもっとって後悔するのは人間の気持として当然だけど、あの時、女性の私が刃物を持った男性に抵抗してどこまで有効だったかは分らない、むしろ抵抗することで姉妹ともに、命を落す結果になったかもしれない、それより何より、刃物を突きつけられてるお姉ちゃんだけじゃなく、それを目の前にしてる私自身、体が動かなくなってた、動かせなかった、抵抗するとか逃げるとか、そんなのんびりしたこと考えて悠長に体を動かすなんてあり得なかった、この最悪な事態を、やり過すために、いま考えれば悔しいけど、私の体はきちんと動きを止めてた、抵抗とか逃げるとかの意思を凍結させて、私を守るために、最悪を、最悪のままで処理するために、動きを封じてた、こうしてちゃんと後悔出来るように、後悔し続ける命を守るために、じっとしてた……それでよかったなんて思わない。なのに、本の部屋の中でじっとしてた。扉の外でお姉ちゃんがあいつにぶっ壊されてるの分ってて、止めようとしなかった。絶対に、絶対に、止めようとなんてしてなかった。体、動かせなかったなんて、大嘘。だって、あんなに重たい本棚、動かせたんだから。本棚で扉、塞いだんだから。私の意思で。」

「分らないのはそこだ。いくら中身の本を取り出して軽くしたからって、一人であの本棚、動かせたのかなって。俺が行った時には、扉を開けるために、今度は本棚をどけた。朱里一人の力で？　じゃあ他に誰がいたんだってことになるけど……」

「自分でもよく、覚えてない。」

「だってソファー持ち上げようとして出来なかったのに。」

「お姉ちゃんを助けるためのソファーは無理でも、自分を守るためだったら……」

「俺はあの時何があったかを、朱里から聞いただけだ。疑って悪いけど、本当のところ、何がどうなってたのか……」

「本棚がどれだけ重たくったって、あなたが自分の目で確めてなくったって、そんなことはなんの関係もない。扉の向う側で、あいつがお姉ちゃんを壊した。私は部屋の中で、せっかくの本の部屋の中で、一冊も読まずに、ただ、全部が終るまで、じっとしてた。まるで、聞き耳を立ててるみたいに。大事なことが行われてるその音を聞き漏らしたくないみたいに。この日のために自分が生れてきたみたいに。逆に、生れてきた意味を自分で叩き潰すみたいに。本当に潰されてたのはお姉ちゃんなのに。ね、どこに本棚が関係してる？　本棚がどれだけ重たかったかを私が覚えてないのは、全部の物の重さがなくなってしまうようなことが扉の向うで、目には見えない目の前で、起ってたから。あの時、重たかったのは、お姉ちゃん、お姉ちゃんの体、それだけがこの世でたった一つ、確かな重さのあるものだった。あいつと、私と、お母さんとで、お姉ちゃんを、あの場に押えつけてたのと同じ。本棚がどれだけ重たくったって、重たいことになんかならない。」

――いいやね、その子は嘘ついちょりゃせん。ルール違反じゃけど、こっちからちいと、手ェ貸しちゃったぞ。本棚いうたら、まあ、カワハギぐらい重たい重たい。は？　ああ、そうじゃろういね、あんたらからすりゃ、どうせあの世からこの世に手ェ突っ込むんなら、なんで姉妹二人とも助けちゃらんのか、いうことじゃろ。自分自身もおんなじ目に遭うちょるくせに、なんで姉の方を見殺しにしたんか、いうことじゃろ。うちも、姉妹でいうたら姉じゃった。そのうちは、もうあのことの前には戻れん。あの男にああされる前のうちは、もうどこにもおらん。どんだけ他人を助けてもそれは変らん。そっちとこっちの世界の垣根、越えて、手ェ貸すことは出来ても、あのことの前には、どんだけ力、使うたっちゃ、戻らりゃせん。そっちの世界の、姉と名のつく女を何人助けたところで、うちのあのことは、なかったことにはならん。姉であるうちが、外《よそ》の姉を何人助けても、なんも変らん。姉、じゃあない、姉いう呼ばれ方じゃあない、たった一人のこのうち自身を、うち自身で守っちゃることは、もう出来ん。それじゃったらあとはもう、残っちょる妹を守るしかあるまあがね。

母親は、新しいティッシュの箱を出してきてまたやっている。

二人で朱音を探す。

ここを開けたら無残な朱音の姿があるかもしれない。

開ける度にほっとする。

どこにもいない。

まるで、いなくなってくれてほっとしているかのよう。

二人はまだ知らないが、朱音は源伊知が連れ去ったとされる。

またたよ、おい。とされるって、それはいったい誰が言ってるんだ？　これは誰が書いてる？　それより、俺はいったいどうすりゃいいんだ？

――他にどねえもしようはないちゃ。ほじゃからさっきも言うたろうがね、ほんと、面倒なことのようじゃけど、あの針、海の底から拾い上げて、早うやることやってしもうたらええ。起ったことは、なかったことにはならん。ほじゃけどあの針は、まだいっぺんも獲物をかけちょらん。まだなあんも起っちょらん。これから起るんは、まだ起ったことのないあれやこれやじゃけど、心配せんでもええ、あんたはそういう出来事一つ一つに、いちいちびっくりすりゃあええ。せいぜい途方に暮れりゃあええ。突拍子もないおおごとが起った時は、とりあえず盛大に途方に暮れてみるよりありゃせん。そうやって、どねえすりゃええか分らん時でも、針にかけたもんはちゃんと釣り上げんといけん。殺すもんは、ちゃんと殺さんといけん。は？　いいやね、手ェ汚すなんちゅう豪勢なこと、あんたには出来ゃせんちゃ。殺さんといけん相手を直接やってしまうなんぞ、あんたの力じゃ無理やろういね。ほじゃから、針を早う……

――なんぼその針、使うたっちゃ、釣るだけの腕がなけりゃ、どうもならんが。慎にはまだ無理じゃと思うがのう。

――無理じゃろうがなんじゃろうが、殺したい相手は、殺しとかんといけんのよ。うちは、殺せんかった。

――お前が殺したいちゅうそは、誰か。

――…………

――そねえに、誰かが憎いんか。

――…………

――わしか。わしのこと、憎いか。お互いに死んじょっても、憎いか。せっかく死んじょるそにから、それでも憎いか。

――慎、あんたはまだ、死んだらいけん。あんたに、そう簡単に死んでもろうちゃ困る。手は汚さんでええ。その代り、決着だけはつけてもらわんといけん。そういね、せめて妹の方は、守っちゃらんといけん。あいつ、今度は妹も狙うちょるかもしれん。まあ、そこんとこは、あれじゃわ、こっちの世界からちいとばっかり、手ェ、回しちゃるけ。本棚のついでじゃわ。

――殺せ。

——死んじゃいけんよ。

——死んでも実の娘に恨まれるんじゃから、死んだ甲斐もなかったのう。

——さあて、もう一踏んばりせにゃあいけんわ。うんうん、大丈夫、大丈夫。踏んばれよういね、命のうなっても、脚はあるようなじゃけえ。

17

家の中を探したが、朱音も源伊知もいなかった。警察に通報するのは、しないより危険なのでやめた。庭の池にも何もいなかった。それでも時間は止っておらず、真昼の明るさだった。

——とりあえず、朱里は安全なとこに逃げた方がええと思う。朱音がどうなったんか分らんけど、あの電話の調子やと……

——電話？　お姉ちゃんが？

——朱里は本の部屋におる間、家の電話で朱音が誰かと話しよるんは……

——聞いとらん。

——外からかけたんか……とにかく、ここにはおらん方が。やないと、今度は朱里が。

——そんなん言うたって、お姉ちゃん、お姉ちゃんは？　逃げるって、安全なとこって、どこ？　うちら、どこに、行くあてなんかあるん？

ティッシュに埋もれた母親が、

——島が、寄ってきちょるんやなかろうかねえ。

朱里は促したが、母親はティッシュの渦から出ようとしなかった。朱里がほっとしているように、慎一には見えた。


「そんなわけないって、言いたいんだろ。分るよ。」

「分るわけない。」

「でも分ると言わなきゃならない。朱里のためにも俺自身のためにも、ほっとしているようにっていう俺の見方を朱里がそんなわけないって否定する、そのことを、分る、と言っておいた方がいい。そんなところで朱里がほっとするわけなんかないって、俺も思う。と、これも朱里に言わせれば、男の俺が女である朱里を勝手に、ほっとするわけなんかないっていう型に嵌め込んで表現してるに過ぎないわけだけど。過ぎないわけだけどっていちいち断定するのが、朱里にとってはやっぱり、腹が立つってとこだろうな。これだけはほんとだけど、いま思い返せばほっとしてたに違いないっていうんじゃないんだ。あの時の朱里が確かにほっとした表情だったのを、俺がいまでもはっきり覚えてる、というのが正確だ。女の顔つきを、男で作家の俺が決めつけて悪いけど、本当にそういう目をしてたんだ。朱里がもっといやがる言い方をするなら、朱里は自分の表情に、そういう表情をさせる自分自身の心理に、気がついてなかっただけだ。」

「私が気がついてない私の感情なんてある筈がない。そんなの、私の感情なんかじゃない。で、もうそろそろ、終りが近いんだよね、この話。」

「ほんとにほっとしてたんだよ。」

「違う。私はお母さんを、もっとよくない、最低な感情で見てた。かわいそうな人だって。だとしたら、それはやっぱり確かに、ほっとしてたのかもしれない。私はこんなかわいそうな人とはこれ以上、ほんの少しの間だって一緒にいたくはないって、もう一緒にいなくていいんだって、こんなになってしまったんだからもう、何もかもばらばらでいいんだって、そう思って、たぶんほっとしてた。」


これほど近くで見るのは初めてだった。波戸のすぐ傍まで寄ってきているので、対岸の北九州はほとんど隠れてしまっていた。揺れていた。島の周囲に緩衝材として、鎖を中央の穴に通す形でいくつも並べてあるタイヤに足をかけると同時に、握っていた手を離して朱里は飛び移り、振り向き、動こうとしない慎一に驚いたらしく、

——え、一緒に来《こ》んの？

そう言われ、なるほど自分も一緒に島に渡るという手もあったんだな、と気づいた時には、純粋な本土の人間の侵入は許さないとでもいうように、島は波戸を離れた。朱里は大きな揺れによろめき、踏ん張り、慎一を見ていた。慎一も目をそらすまいとした。遠ざかった島は、

いつもの流れに乗って動き始めた。朱里はいつまでもこちらを見ていた。だが慎一は、自分でも意外だったが舌打ちして視線を急に外すと、来た道を戻った。途中、歩いていた小さな蟹を踏み潰した。

「これもやっぱり朱里には悪いんだけど、なんだかものすごくやっかいなことになったもんで、うんざりしたんだ。すごくすごくいやな、めんどうな、怖い展開になりそうだ、そういうのがずっと続きそうだって思った。島に渡れずにこっちに取り残された以上、どんな目に遭うか知れたもんじゃないわけだ。俺は、闘いたかったんじゃない。知鶴男に殺せ殺せっていくら言われても、当り前だけど殺す気になんてならなかった。でも、源伊知の手が回ってるかもしれないから、家に帰れもしない。ま、俺に本土から逃げ出す意思がもっと明確にあったとして、島が俺を乗っけてくれたかどうかは分らないんだけどな。さてと、それから俺は、どうしたんだっけ。」

「私が島でどうしてたか、一度も訊いたことない。」

「たかだか丸一日くらいのことだったろ。その間、本土の方でも、いろいろあったようで、ほんとはなんにもなかったのかも。それにさ、あの時、朱里は、本当に島に飛び移ったんだったかな。実際は、島は近づいてきてなんかなかったし、それどころか源伊知から逃れようとして海岸に行きさえしなかった……あ、いいよ、喋って。」

「て言われても、あとはあなたの仕事、もしくはあなたの仕事をあなた自身の手でぶち壊す時が来た。島に渡った私と別れて、あなたがどうしたか、どうしなかったかを書けば、この話はぶち壊しになる。やっとなってくれる。男性であるあなたが私たちを、女性だけじゃなく全部の登場人物と怪物と島を好き勝手に動かしてきた言葉と時間と労力が全部無駄だったって、証明出来る。」

「朱里は、それを望んでるのか。」

「私は、何も望んでない。これを書いてるあなたが一番よく分ってる筈。望まない。何も望んでなんかやらない。あなたの書くこの世界で何かを望むほど、私はおちぶれてない。」

「ほんとにおちぶれた時は、おちぶれた事実そのものに気がつかないんじゃないかな。」

「いまの俺みたいにね、とは言わないで絶対。」

「言わないよ。」

「言わないかどうかじゃなくて、言わないで。あなたはおちぶれてない。おちぶれないとは限らない。私はあなたのおちぶれになんの興味もない。太陽が決して錆びてぼろぼろになったりせずにただ昇って沈んでをくり返すだけなのを、書かなくてもいいからきちんと確認して。」

「いやだねそんなの。何も書かないなんて、そんなの。」

朱音が電車に乗るのを確かに見たという証言が複数あった。顔が腫れているようだった、出血していた、呆然としていた、という者もいれば、冷静に列車の時刻を確認していた、小さな鞄を持っていた、電話をかけていた、様子や顔つきに取りたてて変ったところはなかった、という駅員もいた。朱音本人だとはっきり断言出来るわけではないが、朝日を浴びた立ち姿の、その落ちた影ばかりが印象に残っている、いま考えればあんな不思議な影を従えたあれこそが朱音だったのではないか、とよく分らないことを言った者もいたらしい。

が、わけが分らないとはいえ証言は証言だから記録されて残る。そんな妙な記録があるものだから朱音も平穏な死に方が出来なかった、またはいまだに死に切れていないのかもしれない。他人の目と証言が当人の行く末を決めてしまうとはそれこそ妙な話だが、死に方さえ奪われてしまった者は、周囲の言葉に、残酷にも身を預けてしまうものかもしれない。小説の登場人物が筋書の外側にはただの一歩たりとも出られないように。

しかし朱音はどうやら出ようとした。少なくとも出たがった。

だから駅ばかりではない、海岸でも見られている。これも、本当に朱音だったかどうかは分らない。じっと波間を見つめていたという者、誰かが来るのを待っている素振りだったという者、何かを落したのか、波戸の内側の海面を覗き込んでいたという者。どの証言にも共通しているのは、その不確かな人影に向ってはっきりと島が近づいてきた、という点だった。

「私が島に渡るより前？　渡ったあと？」

せっかく接岸している島を前に、朱音と思われる人影は、島へ飛び移ろうとする様子もなく、島の方が朱音に怯んででもいるように、申し訳なさそうに、悪びれて遠ざかった、とも言うし、そちらに移りたいと思っている朱音に島が意地悪をして岸を離れたのだとも言う。そうではなく、主導権は朱音の方にあった、とも。つまり、手を翳《かざ》すと、まだ沖に戻りたくはない、ここで一休みしていたい、そう見えていた島が、手の動きにつられて不可抗力的、強制的に離岸させられた、というもの。

「やめてやめてやめて。お姉ちゃんが手を翳して島を動かす？　シャーマン？　巫女《みこ》？　女性に不思議な力を発揮してもらって、島から何から全部、この話そのものも、動かしてほしい？」

「俺が書く世界の中で何か望むほどおちぶれてないって言ったけど、俺だって、島とかこの小説とかを動かしてほしいって、女である朱音と朱里に望んでるわけじゃないし、そもそも、何かの望みを叶えるために書いてるわけじゃない。俺が書く小説は俺のためじゃなく、この小説の存在そのもののためだけに書かれてる。俺が書けば書くほど俺自身から遠ざかってゆく。あ、待ってくれ、まだ出てゆかないでくれ。なんて言うと朱里はますますここから出てゆきたくなるだろうけど、なるだろうけどって、また男の俺が女の朱里の心理を勝手に想像してしまってさぞ不快だろうけど、不快だろうけどって、また決めつける言い方になってすまないけど、その、もう少しだけ、なんていうか、せめてこの小説が終るまでは、ここにいてくれないかな。」

「それって変じゃない？　私が出てゆけば自動的に終るんじゃ……でも、考えてみればそれも納得行かない。私がこの話の行方を決める権利を持ってることになる。あなたに、持たされてることになる。なんで私はこうも次から次に、あなたに役回りを割り振られなきゃならないわけ？　なんでずっと、私はあなたに書かれなきゃいけないんだろ。あなたに書かれない私、あなたに指名されない私、あなたに雇われない私、あなたに見下されも仰ぎ見られもしない私、あなたの安心材料じゃない私、小説の登場人物じゃない私、あなたがいなくても私でいられる私、そういうごく当然の私に、私は戻りたいんだけど。」

「これは笑えるような笑えないような質問になるけど、俺がいなくても朱里が朱里でいられるっていうのは、もう俺を愛していないということに、なるんだよな。」

「あなたがいてもいなくても、愛してても愛してなくても、私は絶対に私なんだけど、愛してないのだとしたら、どうなの？」

「情ない話、朱里の俺への感情が摑み切れないというか、まあ、本当のところは、別れたくはない、だから愛しているかいないかを恐る恐る確めようとしてるわけで――」

「じゃなくて、先に進まない？　さっき言いかけてたこと。それから俺は、どうしたんだっけ。」

「あ、そうだった。よく思い出してくれた。なんだ、やっぱり朱里だって、俺が書いてることの小説のこと、気にしてくれてるんじゃないか。えーっと、それから俺は、どうしたんだっけ……の前に、俺があいつを殺すまでの間、朱里はずっと島にいた、これは間違いないんだよな。」

「たまたまあの島が一番安全そうだったからあそこにいただけ。つまり私がどこにいたかはどうでもいい。どうでもよくないのは、お姉ちゃんがどうなったのかってこと。」

蟹を一匹、確か、踏み潰した。確か、と思ったのは蟹が意外に大きかったために、まるで自分の方が蟹に踏み潰されたような気がしたからだった。

そんなにでかい蟹なら俺の腹も、ある程度は満たされそうだな。

「逆だよ。」

何が？

流れる島のことは昔の文献にも載っているが、この海峡に人間を踏み潰すほど大きな蟹がいるとは、どんな記録にも残っていないから、やはり慎一の勘違いということになる。少なくとも、踏み潰した時点では靴の裏に納まるくらいの大きさでしかなかった筈だ。その日の靴に、その日の時間と他の日の時間をごちゃ混ぜにして伸び縮みさせる機能が備わっていたものか、あるいは時間に限らず、目につくものつかないものの区別なく壊したり組み立てたりする靴を、知らないうちに誰かに履かされていたのか……

「便利な靴だよね。」

「人生にたった一日くらい、そういう靴を履く日があったっていい。」

——伯母ちゃんが履かせてやったということになるんじゃろうかいねえ。

硬い体を踏んだ途端に、蟹の恰好をした時間は砕けて、割れた甲羅ではなく、どうにか生き残ったらしい時計の針が靴を突き破って足の裏を刺したので、慎一は仕方なくその場にへたり込むと、往生際悪く靴から離れようとしない時間の破片を剝ぎ取った。死んでゆく時間は生臭かった。甲羅は厚く、身は薄かった。大きな鋏《はさみ》は形がそのまま残り、これまで散々好きなようにいじくり回してきていまはもう切り張り出来なくなったこの世界にさらけ出され、光っていた。

ばらばらになった時間の中に埋もれていたのは時計の針ではなく、掌からはみ出すほど大きな、ソデ型の釣針だった。足の裏には血が滲《にじ》んでいた。伯母を踏み潰してしまったかと思った。

——あんたは、伯母ちゃんと蟹と時間の見分けもつかんそかね。なんぼなんでもそねえな見間違いはなかろうがね。釣針は、ただの釣針よ。は？　なんで蟹が大きゅうなって釣針が出てきたか？　あんたも分らん子じゃねえ。ほじゃから、あべこべよ。あんたが墓石代りに波戸の内側に沈めてくれたろうがね。餌もハリスもつけてもらえんでそねえな使い方された釣針は、海の底で、魚の死骸に紛れて息を潜めちょかんといけん。じゃないと笑いもんになろうがね。いっぺんも魚をかけたことない釣針いうたら大恥じゃろうがね。ほじゃから、堂々と魚、釣る代りに死骸に隠れて……いいや、魚だけじゃあない、海の底いうたら、なんもかんもの死骸だらけじゃわいね。この海峡で死んだもんもおりゃあ、よそで亡《の》うなって流されてきたもんもおる。名ァを揚げたもんも、出世し損ねたもんも、食うたもんも食われたもんもありゃせん、最後の最後は死骸になるしかあるまあが。神様仏様いうようなもんも、そりゃあ生きちょる間は、信じちょって損はない。信じた見返りで、死んだあと、魂だけは救うてもろうて、全部の苦しみとか迷いとか束縛のないあの世に行けるんじゃろ。ほじゃけど死骸は、体はどうすりゃええかね、ああ？　魂ばっかり助けてもろうたっちゃ、痛い目、苦しい目見たんは体の方じゃろうがね。その肝心要《かなめ》の体いうたら海の底にいつまあでもほったらかしじゃわ。潮の流れに晒されて長い時間かけて砕けて溶けて形そのものがのうなったっちゃ、それえなんは単に形だけのことに過ぎん。形がのうなったら、なんもかんもなくなるんかね。体の形がのうなったら、体そのものが、死んだことそのものが、なかったことになるんかね。形はないでも、死んだ事実そのものはのうならんよ。いつまあでも海の底を、骸みたいなもんじゃわ。暗うて、ただ流れに洗われるばっかりで、文字通り、日の目、見ることもない。そりゃそうじゃろ、いっぺん死骸になったもんが、未練があるじゃ恨みがあるじゃ理屈言うて、もいっぺん地上に戻ってきたりしたら、えらいことになるんじゃけえ、死骸は死骸らしゅうじいっとそのままでおるしかない。そねえなとこに、いっぺんも使われとらん釣針なんちゅうよそもんが沈んだ日にゃ、居場所なんかありゃせんけえ、せいぜい死骸に潜り込むくらいしか出来んじゃろ。そしたら今度は、蟹の出番ちゅうことになる。なんちゅうたちゃ、蟹は死骸の専門家じゃけえ。それが人間じゃろうが他の生きもんじゃろうが、名のあるもんじゃろうがどこの馬の骨とも知れんもんじゃろうが、片っ端からむしゃむしゃやる。そういね、砕けて溶けて形がのうなった死骸でもよ。まあそれでも、蟹がどんだけ頑張ってみたところで、全部の死骸を平らげることは無理じゃろういね。蟹に見込まれて消化されるんは運のええ死骸いうことになる。おおかたあんたが沈めてくれた伯母ちゃんの釣針も、うまいこと死骸の中に隠れて、いいや、それでもよ、なんぼ腹すかせた蟹でも、ごちそうの死骸と死骸に混っちょる間抜けな新品の釣針の見分けくらいはつきそうなもんじゃけど、ほいでもまあ、伯母ちゃんの墓石代りじゃから、確かに死骸みたいなもんかもしれん。魚ァかけて釣り上げるちゅう役目に与らん、一匹の魚も殺したことない、そねえな釣針は、掛値なし、混りっ気なしの新品の死骸、いっぺんも死んだことのない死骸ちゅうようなもんじゃわ。それじゃったら蟹も食べようういね。ほんで、食われた釣針は、針は……ありゃ、なんで釣針が蟹の体ん中でそねえに大きゅうなったんじゃろうか。ありゃりゃ、大事なところで話がこんがらかって分らんようになってしもうた。どねえしようかいね。慎、あんた、あとのこと、頼んでええかねえ……

「福子さんに喋らせるだけ喋らせといて、何、最後は自分に話を戻すわけ？　福子さんが語り切れなかったことを、作家の想像力で補ってやるわけ？」

「そうでもしないとここは収まりそうにないからな。何しろ伯母さんは死んでしまってるんだから、何もかもを背負ってもらうのは酷だよ。で、死骸に紛れて蟹に食われたソデ型の針がなんで大きくなったか、考えられるとすれば、もとい、作家の想像力で無理やり考えるとすれば、まんまと甲殻類をだまして死骸として処理されたぞと安心した針が、魚をかけるっていう本来の仕事を放棄して、殺しも殺されもしない穏当な金属として生き延びるために、釣針としては使い勝手の悪い大きさになった。内側から針に押された蟹の方は、しまった、自分としたことが、と気づいたけど遅くて、苦肉の策とばかり、針の巨大化に合せて大慌てに体を膨らませる、もしくは異常な成長の証《あか》しとして臨時の脱皮を短時間で何度もやってのける。というように無理に無理を重ねたために、自分の進むべき方向を見失ってしまって、それまでは海の底にいたのに気づいたら岸壁に上がっていて、都合よく俺に踏み潰された。もう一つ可能性があるとしたら、まあ可能性なんて言い出したら一つどころじゃなくて、この世界は可能性だらけになっちゃうわけだけど、そのうちの一つに絞るとしたら、あの釣針が、伯母さんの納骨の日に俺が沈めたのとは別物だった可能性。いったい昔からどれくらいの数の釣針が海峡に沈んできたか。墓石代りなんてのはたぶんあの一本くらいのもので、ほとんどは根がかりで回収されなかったやつ。失敗の証拠。使い捨ての金属。消耗品。そうやって針たちはいまも、自分の鋭い先端は何かを引っかけられる筈だ、このままむざむざ死にはしない、と水の中なのに無駄な使命感で燃えたぎってる。人間の手で御丁寧にハリスを結んでもらって、餌にくるまれて、道糸と錘と竿、リールの力を借りないと魚に見向きもされないのも忘れて。その中の一本が蟹に食われた、まではいいが殻に押し込められて、引っかける筈の生き物になんで同化しなきゃならないんだと怒り心頭、その勢いのまま巨大化、蟹の方でもさすがに自分の体内の異常に気づいてやっぱり慌てて大きくなりながら上陸、都合よく俺の靴に……」

――理屈はいいんだよ。殺せっつってんだろうが、え？　なんで釣針が卵みたいに蟹の体ん中に埋まった状態でわざわざお前のところまで運ばれてきたか、分るだろ。それは結局――

「結局、そうでもしないとこの話が続かないから。」
「そう、続かない。つまり、終らないからだ。」

こびりついた蟹の殻とか身を取りのぞいた時、掌くらいだった針がさらに大きくなったように慎一には思えた。それはひどくはっきりとした、正確な拡大だった。そう感じるとますます針は太くなり、幅を広げ、重くなった。嘘でも夢でもなく重かった。両腕で抱えなければならなかった。

波戸の内側の、いつもは波のない海面が大きく揺らいで渦が出来た。

俺の出番、まだか？
「そんなに死にたいか。もうすぐだから、ちょっと待てって。」

渦の中心から福子の姿が浮び上がってきた。針は重たいままだった。伯母は痩せて縮んだ最期の外見ではなく、大柄でどっしりとした、釣りを教えてくれた頃の姿だった。首にかけているものは海藻の類だろうと、最初、慎一は思った。

針があまりに重かったので地面に下ろさなくてはならなかった。そうなってからも下のコンクリートにこすれる音を立てながら大きくなり、ちょっとした碇くらいになって、どうやら止ったらしかった。

――あねえにいやあな、ものすごおいやあな目に遭うたこっちの世界になんか二度と来るか思いよったけど、あんたがどねえすりゃええか分らんことなってまごまごしよるもんじゃけ、しようがないわ。死人がこねえして出てくるんは、道理に合わん、はしたないことのようじゃけど、あんたが困っちょるんを見殺しには出来ん。それもよ、他のことなら無視もするけど、釣りのことなんじゃけえ放っちゃおけん。ほらほら、針だけじゃどねえもならんじゃろうがね。

首にかけていた長いものを外すと一まとめにしてじゃらじゃらと波戸へ投げてよこした。鎖だった。

――それねえに目ェ丸うせんでもえかろうがね。それくらいの大きい針でなけりゃ、確かにあいつを釣ることは出来ん。それじゃったらハリスもこのくらい太うないと。結ぶことは、なる？

こんな大きな針も鎖のハリスも使うのは初めてだ。今朝からのこのなりゆきはいったいなんなのだろう。

「だったら何もかも放り出して逃げればよかったんだけど、島が朱里を乗せて沖へ出てしまった以上、俺が逃げる場所はどこにもなかったし、それにその時はもう、街全体が風呂敷みたいに……」

「風呂敷？」

「おかしな言い方なのは分ってる。街は風呂敷じゃないし、街を風呂敷で包むことも出来ない。だけど風呂敷みたいになってしまうのは、小説の中なんだから起り得るかもしれない。いや、小説という形を利用して街をそんな風に変えてしまう前に意識しといた方がいいのは、この街は、風呂敷で隠してしまうべき街だってこと。包み隠したいことを抱えてるのは勿論古坂山で、一度結び目を固くしばってしまえばめったなことではほどけない。」

――ハリス、ほどけんようによう結ばんと。

それでもこの状況にうんざりしてはいたので、とりあえず行けるところまで逃げようとはしてみた。

――持っちょった方がええっちゃ。

伯母が言うので、これもどうしようもなくうんざりさせられる巨大な針を抱え、どう結べばいいか分らないので鎖は伯母を真似て首にかけ、倉庫と貨物船で埋まっている海岸線を、駅に向って南に歩いてみた。あたりは霧がかかったように見通しが悪く、なのに空気は湿ってはおらず、埃っぽかった。はっきりした粒子が漂っていそうだった。果して吸い込んでいいものなのかどうか、迷いながら呼吸した。呼吸かどうかも分ったものではなかった。

いくらも歩かないうちに針と鎖の重さで足が止り、しゃがみ込んでしまった。見上げると、海中から生えているような貨物船の黒い船体があまりに大きく空を閉ざしていて、やっぱりうんざりしてしまった。船腹が口を開けていて、男たちが渡し板伝いに、馬を一頭ずつ、倉庫から船倉へと追い立てていた。たてがみが頸筋《くびすじ》を滑らかに覆い、耳が動いている。音を聞く以外の目的があるのかもしれないとなぜか思えた。そう思わせられたことじたいにはうんざりしなかった。馬の脚許を小犬くらいの大きさの生き物が、蹄《ひづめ》を敏捷《びんしょう》にかわしながら何匹も走り過ぎた。大き目の虫のようでもある。倉庫や船に寄生しているのか、馬と同じく積荷として運ばれてゆくのだろうか。馬たちも、人手を借りて寄生しているのか。

黒く小さな一頭の馬が、首を振り向けてこちらを見た。一瞬、島が乗せてくれないなら、いつ動くともどこへ向うとも知れない壁みたいなこの船でいいか、と立ち上がり、鎖を引きずって、馬の口を取っている男に近づいてゆく慎一の耳に、

——あんた、その針に一匹もかけんまんま逃げ出すんかね。

こちらを睨んでいた男に仕方なく、

——あの、いま何時ですか。

男は腕時計に目を落してから答えたが、それは慎一が初めて聞く時間だった。

駅に向って歩き続けた。倉庫と貨物船の列が途切れ、海峡に流れ込む小さな川の橋を渡った。人も車も通らなかった。汽笛が聞えた。海峡にも霧が出ていた。灰色に渦巻き、意思を持って陸に這い上がった。これもまた、馬の耳のように、聞いたことのない時間の単位のように、霧に見えて全く別の何かであるに違いない。

大きな三角形の屋根を持つ駅舎はそれでもかすかに見えていたが、霧のためか鎖の重さで

か呼吸がしづらくなり、足がまた止った。その霧みたいな灰色の膜はどうやら街全体を覆っていた。どこまであるのだろうと目をやると、火葬場のある丘の上空あたりが風呂敷の結び目状に一段と色濃く、ほとんど黒い雲だった。ああなるほど、これはどうやら――

――残念だけど夢じゃない。観念しろ。諦めろ。逃げるな。死ぬな。闘え。殺せ。勝て。

――親父殺すんも、誰を殺すんも、やりとうない。朱音も朱里も俺もなんでこんな面倒に巻き込まれんといけんかったんか……夢やないっちゅうんやったら、誰でもええけ、早う俺を眠らせてくれりゃあええのに。二度と目ェ覚まさんでええように、深い海の底に……

俺の台詞、盗むのも、書き手の特権か？　いいように書かれっ放しだったけどどうやら決着の時が来たらしい、って、これもやっぱり筆先から出た声でしかないわけか。

――あんたはいま頃気がついたんかね。そういね、この街からは結局誰も出られりゃあせんのじゃわ。霧みたいに頼りないように見えて、古坂山ちゅう、このやあらかあい壁からは、一歩も出られりゃあせん。悔しいよ、そりゃ伯母ちゃんも悔しいけど、なんちゅうたて、伯母ちゃんが死んでもこねえしてあんたに話しかけよるちゅうのがそもそも、古坂山の掌から外へ出られん証拠じゃわ。古坂山のことであんたにいちいち指図せにゃいけんちゅうんが。死んでも、生きちょっても、逃れられん。

軋む音で慎一は振り向いた。

――ほじゃけどその音はうちの声よりかもっと間の悪い、ものすごおようない音じゃわ。聞えたもんは仕方なかろうけどさ。

黒い壁のようだった貨物船が揺れ動き、船腹が岸にぶつかっている。海面も波立ち、震動は街を覆う灰色の膜まで揺らしている。

――いまのうちに結んじょかんかね。

跪き、釣りをする時の結び方で鉤元に鎖をつなげてはみたが、どうにも不安定に思えた。果してこれをどう使えばいいというのか。そもそも餌はどこにあるのか。

――まだ生きちょるあんたが一丁前に考えることやないちゃ。

開いている船倉から、さっき入った馬たちが、渡し板がもどかしいとでもいうように直接岸に飛び降り、走り去ってゆく。人間も混っている。あの小さな生き物たち。本当に生き物だろうか。とにかくいろいろなものが向ってくるので慎一は思わず身をかがめる。橋まで来て、落ちるのではなく自分で海に飛び込むやつもいるし、橋の手前で進路を変えるやつ、橋を渡り慎一のすぐ傍を地響きを立てて通ってゆくやつもいる。

船の中で暴れ回っていたらしい怪物が人間の上半身をくわえて現れ、渡し板を破壊しながら着地したところで、頭部を上下させ、足だけ突き出ていた人体をゆっくりと飲み込んでゆく。音も声もなし。船に沈む気配がないところを見ると海側から船体を食い破って突入したのではなく、わざわざ上陸して、積荷よろしく船倉の口から堂々と入り込んだものらしい。人間を完全に腹に納めると、怪物はこちらを見てのたうった。明らかに嬉しそうだ。うんざりする。周りにはもう人も動物もいない。灰色に薄暗い。島はどこだ。

さて、俺の出番も仕上げというわけだな。腕が、もとい、胸鰭が鳴る。恰好よく書いてくれよ。

鱗で固められた体はどう見ても魚だが、鰓蓋《えらぶた》らしいものは見当らないから、水中ばかりでなく陸上でも空中でも、ある程度活動が出来るのだろう。ということは、どうやら自分に勝ち目はなさそうだ。

体をうねらせ、前脚代りの胸鰭で器用に地面を蹴りつつ橋を渡って向ってくる。駅の方へ逃げれば膜にはね返されるかもしれない。だったら、少し遠いが丘の林の中に誘い込んで――もう目の前。鎖。釣針。

――とにかく構えてみらんかね。うん、そうそう、まあ初めてじゃけえそねえなもんじゃろういね。は、餌？　さっきここらにおった馬でもなんでも捕まえりゃあよかったそにから、あんたがぼんやりしちょるもんじゃけえ。餌ァ見つけて針につけちょる暇はもうなさそうやねえ。まあこねえなったら仕方がないわ。餌になりそうなもんいうたら、一つしか残っちょりゃせんわ。

――えー、伯母ちゃんそれ本気で言いよるん？

――これ以上の餌はなかろうがね。覚悟しい。大きな魚に飲まれてしもうて腹ん中に三日三晩籠もっちょったいう人も、大昔にはおったそうなやけど、さあてあんたは、そねえ何日も耐えられようか。だいたい人でもなんでも食いよるあれが魚なんかどうかもよう分らんけどよ、一つ、勝負してみりゃあええわ。男ちゅうたら、人、殺すくらいしか能があるまあが。

魚かどうかは分らんけどいくらなんでもあれは人間とは違うやろ、慎一は確かにそう言った。その証拠に口から出た声が黒い骨のような文字になり、空気を切り裂いた、まではよかったのだが、普段はそんな風に文字に化けたりする習慣のない声たちのことだから、空中に長い間留まっていられずに、撃たれた鳥みたいに次々に落下してばらばらに折れた。折れても動いていた。

文字の残骸を巨体で押し潰した怪物が、躍り上がり、口を開けて斜め上から飛びかかってくるのを見た。


見たことをずっとあとまで覚えていて、覚えていることそのものをまたずっと覚えたままだったから、飲み込まれたあとも慎一は死ななかったのだ。なので、飛びかかられたあとの、果して生きている人間の体験なのかどうか知れたものではない、信じられない展開も、どうやら覚えていた。

怪物の口。目をつぶる。体が吸い寄せられ、何か細くて柔らかい管を通ってゆくらしい。人間の体より幅がずっと狭い、というよりほんの小さく開いた穴の中に無理やり捻じ込まれてしまっていて、周囲の壁に圧迫され、それを押し返し、一か所に留まっていたかと思うとまたヌルヌルと引きずり込まれてゆく。抵抗しようとしても体が全く言うことを聞かないのはこの状況を考えれば当然だろうが、無抵抗にならざるを得ないもう一つの理由は、両手がしっかりと何かを摑んで離さないために、壁を押そうにも力いっぱいには押し切れないのだ。掌を開きさえすればいいだけなのに、あまりに強く握り過ぎて開くのが恐ろしくなったかのように、それを失ってしまえばここよりもっとひどいところへ行かなければならなくなるかのように、握っていた。

まさしく命綱だと分ったのは、吸い寄せられる速度が増した時だった。周囲が大きく伸縮して顔までがどろりと水っぽい壁に塞がれ息苦しくなった、とすぐに呼吸が戻り、周りの支えがなくなり、体がどこかへ向って飛び出してゆく感覚があり、両手をいっそう強く握りしめた。握ってさえいれば体がどこかにつなぎ止められるという保証もなく、たとえつながっていたとしてもいい結果が待っているとは限らないが、どんな結果か分らないということじたいが分らない状態だったから、すがるべきものがあるとするならいますがっているこの両手の中のもの以外にない、などと分析出来たわけでもなく、ただ握っていた。鎖を、そうだ、握っていたのは鎖、鎖にしがみつく。落下が止ってどこかにぶら下がる恰好。あたりはぼんやりと薄暗く、まるで膜に包まれているかのよう……

そうだ、さっき行手《ゆくて》を阻んだやつだ。ここでは色が確実に濃くなっている。ということはここはあの膜の中……怪物が口を開けて飛びかかってきて、それから……吐き気。ひどいにおいが鼻と喉を埋める。生き物の腹の中だからにおうのは当り前か。怪物の、この街の粘膜の中。悪臭ではあっても呼吸は出来る。一回吸うと二度と吸いたくはないと息を止め、我慢が続かなくなり、息を吐き、思わずまた吸い込んで後悔、だからまた止めて、のくり返し。ぶら下がった体が怪物の動きにつれて振り回される。どこまで振れてもさっきの壁にはぶつからず振り切れてしまいそうで、そうするうちに今度は逆方向に振られてゆく。


針が食い込んでたまったもんじゃないんだから、俺だってのたうち回るよ、そりゃ。

「でっかい図体してたかが釣針一本、耐えられないのか。勘違いしてるんじゃないか、そもそもお前は、俺が書く物語の中にしか存在しないんだろ?」

自分で書いといて、存在しないんだろ、もないもんだ。現に存在するのか、お話の中にしかいないのかは、この際どうでもいい。どっちにしろ俺の上顎に、かえしまでがっちり食い込んでるのが大問題だ。

「自分の産みの親である俺を食おうとした罰だよ。」

だな、親を食うのは一回だけにしとかないとな。

「しかし親だっていうのに腹の中にいて、これじゃああべこべに、俺がお前の子どもになったみたいじゃないか。」

なんなんだよそれは。俺がお前を産めばお前は親じゃなく俺の子になって、今度は俺がお前に食われなきゃならなくなる。それはまずい、早いとこ消化するに限る。

「そんなことしてみろ、産みの親がいなくなるんだから、お前がお前でいられなくなるぞ。」

じゃあ試しにやってみるか？　お前がいなくなっても、俺が存在してられるかどうか、お前の筆なしじゃ存在出来ないのかどうか、やってみようじゃないか。

「お断りだ。というより、ここまで来てお前を書かなかったことには出来ない。」


くり返す揺れの最中、明るく丸い点のようなものに気づく。点は揺れている慎一と違い、同じところにずっと留まっている。いささか曲芸じみてはいるが、あの点、おそらくは穴、そこから外へ出るために、慎一は全く柄にもなく、意を決して、鎖を離そうとした。指の痛みが来てまた握る。環《わ》が指に嵌まって抜けなくなっている。このまま離せば千切れるかもしれない。


産んでやれなくてすまないな。

「これからわざわざ卵の殻に閉じ込められるのもいやだね。それにお前は穴が一つしかないから、子どもを産むのも排泄と変らない。ごめんだ。だいたい生れるのなんか一度でたくさんだ。一番いいのは、何も、誰も、虫一匹さえこの『世界』に生れてこないことだ。そうすれば世界は、しまった、自分はどうやら世界ではなくなったらしい、と気がついて、世界ヅラしてることが恥かしくなって、世界を脱ぎ捨てて、『元世界』として退散してくれるだろうけど、俺がこんなこと言ってられるのも世界が世界のままで、そこに俺が生れてきてしまったからで、しかも穴一つどころか俺は何人もの、親とか親みたいな人とか、その親みたいな人にひどい目に遭わされた人とか、そういう、いろんな、血縁だったり血縁以上に濃い人間たちに囲まれてて、もういいかげんうんざりだ。生れてこなきゃよかったと、生きてる俺がそう思ってることに、やっぱりうんざりしてる。このうんざりの出口は、お前の下半身に開いてる穴じゃない。」


鎖を辿り、絡めながら上ったので、指と掌、鎖を巻きつけてゆく手首も皮膚がすり切れた。さっき潜り抜けてきた管のような狭い場所に差しかかったのでやっと足場が出来る。柔らかな壁面を上ってゆく。踏まれた壁の方は痛みを感じてか激しく伸縮し、ものすごいうなりとともに頭上から強い風が一定の間隔で流れ込み、その度に管の幅が広がり、足場を失って下へ叩き落されそうになる。手首が本当に千切れるかと思う。その痛い腕だけをよすがに、体のバランスを取り、また上からの風がやってこないうちに上る。と、今度は下からの風圧。また上から。風は管の中を上り下りしながら、慎一を鎖からもぎ離そうとしているらしい。

「実際にうんざりするなんていう余裕はなかったでしょ。あとづけだよね。」

「いいだろ、そろそろ終盤なんだし、しょせんは俺が書いてるんだし。」

「で、うんざりして、それから？」

何か祈った、のだったと思う。はっきり何物かに向って祈りを捧げたのではなかった。それでも、祈ったとしか言いようのない瞬間だった。確かに、この怪物の腹の中に閉じ込められればあとは——

——そりゃそうじゃろういね。そねえなとこにおったらあとは祈るくらいしかのうなるじゃろ。三日三晩大きな魚の中におったいう人も、祈るよりしようがなかったらしいわ。その人ははっきりと神様に向って祈ったそうなやけど、あんたはもともと神も仏も信じちょりゃせんのじゃろ。そねえな人間が、祈る、やらもっともらしいこと言うたっちゃ、ほんとに祈っちょることにはならんのじゃろうけどよ。


あとは祈るしかなかった。この鎖の出どころである福子に助けを求めていたようでもあるし、知鶴男や、さらにはこの時になって寿六や照一にすがっていたかもしれない。

——そりゃ、あねえな男らでも死んじょるだけまだましじゃろういね。生きちょる人間が、当てになるわけない。生きちょるいうんは、釣針一つ、鎖一本ほどにも、立派なことでもなんでもありゃせん。肝心なんは釣道具よ。その手ェ見りゃよう分ろうがね、ああ？　鎖、食い込まして、がんじがらめにされて、両の掌、合すより仕方あるまあがね。

両手で鎖を握りしめていた。風が止り、壁も動かない。あのひどいにおいまで消えている。

呼吸の音。祈っていたのは三日間どころかとてつもなく長い間だったように感じられた。つまりごく短い時間だった。その後、何年経っても、その時ほど何かを、何かに向って強く祈ったことは、慎一にはなかった。

壁がまた伸縮して、上から水が一気に流れ込んできた。鎖を握り直した。周りが明るんだ途端、光に向って体が流された。

――まあ、ちいと待ちいね。まだ死なんでもよかろうがね。

――殺せ。

怪物の上顎を貫いている釣針が見えた。


水の上へ頭が出た。海、いや河口。

「それでもまだ祈ってた?」

「覚えてない。」

「じゃ、祈り続けてたのかもね。」

「優しいんだな。」

冗談よせ。誰が優しい。何が祈りだ。俺は貴様の釣針を上顎に引っかけたまま、貴様を飲み込んだ。で、ただ消化を待ちさえすればよかったんだが、その針と、鎖と、貴様とが、どうにもわずらわしかったもんだから、思わず海に飛び込んだわけだ。そしたら河口近くで、やたらめったら体を動かしてるうちにその細い川に入り込んでしまって、おかしいんだなそれが、それまでだったら周りの状況に合せて体の大きさを変えて、そうだろ、俺はよく覚えてないけど、貴様の筆が勝手に俺の体を縮めて茶碗の中に押し込めたり、あのどでかい家の、飽くまで人間の寸法からしてのどでかさだけど、あの庭の池に泳いでたり、したんだろ。どうやら空まで飛べるらしい。だったら川の幅より体を小さくするくらいの芸当、貴様の筆でわけなく出来るだろうに。おい、なんとか言えよ。言い訳の一つもしてみたらどうだ……はは一ん、なるほど、都合が悪くなったもんで、鉤かっこの中の貴様は行方を晦《くら》まして、インチキ臭い物書きになる前の、妙な怪物を釣り上げようとして振り回されてる貴様だけが、たった一人の、他のどこにもいない貴様というわけか。上等だ。その貴様を改めて鎖ごと飲み込んで今度こそ……しかしこの鎖ってやつは全くややこしいもんだな。あ、あーあ、おい、どうするんだよこれ。

川にかかる橋。鎖は橋脚に引っかかり、慎一と怪物をこちらとあちらに振り分ける形。だがいくらなんでも鎖一本を支えに慎一ひとりの重さが怪物と釣り合うわけがない。どうやら浅い川底と橋桁の間に怪物の巨体が挟まって身動きがとれなくなっている。

いや、だからさ、いつもの俺ならこんな間抜けな恰好になるわけないだろ。橋の上でも下でも自在に通り抜けられる。いいや橋の一本くらい嚙み砕いてやるのに……おい、なんだあれは……島だ、島だよな、あれ。おい、いったいどうなってる、おい、おい……

島が近づいてくるのが見えた。勿論川幅よりずっと大きかったが、こちらを目がけているに違いなかった。

街を薄暗くしていた膜が海の方から捲《めく》れ上がって、

「風呂敷みたいに何もかもを包もうとしてた。膜に押されて島も岸に向ってきた。」

「膜なんて、私は見てない。自分が目にしてないからって、それが存在しない証拠にはならないけど。」

「見てないんなら、朱里にとってはそんなもの、どこにもなかったってことだ。別の言い方するなら、必要なかったってこと。」

「必要ないから見えなかった？」

「見えてないから必要ない。」

丘の上空の結び目が固く締められようとしているのだろう、灰色の膜は街をいよいよ包み込んでゆく。

「この結び目は俺自身と深い関係があるけど、当時の俺はそれどころじゃなかった。」

「一応、私はまだ、島にいた、ことになるんだよね。」

「ていうか、いただろ。ていうか、いてくれよ。いたことにしてくれよ。」

「あなたが私に一番言ってほしい、私が言いたくないことを言ってあげる。私もその時のこと、よく覚えてる、で、いい？」

押し寄せる灰色の膜から逃げるように慌ただしく向ってきた島は、狭い河口にぶつかり、一旦は動きを止めたかに見えたが、小刻みに震えると、川にめり込み、護岸にも乗り上げて形を崩しながら、なおも突進してくる。島を住処にしている鳥たちがわめきながら空へ散り、周囲を守るために取りつけられていたタイヤの列は次々に鎖が千切れて弾け飛び、島の土台となっていた植物の根や土石が本土のコンクリートに削られ、砕け、動きは止らず、そうやって本土にめり込もうとすればするほど形がどんどん崩れ、崩れれば崩れるほど粘着質の、いきいきとしたしつこい動きで川に侵入してくる。

怪物と振り分けられて橋脚に引っかかっていた慎一に、ほんの少し前まで島だったものが、仕方なさそうな響きを立てて迫ってきた。怪物が半開きの口を揺さぶって、島の残骸よりも釣針から逃れようとしているらしいのは不思議だった。スズキが口をゆすぐのもこんな感じだろうか。

夢から覚めかけているのかもしれなかったが、いつ、誰がどこで見た夢なのかは分からなかった。鎖が絡んだままの手首はしっかり痛かった。大きな力を持った何者かが見えないところから操っているみたいにひどくゆっくり動いている残骸は、膨れ上がり、島から為《な》り変った、動く何かだった。砕けた土台や、折れ曲り粉々になってゆく樹木の隙間から、蛇、蜥蜴、無数の虫たちが押し出され、自分たちがねぐらにしていたものに追われながら、また互いに追ってもいるようだった。近づいてくる、さっきまで島だったものをよけ、丁度怪物の体内で周囲の壁に足をかけて凌いでいたのと同様、鎖でつながれた手を支えにし、残骸を蹴ってやり過しながら慎一は、あとからあとから湧き出ては散ってゆく生き物たちを見、その生き物まみれの残骸にやがて足を取られ、体が浮いた。

目撃談ばかりでなく、おかしなことに、朱音と思われる女の姿なんか見ていない、とわざわざ申し出る者も何人かあった。警察は、誰もそんなことを訊いてはいないのにと戸惑ったが、相手は見ていない見ていないとくり返すばかりだったので、これはどうやら見たということの裏返しだろうと見当をつけたが、見たという証言なら分るがどうしてわざわざ見ていないと申し出るのかは分らなかった。つまり、警察自身が警察自身に向って、分らないふりをした。古坂山に関することなど、何も見ていないと言うに限る。何も分らないと自覚するに限る。

19

島が河口に衝突した時間についてもまた、様々な証言が飛び交い、食い違った。午前中だったという漁師もいれば、夕方と言っていい時間帯だと主張する港湾関係者もあった。そのいろいろな証言者の中の一人は、警察が何度訊いても、何語か分らない、おそらくは何語でもない言葉で、誰も聞いたことのない、たぶんどこにもない時刻ばかりを言った。なぜ警察がこの男にこだわったかといえば、彼が、島の衝突を一番間近で目撃した人間だと思われたからだ。その時、海岸にいた理由は、動物たちを船で運ぶため。馬だの犬だの鳥だの、あるいは台所近辺を這いずり回っているようなやつらまでも、海外へ出そうとしていた。そういう秘密組織の、自分は頭目である、と言った。船員や、倉庫の管理責任者は、男が違法業者とは知らなかったと口を揃えた。海外のどんなルートで売り捌くつもりだったかと訊かれた男は、売るなどとんでもない、ペットやサーカス、動物園なんかと一緒にするな、とどこまでも言い張る。だって密輸しようとしたんだろ、買い取ってくれる相手がいる筈じゃないか、取引先を警察に売れば自分の命が危ないと踏んでるのかもしれないが黙ってる方がよほどためにならんぞ、後悔することになるぞ、と全くまともに脅しをかける警察に対し、買い取るだの取引先だのと失礼な、自分は決して商売のために生き物たちを運ぼうとしていたわけではない、従ってこれは密輸の罪に問われるようなそんな貧乏くさい事柄ではない、ただ人間の許で飼い殺しにされている生き物たちを本来あるべき姿に戻すべく解放してやろうとしただけだ、と男。では海外のどこかの草原や密林にでも放すつもりだったんだな、麗しき動物愛護精神というわけか、と警察。何をぬかすか、人間が生き物を愛護するなど思い上がりもいいかげんにしろ、あらゆる生命は人間が守ってやらねばならないほどひ弱でもなく、人間にとってただかわいいばかりの存在でもない、まかり間違えば敵対しなければならないほどの狂暴性を秘めた崇高かつ恐ろしいものだ、その気高い生き物たちをこんな不毛な国土に留めておくわけにはゆかない、だから人間の追跡の及ばない別の時空へ連れてゆこうとしたのだ、正しくこそあれ批難される筋合などない、密輸目的であれば真夜中にこそこそやってのける筈ではないか、しかし自分の行動はいわば神と世界に尽す正義の表れであるから日の高いうちに堂々とやった、そのこと一つ取ってみてもやましい行為でないことは分ろうというものだ、その重要な任務をよりにもよってあの得体の知れない島と、悪魔の化身に違いない異様な魚とに邪魔されて、おまけに濡《ぬ》れ衣《ぎぬ》を着せられるとは。待て、異様な魚とはなんだ。決ってる、化け物じみた、魚といおうか鰐といおうか、あいつのことだ、島の衝突に巻き込まれておおかたくたばったんだろ。

島が、海峡に注ぐ川の狭い河口にかかる橋にどういうわけか衝突、崩壊した今回の件で、幸いなことにどうやら、本土側にも島の方にも犠牲者は出なかった、と警察は結論づけた。巻き込まれた人物はいた。一人の少年。全身傷だらけで発見されたが命に関わるほどのけがではなかった。おかしなことにこの少年もまた、巨大な魚の恰好をした怪物のことを語った。怪物を釣針に、確かにかけた、この鎖がその証拠だ、と握っていた海藻を差し出してみせた。なんの目的で河口に行ったのかと訊かれても、怪物を殺すためだと言うばかりで、警察は少年の精神状態を疑いつつもとりあえず密輸事案との関連について調べたが、なんのつながりも見出せなかった。件の男に少年が時刻を問い、やはり時間の名とは思えない返事を受け取っていたことが分ったただけだった。

だが、思わぬところからこの少年への新たな疑義が発生した。この土地にあって長年権勢を揮ってきた古坂山家の当主、源伊知が、火葬場などがある丘の小道で、死体で発見されたのだ。なんと源伊知の上唇には、釣針が一本、しっかりと食い込んでいた。警察が釣具店に問い合せたところ、最も一般的なソデ型という種類だった。ハリスはなかった。錘やよりもどし、道糸、また釣竿やリールなども見つからなかった。精神状態が正常でないかもしれない少年の釣針に関する証言と死体の状況が奇妙に符合しており、捜査関係者は一時、色めき立ったが、島衝突の現場にどういう理由でか居合せた人間が同時に丘の小道で犯罪を実行するのは無理だ、いや古坂山源伊知の死亡推定時刻は島の衝突よりずっと前の筈だ、いやいやその島の衝突の時刻そのものがいつなのか、密輸容疑の男の証言する怪しげな時刻のために、特定出来ていないではないか……

しかし、である。これまたどうにも説明のつかないことに、古坂山源伊知の遺体に、警察の捜査では全く追いつかない、また医学を始めとするあらゆる科学的調査手段を以《も》ってしても解明不可能な劇的な変化が起り、それによって計らずも、少年が当初から一貫して譫言《うわごと》よろしく言い張ってきた巨大な怪物の存在を、証明とまではゆかずとも、想定させることにはなったのだ。

事件、事故、あるいは自殺と様々な可能性があり、警察が散々に調べたあと死因の特定出来ない変死体として遺族へ引き渡され、ついこの間、息子の弔いが行われたばかりの寺での、葬儀の真っ最中、どこかで何かが軋む音を、複数の参列者が確かに聞いた。初めは、古い寺のことであるからあちこちガタが来ているところへ、大勢の立ち居によって床が悲鳴を上げているのだろうと思われたが、次にまた、前よりも大きく軋んだ時、気づいた誰もが、遺影が飾られ花が堆《うずたか》く密集している祭壇へ思わず目をやった。その時点でもまだ、あとで出てきた証言によれば多くの人々は、棺の荷重が祭壇に不具合を生じさせているのだろうと考えていた。無理にもそのように考えようとした。そう考えなければ説明がつかなかった。無理にもどころか、床だか祭壇だか、要するに棺以外のどこかが鳴っていると考えるのが普通である。軋みを聞いた中の少なくない人々が、心のどこかで、棺が音を立てるわけがない立てるわけがないと念じていた、つまりは、ひょっとすると絶対に音のする筈がない場所から音がしているのではなかろうか、いや絶対にする筈がないとは言い切れない、世の中にはそういう不可思議で奇跡的な例がいくらでも伝わっている、この土地の大立者にふさわしい驚異が棺の中で起っているのではなかろうか、と密かに思い始めてもいたのだろう。

そのような数分が過ぎたあと、決定的な事態がやってきた。棺が、ごとり、と揺れたのだ。軋み、などではなくはっきりとした音と振動。と、棺の蓋がめりめりと浮き、次に側面と頭部側、足側の四面が内側からの力に押されて撓み、裂け、接合部分の釘が何本か飛んだ。板同士はそれでもまだどうにか棺の形を保ってはいた。人々は叫び、立ち上がり、そうではなかろうかと疑っていた奇跡が目の前に現れようとしている、と実感するに至った。

だが現実は、人々が想像する奇跡を遥かに凌いで、奇怪な成行きを見せた。このように信じられない事態に続いて考えられるのは、棺の中身である一旦は死者とされた人物が起き上がってくる、という光景しかない。しかし、いつまでも棺が揺れているばかりで死人はなかなか起き上がらない、と見るや、棺の中が狭くて体を十分に動かせない、あるいは当人が体力を完全には回復しておらず蓋をはねのけるところまでゆかないのだと想像した数人が、我こそは率先して奇跡の手助けをするのだとばかり、祭壇へ駆け寄ろうとした。

蓋がはね上がり、側板が弾け飛び、古坂山源伊知が現れた。だが、これだけの破壊をやってのけたというのに、体はぴくりとも動かなかった。いや、確かに、動いてはいた。いやいや、それを動きと呼べるのかどうか。死装束があちこち窮屈そうに引っ張られたかと思うとけたたましい音とともに裂け、肌が露出した。源伊知の意思によって手足の関節が動いているのではなく、全身が、俄《にわか》に膨らんでゆくのだ。棺が壊れたのも、この急速な膨張によるものに違いなかった。

人々は再び叫ばなくてはならなかった。いかにも奇跡らしい奇跡とは裏腹の、全く想像も出来なかった悪趣味な奇跡の前にたじろいだ。これは、期待した展開ではない。いわゆる奇跡ではない。蘇生ではない。死体が死体のまま際限なく膨らんでゆくだけだ。

源伊知は自らの遺影を倒し、供花を押しのけ、祭壇を破壊し、人々は奇跡の犠牲になるのはごめんだと、いっせいに席を蹴って逃げ出し、膨張は止らず、遂には頭頂部や肩、踵《かかと》といった体の端々が壁や障子にまで到達し、壁を打ち壊し、はみ出し、割れたり砕けたり剝がれたりした本堂の欠片がそこらじゅうに飛び散り、体はいきいきとなおも膨らみ、頭頂部が庭に突き出たところでどうやら止った。止ったように見えているだけかもしれないので、石段のあたりまで退避していた人々は、すぐに境内へ戻ろうとはしなかった。

寺をめちゃくちゃにしたそれは、どう見ても人の体だった。確かに大きさは、ちょっとした鯨ほどもある。だが単に人体として大き過ぎるからといって、これが人間の体ではなく鯨などの大型哺乳類であることにはなるまい。現につい先ほどまで古坂山源伊知として棺に納まり、祭壇に置かれていたではないか。その棺の中から出てきたのであるし、また一部始終を大勢が目撃しているのだから、人間として明らかに大き過ぎるというだけの理由で、これを人間扱いせずにすませるわけにもゆかない。

人々は散乱した瓦や壁の破片、傾いた柱に注意しつつ、どうにか形を留めている部分が何かの弾みで落ちかかる危険も意識しながら巨体に接近し、やはり人間の姿を保っているらしいこと、さらに下から見るだけでは限界があったので脚立を持ってきて上から顔貌を確認したところでは、あまりに大きくなっていて印象はそれまでとかなり変ったようにも感じられるが、古坂山源伊知本人に間違いないとその場で結論が出された。何よりの証拠に、唇には釣針による裂傷がはっきりと認められた。

誰かがこう言った。

――まるで涅槃《ねはん》像みたいやなあ。

しかし、寺院に突如出現したありがたき寝仏とはいえ、どうやら人体、就中遺体である以上、このままここに安置というか放置というか、しておくわけにもゆかない。予定通りに葬らなくてはならない。まず棺だが、前のものは壊れてしまったし、第一これほどの巨体に合う棺を、特注すれば用意出来なくはないとしてもいますぐには無理だろうし、仮にここで巨大な棺に納めたとして、それをどうやって運び出せばよいというのか。大きさもだが、体重だってもとのままではないだろうから。だったらヘリコプターで吊り下げて空中を移動すればいいではないか。その通りだ、警察や消防、場合によっては自衛隊の力を借りてでも空輸するのが一番よさそうだ。

だがそのあとのことについてとなると、誰もが黙った。うまいこと宙吊《ちゆうづ》りに出来たとして、いったいどこを目差して飛べばよいというのか。遺体なのだから通常であれば火葬場だが、この大きさの人体を丸ごと荼毘《だび》に付するなどおそらくは不可能だ。

では土葬もあり得るか。しかしこれもやはり、埋葬出来るだけの面積を市内、県内の墓地に準備するのは無理だろう。極めて特異な遺体とはいえ、山の中でも海の底でもというわけにもゆくまい。

警察、消防が到着し、様々に検討が為されている最中、関係者の一人から、遺体であるから丁寧に、礼儀を持って扱わなければならないのは当然だが、なるべく早くことを進行させる必要があるのではないか、との意見が出され、薄々は感じ始めていたことをはっきり主張してくれたその人物に、誰もが内心感謝したに違いない。

つまり、においのことである。通常の遺体を通常の棺に納めている限りにおいては、保冷、防腐の技術が力を発揮する。それにしたっていつまでも際限なくというわけにはゆかない。ましてや棺を突き破って現実の涅槃像と化した体である。こうしている間にも有機物の塊たる古坂山源伊知は着実に腐敗の道を辿っている筈、というより参列者の中の少なからぬ人たちはすでに空気中に起りつつある異変を察知し、自分と同じ危惧を抱く人がいないかとあたりを見回すか見回さないか、という段階で例の人物が口火を切ってくれたというわけだ。

で、どうするか。最も好ましいのは防腐機能を備えた棺に改めて納めることだがすでに議論された通り、現実には無理。であれば通常の寸法の棺を使うしかない。しかし、どうやって？　縮むのを待つ？　いいやそんなのはいつになるか分らない、それ以前に縮む目処《めど》なんかどこにもない。では？　方法は、たぶん一つ。棺を体に合せるのが無理なのだから、その逆をやるしかない。逆？

通常の棺に合うように、巨体を切断し、各々を別々の棺に分割して納めるのだ。

ばかな。一つの体をばらばらにするなど、そんな罰当りな真似が出来るか。

そう言うのであれば、他に何かいい知恵でも？

この議論を終らせたのは喪主、要するにいまは巨体となり果てた古坂山源伊知の妻だった。様変りした夫を前に呆然となっているかに思われていたのだが、参列者や警察関係者に対して、はっきりと、

――急にこのようなことになりまして本当にあいすみません。どうしてまたこのようなことになりましたものか、私、何しろ女でございますので皆目見当もつきません。故人なりに

何かよほどの事情があるものと思いますが、女の頭で考え切れるものではございません。そうかといって、このままにしておくわけにも参りません。それだけは私にもよく分ります。どうぞ、ご遠慮なく、どのようにでも切り刻んでやって下さいませ。故人としましてもおそらくこれ以上皆様の御迷惑となること、決して望んでいないものと思います。どうか皆様の手で、安らかにばらばらにしてやって頂けないでしょうか。これほど大きくなりまして大変お手数をおかけしますが、どうか、どうか……

警察と医療関係者の立会のもと、古坂山源伊知は青いシートで覆われ、その内部で解体作業が始まった。市内の業者から、あるだけの棺が寺へ運び上げられた。人々は外から見守るしかなかった。僧侶たちも、境内に出現した青いその壁に向って経を読んだ。時折、弾けた肉塊や骨の欠片と思われるものが内側からシートにぶつかった。直線的で無表情な電動工具の稼働音の合間に、鑿《のみ》か鏨《たがね》か、あるいはバールかという素朴で高らかな響きが混った。鋏《やっとこ》で何かを折り取るような音。作業する人間の咳払いや、ここんとこ硬くてしぶといけえ気をつけえよ、の声。ニチャニチャという柔らかな音。参列者の一人は、これでは工事現場と変らないなとありきたりな想像をし、別の一人は自分でも死者へ向けてなのかどうかよく分らない祈りを捧げ、また別の人々は本堂から遠いところや、人によっては石段の下までいったん退いて作業が終るのを待った。ある人は便所まで間に合わずに嘔吐した。これはもはや葬儀とは言えない、いつまでも居残っていたのでは喪主を始めとする古坂山家の迷惑ともなろ

う と判断して、この偉大な現場から完全に引き上げる人もかなりあった。名士の葬儀とあって取材に訪れていた報道陣は、果してこの不可思議な光景をどのように伝えればいいか、そもそも報道の対象にしてしまってよいものだろうかと疑問やためらいを抱きはしたものの、遺体というものは放置されれば膨張する場合がある、との知識とその具体的事例（ほとんどは死後、長時間外気と日光に晒されたものであり、棺の中でのことではないのだが）に基づき、最終的には健全かつ容赦のない職業意識を発揮して、おそらく世界のどこにも発生したためしのない椿事《ちんじ》を、政治行政や景気動向、季節の草花の映像、明日の空模様などと並べて分りやすく、合理的に、飽くまでこの世の出来事として伝えるべく努力した。

においは覆い隠しようもなかった。立ち籠め、渦巻き、気にしないようにしよう、我慢しなくてはならない、いやそうな顔など間違っても見せるべきではないと、かたくなに無視しようとする参列者の呼吸を利用して、主張を強めた。結果、退散する人数も増えた。鴉や虫は素直に騒いだ。

喪主の希望通り凄惨に切り分けられた体の内臓部分は、この地方の名物であるフグの調理後に出た卵巣などの有毒部分と同様、周到に包まれ、密閉され、不具合のないよう厳重に納棺された。それでも、これまた各所から集められた霊柩車《れいきゅう》に運び入れる際、白木の棺の角にごくわずかな染みが出来ているのを参列者たちは目にしたが、いまさら見咎めるべき手違いとも思われなかった。むしろ、事の異常性の割につつがなく処理された印象だった。勿論、参列者が全て引き上げたあとの血まみれの境内は大量の水と洗剤で清掃され、流れ出た赤黒い泡状の汚水は長いことあたりに留まり、それをさらに洗い流した水が石段を盛大に流れ落ちていった。血は、完全に消えはせず、段の隅や石の隙間に残った。それが血だと、誰も見分けられなくなってからも、ずっとそこにあった。

運ばれてゆくいくつもの棺は、当り前だがとても一人の遺体のためだとは思われず、何人もの古坂山の血筋が一時に落命した印象だった。初めのうち、参列者以外の市民は、当主一人が亡くなったのにどういうことなのだろうと訝《いぶか》ったが、何しろ古坂山に関する事柄なのですぐに誰しもの耳に、とても事実だとは信じられない源伊知巨大化の顚末《てんまつ》が伝わった。話を最後まで聞いた人たちは、なんでそんな作り話がまかり通っているのか、誰がなんのためにそんな途方もない大法螺を吹くのか、あの車の列はいったいなんの事実の表れであり何を隠蔽するためなのかと想像を巡らせた。そしていつまでも終らない火葬場の煙突の煙を見て、ああ、やはり何事かが起ったのだと納得した。

要は、いつものことだ。当主である源伊知の死に関わって、なかなかに深刻な、巨大化だかなんだかの変事が起った。つまりはいつも通り、何事も起ってはいない。何も起きていない、という出来事が起きている、とでもいったところ。雨が降っている、つまり、降っていない。よその土地から来た人が傘も差さずに歩いている地元の人間に、どうしてびしょ濡れで平気なんですか、と訊く。え？　私は全然濡れてませんが、あなたこそ雨も降っていないのになんで傘を？　と問い返す。

それこそ、あの日の天候についても、人々は本当のことを語ろうとしない。この海峡一帯が、灰色の膜によって柔らかく包み込まれているようだったこと。空に結び目があったこと。

「大量の骨壺はどうなったと思う？」

「私が訊かないといけない理由はないけど、かわいそうだから訊いてあげる。どうなったの？」

「通常の納骨は行われなかった。そんなたくさんの遺骨、一つの墓に納まるわけがない。一つだけ墓に入れて、あとはいまだに古坂山の家の一部屋を埋める形で保管してある。あるいはだ、遺体の巨大化は隠さなければならないようなことじゃなく、むしろ誇るべきだから、大々的に世の中に知らせて、古坂山の威光をさらに広めるためのうってつけの道具として、市内に限らず至るところに墓所を新しく作った。つまり……」

「つまりどちらも嘘。それは、古坂山に関わることだからあってもなかったことにされたんじゃなくて、どっちにしろあなたの、作家の書いたお話に過ぎないから。」

あの少年はその後も自分が殺した自分が殺したの一点張りだったが、古坂山源伊知の死に関わったと断定するには不自然、不十分であり、そもそも、殺したと言っているのは源伊知ではなく巨大生物であるらしいし、ではどうやって殺したのかと訊かれても、これもやはり、釣針で釣針でとくり返すのみ。遺体の唇に釣針が食い込んでいたのは事実だから、この件になんの関係もないわけではないにしろ、釣針以外に積み上げられるほどの証拠はなし。

警察が調べを進めてゆくと、変死体となって発見される数時間前、源伊知は、長年交際関係にあった女性の家を訪ねていた。行方不明となった、その家の娘であり源伊知の実子とされる女子高校生に関しては、駅の近辺での目撃情報の他、下関から山陰本線で一時間ほど行った小さな駅にほど近い海岸、焦茶色の岩場がところどころ小高い崖を隆起させながら連なる、完全装備の釣人でなければ近づかない場所に、確かにそれらしい女性の姿を見たと地元の漁師が語ったが、その後、見かけた者はいない。海岸からは、身投げする人物が残したような痕跡も発見出来なかった。

いや、発見されたのかもしれない。何か明確な、一人の人間が背負い切れない罪悪感やそれに伴う無力感から自分を解放するために、強固な意思によって地上から姿を消した、または何者かによって、地上から去ることを強いられた証拠がはっきりと残されていたかもしれない。それらがなかったことになっている以上、なかったことの向う側に、海岸線が溢れ返るほどの証拠があったのかもしれない。切り刻まれた源伊知を運ぶ無数の棺、霊柩車同様に。勿論そんなものがいくつ発見されたところで、見つかった端から消えてゆき、最終的には紙片一枚、髪の毛一本、血の一滴、時間一つ、恨み一つ、不幸一つ、悦《よろこ》び一つ、記憶の一かけらさえ、残りはしないのだ。

上空の結び目がほどけたのを見たと言う者は一人もいなかった。

「それは空に結び目なんか出来るわけがない、からじゃない。この話そのものが最初っから——」

「俺自身の手でぶっ壊すんじゃなかったっけ？」

「だから、いまこうやって、書き手であるあなた自身の手で、この話の息の根を止めようとしてるじゃない。あなたの筆の中にしかいない私がこうして喋ってる。この話そのものが、最初っから小説でしかないってこと。あのあとお姉ちゃんがどうなったのか、島に一時的に避難してた私には分からない。言っておくけどしょせん小説の中の出来事だから分からないんじゃなく、本当に本当に分からない。たとえ小説の中だろうが、そう、お姉ちゃんも私も小説の中にしか存在したことのない人間だけど、自分自身がいまこの話のこの行の中でこうやって喋ってることは認識出来てる。その私の認識と想像からしても、お姉ちゃんがどうなったのか、そもそもお姉ちゃんが何をしたのか、何もしてないなら源伊知はどうやって死んだのか、殺されたのか、殺されなかったのか、なんにも分からない。お姉ちゃん？　私？　それともあなた？　源伊知が自分で？　分からない。ただ、あなたは……」

「俺はこういう結末を考えてた。」

朱音の行方を追ってさ迷い歩く源伊知。ここは古坂山の心の趣《おもむ》くままの土地だから、すぐに目差す娘の姿が目に入る。正確には、源伊知に追われているからこそ朱音は、追跡者の前に姿を現さなければならなくなる。丘を巡る坂道。追う追われるの関係が全くの見せかけであるかのように、メジャーを正確に巻き戻す形でなんのことはなく距離が詰る。朱音は、細長い糸が頰の表面をこするのを感じ、源伊知は丘の樹木の枝から垂れ下がった、やはり糸の先に、小さく光るものを見、蜘蛛《くも》の巣に獲物がかかっているのだろうかとどうでもいい想像をし、すぐに唇に痛みを感じる。首が、ぐるぐると絞めつけられてゆく。

――その糸、引っ張ってみんかね。

朱音は咄嗟に、目の前で揺れている銀色の糸を握る。重みと痛み。糸は高い枝を越えて、向う側で源伊知の首に巻きつき、足先は地面から離れかけている。なんで自分一人の力で、と福子の声のした方を振り向く。福子だけではない、無数の女たちが、長く伸びる糸にまるで命綱かというようにしがみつき、無言で引っ張っている……

「お姉ちゃんはあんなひどい目に遭ったっていうのに、そのひどい目を描き出したあなたの筆で、あなたの小説の中で、自分の敵討ちをさせられる。おまけに福子さんとか、この土地の男たちに散々いいようにされてきた女性たちも、まるで最後の最後に復讐を果すためにそれまでひどい目に遭ってきたみたいに駆り出される。そして、私はこうやって、わざわざ筋立を説明してみせなくちゃならない。でも、やっと終り。こうして私の言葉で、つまりあなた自身の筆で全部終り。この街には怪物なんていない。海峡に流れる島があるだけ。お姉ちゃんも知鶴男も、源伊知も、古坂山そのものも、どこにあるっていうの？　何もかもあなたの創作の中。あなたの小説のため。こうしてあなたにしつこく楯突《たてつ》いてきた私でさえ。でも、福子さんたちの力を借りたかどうかは別にして、お姉ちゃんが、源伊知を殺したのは、間違い、ないんでしょう。他に誰が殺すっていうの？」

「だから、いま朱里が言った通りだよ。全部、俺が書く小説の中の出来事。」

「あなたが書く物語の中で、あなた自身は源伊知を殺してなんかいない。手を汚してない。その代り、大きな怪物と勇猛果敢に闘って息の根を止めた。そのあと、源伊知が棺の中で怪物並に大きくなった。実の父親を殺さずに綺麗に小説の結末をつけてしまうやり方。人を殺すんじゃなく怪物を殺して、それが源伊知の遺体にすり替えられる。作家の筆の力で。お姉ちゃんはどこ？　あなたに書かれることでしか存在しない、どんなに足掻《あが》いたって古坂山の網の目とあなたの掌の外に出られない、愛するも愛さないも殺すも殺さないも全部書き手のあなたに決めてもらわなきゃならない、主体性を自分の力で獲得するんじゃなく物語の力で獲得させられてしまう、自分が自分であればあるほど自分から遠ざかって自分の体の輪郭にあなたの筆跡を見なきゃならない、素晴しい悲劇のヒロインの役どころをありがたく割り振られた好運な、泣きたくなるくらい恵まれた立場を男性であるあなたに宛がってもらった、誰もが羨む、羨ましいと思われてしまうお姉ちゃん、いつまで経ってもお姉ちゃんでしかないお姉ちゃん、私の姉であなたのことが好きで実の父親からぶっ壊される運命を大好きなあなたの手で背負わされてしまったお姉ちゃん、朱音という名前の許で波瀾万丈の人生を駆け抜けなくちゃならなかったお姉ちゃんは、どこ？　駄目、言わないで。俺の書く小説の中に確かに存在してる、つまりどこにもいやしない、なんて言わないで。私たちを好きなだけ好きなように書いておいていまさら、どこにも、なんて言わないで。あなたに書かれることでしか存在出来ない私たちは、何度書かれることになったとしても、書き手であるあなたを批難し続ける。いつまでも、いつまでも。いつかきっと、あなたに書かれなくなって、あなたの手からもどんな立派な男性の手からも逃れて、違う、男性たちから逃げるんじゃなく、私たちが私たち一人一人として、物語の中だろうが外だろうが自由に存在出来るようになるまで。登場人物の力量じゃそんなこと無理だって、思う？　書き手のあなたが無理だって決めつけるのと比較出来ないくらいのしたたかさと強さで、私たちはその時を目差す。登場人物以外の自分を、男性の想像する人物としてじゃなく、自分自身の力で私たち自身を手にする。その時、あなたは、小説を書くことをやめる。言っておくけど、私たちがあなたに勝つわけじゃない。あなたが、なるほどこの女性たちの言い分はもっともだ、身勝手な男である俺の方が人間としても書き手としても全面的に間違っていたんだと負けを認めて、書くのをやめる、なんていうのではない。じゃ、どうなるのが正しいんだ、なんてまさか、訊かないよね。あなたの意識がいつ、どう変化して書くのをやめるかなんて私たちに予言なんか出来ない。私たちは書き手じゃないし、書き手になるつもりもない。ただの、人間だから。書き手でも登場人物でもない、まして悲劇のヒロインなんかではない、人間、だから。そのちっぽけな人間である私たちの存在が、いつかあなたの筆を止める。私たちの力じゃなくあなた自身の意識として、もう小説を書くのなんてやめよう、見事なヒロインを登場させて劇的な物語を構築するのなんてやめようってはっきり、あなたは自覚する。でも、私がこうして喋ってる以上、いまはまだそこまで行ってない。だから、訊く。お姉ちゃんはどこ？　いいや、私がよく喋るとか、しまったちょっと喋らせ過ぎたとかって、そんな言い訳はいいから、どこ？」

慎一は書き上げた原稿を風呂敷で包もうとするが、何度やってもうまく結べない。

「身投げは、納得出来ないんだよな。あ、そうか、朱里が納得するかどうかじゃなくて、俺自身の意識で答えなきゃいけないんだったな。これも、違うか。答えなきゃいけないんじゃなく、どこって訊く朱里に、誠実に対応すればいいだけだよな。朱音は、朱音は――」

船に乗るのを見たという者がいた。いろいろな生き物を積み込んでいたあの船に、である。しかもその証言が出たのは、何もかも一段落ついて、船が出てしまったあとだった。船はまだ、見つかっていない。

初出　「すばる」二〇二一年五月号〜二〇二三年一月号
単行本化にあたり、加筆・修正を行いました。

装幀　水戸部功

装画　sketch by EDGAR DEGAS, charcoal on paper
© Bridgeman Images／ＰＰＳ通信社

日本音楽著作権協会（出）許諾第２３０２１７２—３０１号

田中慎弥（たなか・しんや）
1972年山口県生まれ。山口県立下関中央工業高校卒業。
2005年「冷たい水の羊」で第37回新潮新人賞受賞。
08年「蛹」で第34回川端康成文学賞受賞。
同年「蛹」を収録した作品集『切れた鎖』で第21回三島由紀夫賞受賞。
12年「共喰い」で第146回（平成23年下半期）芥川龍之介賞受賞。
同作は13年９月、青山真治監督、菅田将暉主演で映画化された。
19年『ひよこ太陽』で第47回泉鏡花文学賞受賞。
他の著書に、『燃える家』『宰相A』『美しい国への旅』
『地に這うものの記録』『完全犯罪の恋』などがある。

流《なが》れる島《しま》と海《うみ》の怪物《かいぶつ》

二〇二三年 六 月三〇日　第一刷発行

著　者　田中慎弥《たなかしんや》
発行者　樋口尚也
発行所　株式会社集英社
〒一〇一―八〇五〇
東京都千代田区一ツ橋二―五―一〇
電話〇三（三二三〇）六一〇〇［編集部］
〇三（三二三〇）六〇八〇［読者係］
〇三（三二三〇）六三九三［販売部］書店専用
印刷所　大日本印刷株式会社
製本所　加藤製本株式会社

ISBN978-4-08-771837-9 C0093
定価はカバーに表示してあります。